U0927572

明光风

MINGGUANG FENG

那是一个扑朔迷离、绚丽多彩的地方，
那是一个藏在深闺人未识、轻撩面纱一鸣惊人的地方。

傅守乾　王绪波　编著

合肥工业大学出版社

图书在版编目（CIP）数据

明光风/傅守乾，王绪波编著，—合肥：合肥工业大学出版社，2016.10（2017.6重印）
ISBN 978-7-5650-3010-9

Ⅰ.①明… Ⅱ.①傅… ②王… Ⅲ.①散文集—中国—当代 Ⅳ.①I267

中国版本图书馆CIP数据核字（2016）第241434号

明光风

傅守乾 王绪波 编著　　　　责任编辑 郭娟娟

出 版	合肥工业大学出版社	版 次	2016年10月第1版
地 址	合肥市屯溪路193号	印 次	2017年6月第2次印刷
邮 编	230009	开 本	710毫米×1010毫米 1/16
电 话	人文编辑部：0551-62903205	印 张	20
	市场营销部：0551-62903198	字 数	369千字
网 址	www.hfutpress.com.cn	印 刷	安徽联众印刷有限公司
E-mail	hfutpress@163.com	发 行	全国新华书店

ISBN 978-7-5650-3010-9　　　　定价：68.00元

风之源

（代序）

那是一个扑朔迷离、绚丽多彩的地方，那是一个藏在深闺人未识、轻撩面纱一鸣惊人的地方。2013年的国庆假日，我们在那里度过。

2013年8月3日，星期六，经常轻车简从、深入基层的市委书记和市长在下乡检查工作时来到老嘉山，他们驱车沿着完全没有路的山间小道，翻山岗，越丛林，跨涧湾，过溪水；忽略了时间，忘记了饥饿，下午一点多才吃上午餐，晚上八点才回到县城，他们被老嘉山那原生态的、迷人的景色感染了、震撼了，他们由衷地赞叹说："老嘉山真是太美了，不能再看了，再看下去，这一夜我们都要彻夜难眠了！"

好一个"彻夜难眠"，难眠的是他们的激动和思考，难眠的是他们争分夺秒的决策和行动，短短的一周时间，市委、市政府的分管领导、有关科局、乡镇的领导、社会各界的有关人士；文化、旅游、水利、交通、林业部门的技术人员，陆陆续续来到了老嘉山。8月9号，参加市委十三届四次全体（扩大）会议的所有人员，沿着市委主要领导亲自谋划的、十分形象的"X"线路，实地考察了老嘉山风景区，第二天，市委十三届四次全体（扩大）会议召开，会议确立了全力打造"南京北郊滨湖花园度假城，城乡一体山水田园生态市"，苦干实干三五年，加快建成生态秀美、经济强好、城乡靓新、政治清明、社会阳光的"美好新明光"的战略思想，一个全市上下戮力同心，加快实现新目标的大干快上的气氛迅速在全市形成。一股开发明光大旅游的"明光风"在明光迅速掀起了狂潮！

10月4日到6日，国庆假日。书记和市长带着市人大、市政协、有关科局的主要负责同志再一次来到老嘉山，整整三天时间，全部步行，自带干粮、纯净水，按照书记的话说："我们要在山上过一个难忘的节假日。"是的，老嘉山的风景再好，

没有资金难以开发，而对外的招商，需要我们更加了解老嘉山，更加熟悉老嘉山，同老嘉山建立深厚的感情。书记和市长的此举，无疑是为了达到这一目的。

第一天，我们从原245军用仓库登山。陡峭的山峰，湿滑的巨石，流水潺潺，青草萋萋，大家手脚并用、一步一步地向山上挪动，用了一个多小时，才登上山顶，虽然浑身被汗水湿透，但美丽的峡谷风景，豁然开朗的山顶风光吸引着所有的登山者，谁也没有感到累。上了山，才知道什么叫山路遥远，我们不知道走过多少山路，不知道越过多少山峰；进了林，才知道林有多深，我们不知道欣赏了多少奇花异草，不知道扶摸了多少高大、挺拔的大树，兴奋和激动代替了疲劳。

第二天和第三天，我们从位于白米山农场的老嘉山东坡登山，分别在从老嘉山北峰和牛头山的花果寺下山，一处处如诗如画的自然景观让人目不暇接，令人流连忘返：苍翠倒影的濯月湖、彩蝶飞舞的六蝶泉、神秘莫测的花果寺、曲径通幽的蝴蝶谷、浑然天成的仙人桥、如梦如幻的牛头湾；还有一览众山小、玉带锁蛟龙、月影月儿湖、闺中小九寨、十里长相依、洪武醉大地、飞燕送子来、宝塔镇河妖、神秘军火库……真是高山深涧，山峦起伏，低丘缓坡，层峦叠嶂，一步一景。

很多人都知道老嘉山上有一个柴王城，但柴王城究竟在什么位置，极少有人知道，在完全没有路、茅草齐腰深的山路上跋涉了几个小时，我们终于见到了它的真面目。所谓的柴王城其实就是一个柴王寨，它位于老嘉山最高山峰的山顶上，总面积大约在1.5平方公里左右，四周用土垒成了陡峭的、坡比大约在1：1.5左右的墙体，然后在墙上再砌上石头，形成城墙。柴王寨突兀、坚固，易守难攻，由于岁月的流逝，墙体已经坍塌，石头散落在草丛中，记录着那个过往的历史。站在土墙遗址上俯瞰山下，远处村落点点，近处层林尽染，当年柴王在此浴血奋战的情景犹在眼前。

从2013年10月到现在，老嘉山接待了难以计数的游览者、考察者、参观者，这其中，有领导，有游客，有企业家，有摄影家，有作家，有记者；有当地的，有外地的，有国外的，有国内的……老嘉山的原生态的美丽景色给所有的游历者留下了难以忘怀的印象。与此同时，这片处女地也吸引了很多独具慧眼的商家。

2014年6月，老嘉山南麓的八岭湖旅游开发项目正式签约。该项目总投资5亿元，规划在长达7.5千米的百道河两岸建设水上乐园、拓展运动、丛林体验、激情漂流、休闲漂流、沙滩摩托、民俗客栈、农事体验等十多个子项目，目前已投入运营并成功申报3A级旅游景区和省级水利风景区。8月30日，我慕名来到八岭湖生态旅游度假区。在百道河两岸驱车缓行，但见溪水清澈湍急，树木枝繁叶茂，大片的沙滩在阳光的照射下金光闪闪。在日积月累的河水冲刷下，一株株枫杨林裸露的树根，造型各异，处处是景，湾湾是景，树树是景，宛如走进了根雕园、盆景园。

老嘉山，这个待嫁仙女，正在走向人间。今年的国庆节，我们还会再去，执子之手，与子偕老。

傅凡　林涛

老嘉山风情

大横山风貌

淮河风韵

乡镇风采

风物闲美女山湖

风姿绰约三界外

风流人物数百年

风味独到土特产

风靡江淮明光菜

目　录

淮河风韵

乡镇风采

风物闲美女山湖

风姿绰约三界外

风流人物数百年

风味独到土特产

风靡江淮明光菜

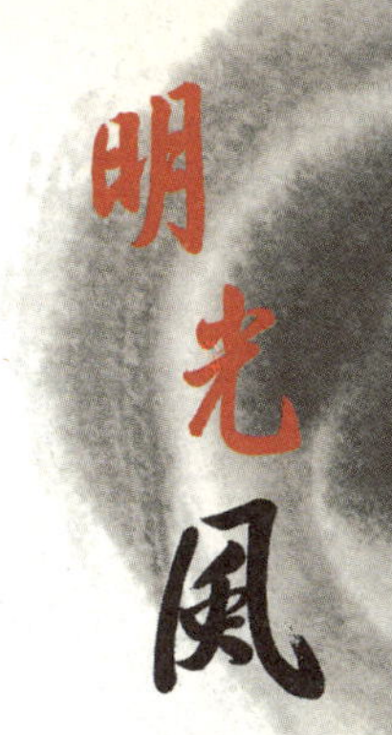

概说明光

明光，因“明光山”而得名，“明光山”因朱元璋而得名。清《盱眙县志稿》依据明正德《盱眙县志》、明嘉靖《泗州备遗》、明万历《帝里盱眙县志·圣迹志》云：“明光山，治西一百二十里，泗州志：明太祖诞生于此，昔年常见五色云气，故名。”

明光，汉初置县，1932年设立嘉山县，1994年经国务院批准设立明光市。

明光，总面积2335平方公里，总人口65万，城区面积32.5平方公里，城区人口26万。

明光，属南京1小时都市圈、上海4小时城市带和长江三角洲经济区腹地。京沪高铁定远站半小时可达，京沪铁路、南洛高速、明徐高速、104国道、309、307省道穿境而过，水路经池河、女山湖入淮河通江达海。“十三五”期间，合青高铁、城际铁路、明巢高速、104国道改道项目、女山湖大桥、淮河大桥列入规划，部分已经投入建设。

明光，有“凹土之乡”“甜菊之都”“水产百强”的盛誉；有“明皇故里”“生态酒乡”的称号；有“三山二水四分田，还有一分是庄园，七湖（壶）六水老明光，三界四场跃龙冈”的资源；有“江淮腹地、分水之脊、物华天宝、人杰地灵”的优势。这一切，交相辉映，各放异彩，编织出一幅绚丽的风情画卷。

这，更是“明光风”的重要组成部分。

老嘉山风情

老嘉山风情

老嘉山，位于明光市东南方向、石坝镇境内（南部位于白米山农场、自来桥和张八岭镇境内）。包括中嘉山、小嘉山，总面积约150平方千米，其主峰海拔332.4米，是明光的最高峰。此山历史久远，根据地质考察记载，老嘉山、中嘉山和女山同属于火山，最早形成于新生代第三纪，距今约7000万年。明光市的前身嘉山县因山而得名。《安徽省志稿》《明光文史》《嘉山县文物志》对其概况和遗址都有记述。老嘉山有嘉泽井、龙潭、仙人桥、锦绣谷、清凉涧、过溪桥、孟良寨、柴王城；中嘉山有甘露寺、孟良庵、龙王庙等。

一览众山小

驱车沿着209省道、从石坝东的太平进入黄寨草场的第一个高地，俯瞰周边，群山叠翠，尽收眼底。这里就是“一览众山小”的所在地。

“会当凌绝顶，一览众山小”出自于唐朝诗圣杜甫的《望岳》。据说杜甫到了泰山脚下，并未登山，故题作《望岳》，诗人描绘了泰山雄伟磅礴的气象，抒发了向往登上绝顶的壮志。而此处的一“览众山小”，却是与其相反，我们是登高望远，望山抒怀。

夏日的凉爽清风带着一缕缕绿野的花香扑面而来，清新、香甜、浓郁，山风和野草对我们是慷慨的、毫不吝啬的。更加慷慨的还有我们眼前的大山。在这里，东面是林木苍翠的鲁山、清平山；南边是重峦叠嶂的老嘉山、中嘉山；西边是傍水而立的大横山、小横山；北边是“流金藏宝”的官山、牧羊山。远处，朦朦胧胧的是杏山、乌山、宝塔山；云蒸霞蔚的是独山、抹山、玉女山。一览众山，我看到了抹山脚下二郎庙红光闪耀，从这里走出的朱元璋创立了大明王朝；我看到了清平山上柴王寨炊烟袅袅，一代枭雄周世宗悬羊擂鼓，饿马摇铃，瞒天过海，智取南唐；我看到老嘉山周边 70 万亩森林郁郁苍苍，50 万亩草场云淡天高；我看到浮山峡下千里淮河一路高歌，50 万亩水面蟹横鱼跃；我看到 2300 多平方千米的土地上灵山秀水、如诗如画，风景这边独好。

我市属丘陵地带，境内多山，据《嘉山县志》记载，全县共有大小山脉 328 座，其中海拔 100 米到 200 米的 139 座；200 米到 300 米的 15 座；300 米以上的 4 座。最有趣的是山的名字，五花八门、千奇百怪，好听的不多。去年和今年，市地情人文研究会和作家协会为城区新的道路命名，我们按照南北向以山为主、东西向以水为主的原则，把好听的、吉祥的山名都用完了。如净屏山、杏山、桂子山、凤凰山、双山、孟良山、龙头山、磐山、龙潭李山、官山、清平山、凤现山、梅花山、明光山、凤盘山、宝塔山、杨山，等等。其中还有一些土得掉渣的名字听起来也别有新意，如猴儿山、豹狗山、骚狗岭、道士庄西山、汗津山、门坎岭、障子山、勾山、踏肋山、老母猪沟山、沙陀岭、簸箕山、癞山、公鸡山、凉驴山、马腰子峰、天鹅蛋山、淌头山、痢疠山、瓠子山，等等。众多的山脉为明光提供了得天独厚的条件，全县依靠“两山夹一洼、中间打个坝”的自然条件，兴建了中型水库 4 座，小型水库 170 座，总库容 42419.42 万方，灌溉面积达到 59.50 万亩（据《滁州市水利志》、明光市水利普查资料），基本上实现了丘陵地区旱年保收的目的。广阔的山区资源也为植树造林提供了有利条件，全县森林覆盖率达到 20% 以上，在全省排名靠前。

一览众山，它让我们看到了明光的山、明光的水、明光的今天、明天和未来！

老嘉山

徜徉山水间

仙人桥

仙人洞风光

深山藏奇石

老嘉山竹海

芦花一白万顷雪

野趣

明光凤

老嘉山秋色

生态黄寨

山川代有精灵在，路入黄寨便称奇

黄寨藏梦且听歌

黄昏牧场

濯月泉风光

黄寨冬雪

玉带锁蛟龙

起伏、逶迤的黄寨草场被绿色的草、彩色的花、挺拔的树装点得五彩缤纷，成群结队的牛羊掩映在茂密的草丛中，黑白相间，各得其所。更有那凑热闹的一只只白鹭，停泊在悠闲自得的牛背上，和牛共享那山野之乐。往草场深处前行，眼前豁然开朗，一望无际的跃龙湖水面在青山绿野的映衬下，像一幅浩瀚的山水画廊展现在我们面前，有人惊叹，有人诧异，其情其景美得让人难以置信，但是它实实在在地就在眼前。走近它，再走近它，几乎是跑到湖边，每个人都迫不及待地脱掉鞋袜，卷起裤脚、撩起罗裙，站在清澈见底的水中，掬一捧清水，洒在脸庞，溅落全身；抿一口清泉，沁入肺腑，通体净爽；捡一粒片石，扔向远处，激起串串涟漪；拾一朵浪花，红巾飘舞，留下倩影瞬间。

放眼向北望去，一条大坝自西向东将鲶鱼洼拦腰截断，白色的护坡石在阳光的照耀下银光闪闪，像一条玉带伸向远方，这就是传说中的“玉带锁蛟龙”。

说起这段故事，更让人神往。武佩河和许永宁先生笔下有三条作恶多端的小龙，当年，白龙玩耍无度，正事不做，邪事有余，在濠州上空摇头摆尾，造成大雨倾盆，使得濠州城墙倒屋塌，居民死伤无数；黄龙奉命到鲁州行雨，一心只想着回去和如花似玉的蚌精调情，还没到鲁州就开始行雨，使来不及躲避的一家五口死于非命；喝滥酒的黑龙喝了三天三夜，在辽城上空吐酒，搞得天昏地暗，腥风恶雨下了几天，

湖光山色

一个辽城淹了一半。到下界巡查的老龙王气得七窍生烟，一怒之下，取了一个定海神针把三条小龙钉在了鲶鱼洼，罚它们一万年不得回东海。那个定海神针后来变成了桃花岛。

许多年以后，勤劳、聪明的桃花岛人在岛上栽树、种花、打井、建房、开发旅游业，破坏了定海神针的功力，惊动了三条沉睡多年的小龙，弟兄仨一齐发力，从桃花岛下逃了出来。幸好老嘉山山神和鲶鱼洼的河神婆发现得早，及时禀奏了玉帝，刚刚起床的玉帝来不及采取其他措施，顺手把自己的玉带扔到了鲶鱼洼，及时锁住了三条小龙，并下旨让它们在鲶鱼洼好自为之，造福人类，争取早日回到东海。三小龙献计给玉帝，让玉带幻化成千米大坝，拦截了老嘉山 113 平方千米的来水，行成了鲶鱼头水库（即分水岭水库，也称跃龙湖），共同立了一功。老龙王闻讯也非常高兴，年年及时给老嘉山行雨，让水库保持充足水源，造福下游百姓。白龙脱落部分龙麟，变成白色沙石，供人们开采建房，后来就有了白沙王；黄龙将自己的身体裸露在阳光下，形成了黄寨草场，从此才有了皇家马场和军马场；黑龙脱落黑色龙麟，变成了黑色的土壤，让水库周围的森林茂密，庄稼丰收。它们以自己的实际行动来赎回自己的罪过，争取早日得到人们的谅解。

闰中小九寨

四川有个九寨沟，明光有个小九寨；九寨沟名扬四海，小九寨待字闺中。九寨沟有山，山青葱妩媚，小九寨有山，山峦起伏更苍翠；九寨沟有水，水澄清芙蓉，小九寨有水，水质清新更幽深；九寨沟树在水边长，水在林中流，小九寨山水相映，林水相亲；九寨沟溪流欢唱，鸟语花香，小九寨花香鸟语，溪流淙淙；九寨沟有长湖、镜湖、五彩池、天鹅湖，湖中树影婆娑，色彩缤纷，小九寨有月牙湖、濯月泉、揽月泉、红柳湾，水中五彩斑斓，倒影丛丛。

老嘉山的小九寨，位于石坝镇东贾村以东、老嘉山主峰以西的大约 20 平方千米的风景区内。这里也是从三界高速公路进入 X 南线的第一个景点，它先声夺人，抛砖引玉，以其美、魅、幻、奇给游客留下难以忘怀的第一印象。

小九寨美，美的是苍山连绵不断，郁郁葱葱；美的是森林参差叠翠、波浪起伏；美的是溪水长流不息、清澈怡人；美的是百鸟和鸣，花弄枝头；美的是湖泊（山间的库、塘）众多，微波荡漾。

小九寨魅，魅的是众多的美丽传说为迷人的景色增加了神秘色彩，丰富了内涵底蕴。月牙湖寒月和大川忠贞不渝的爱情；军火库老将军和山里猎人共结友谊的传奇；桃花妹子山涧边“望君归，盼君归，饮马涧边独自醉，桃花带雨泪”；观音菩萨轻拂柳枝，播洒雨露，点化大山；白鹭仙子老嘉山上得道升天；红线侠女红尼庵中终成善果……

小九寨秋色

小九寨幻，幻的是揽月泉、濯月泉、后沟、月牙湖如梦如幻的仙境，幻的是“此处非凡尘，幻景似天庭”的胜景。揽月泉，取自于毛泽东的豪言壮语“可上九天揽月，可下五洋捉鳖”。此泉泊于群山怀抱之中、荫荫翳蔽之下，月朗星灿的夜景下，月光在山和树的遮影下，只投下一片明亮的月色在湖水中，一湾湖水，静静地把天上的月亮揽在自己的怀抱里窃窃私语，互诉衷肠，缠绵悱恻，令人怦然心动。濯月泉，取自于宋代周敦颐的“出淤泥而不染，濯清涟而不妖”的著名诗句。和揽月泉不同的是，濯月泉背靠大山，两侧低山环绕，一面向南一马平川，居高临下，蔚为壮观。濯月泉的树，青翠欲滴，漫林碧透；濯月泉的岸，绿草萋萋，洁净如茵；濯月泉的水，幽深清澈，透明如镜。“明月几时有，把酒问青天”，这里的一轮明月在水中清晰可见，把酒之时，何必再问青天？嫦娥沐浴欲何往？此处山泉可濯月，嫦娥从此无需再去瑶池，这里是她最好的去处。诗者无需再“乘风归去”，但愿人长久，咫尺共婵娟。“嘉山山水嘉江淮，后沟山水嘉嘉山”，后沟是老嘉山的最美之处，也是那个号称“幻景天庭”的地方。后沟的大峡谷巨石嶙峋、流水潺潺；后沟的红尼庵神秘莫测、曲径通幽；后沟的竹海挺拔飘逸、婀娜多姿。漫步竹海，身影在竹浪间跳跃，笑声在绿叶间萦绕，身边是山翠、竹翠、天翠、地翠、人翠，游者被淹没在一湾翠海里，谁也不想离去。

小九寨的山奇、水奇、树奇，最奇的当数鬼斧神工、自然天成的仙人桥。《安徽省志稿·舆地考》记述：“有巨石横亘如桥，其下广数丈，内有石床、石礅，可以坐卧，亦可避风雨。”天下自然天成的景点很多，但是能够如此天衣无缝的景点极为罕见。仙人桥长约 5 米，宽约 2 米，横跨在陡峭的峡谷之上，桥面平坦，两侧规整，桥下自成拱形。往上走，坡陡石多、崎岖难行，犹如直上青天；往下行，灌木丛生，藤蔓交叉，“苔痕上阶绿，草色入帘青”。暴雨时，山洪直泻而下，如一条白色巨龙，自天而降；旱季里，涓涓溪流，静静流淌，生怕惊动了身旁娇羞的野花仙子，不时有片片花瓣飘落其间，给小溪增添了色彩和灵性。

看完了小九寨，游客大饱眼福、兴趣盎然。别急，更好的美景还在后面，整点行装，大家又开始了新的旅程。

月牙湖落日

月影月牙湖

在老嘉山脚下，有一个美丽的湖泊，叫月牙湖。月牙湖是她和他起的名字。她姓韩，酷爱诗词歌赋的母亲引自明朝朱高煦的诗《感兴》中的“寒月照绮窗，冏冏为我明”给她取了个名字，叫寒月，从上学那天起，她就叫寒月，没有人知道她姓韩。1968 年，在“上山下乡”的滚滚洪流中，她和众多知识青年一样，奔向“广阔天地”，她下放到嘉山县三关乡东贾大队五队。在选择下放地点的时候，母亲说:“中国有嘉峪关、山海关、居庸关、友谊关，都是好地方，三关，应该也是个好地方，你就去安徽嘉山的三关吧。”寒月和其他几个女孩一起，离开了上海，在明光火车站下车，三关公社派干部把她们接到公社，大队干部又把她们分到各个生产队。从小在城市长大，没看过大山，在公社受到敲锣打鼓的迎接，感受乡亲们的热情、山里人的质朴，开始的几天，她们兴奋、激动、好奇。高潮过后，大风一吹就要倒的茅草屋，从来没有见过、更没有睡过的土坯床，点火满屋冒烟的低锅灶，出门就要走山路的交通环境，成了生活的现实。寒月哪里吃过这样的苦呀！父亲是资本家，母亲是大家闺秀，叔叔在上大学时走上革命道路，是外交部司级干部，姨娘在美国。自己是父母的独生女，自小饭来张口，衣来伸手。“文化大革命”，父亲受到批判，精神受到折磨，头脑不清楚，近乎废人。但是，她的一切都没有改变，母亲像过去一样，宠着她、由着她、爱着她。

如今，在这个偏僻的荒山深处，对寒月来说，那是岁月的煎熬，不知道流过多少眼泪，不知道度过多少个不眠之夜。在完全无助的情况下，是他帮助了她。他是山里的孩子，初中没毕业遇上“文化大革命”辍学回乡。他帮她挑水、做饭，帮她洗衣服，帮她学干农活。锄地，他和她一墒，他锄一大半，她锄一小半；割麦，他和她一陇，帮她割，帮她捆，帮她运。他成了她生活的知音和老师，她已经不能没有他，久而久之，他们相爱了。阳光重新回到了寒月的脸上，本来就是个闭月羞花的漂亮姑娘，有了爱情，更加楚楚动人。清晨、夜晚，他们经常徜徉于山梁、田野之间，他们最爱去的地方，就是村庄西头那个弯弯的小湖泊。受母亲的熏陶，寒月自小就喜欢徐志摩的诗，“挽起一面轻纱，看清天边月牙。爱像水墨青花，何惧刹那芳华”。“我们就给它起个名字叫月牙湖吧，与我的名字也相符。”寒月说，他连声说：“好呀！好呀！”从此，这个弯弯的小湖就有了名字。

又是一个月光皎洁的夜晚，山岚朦胧，微风轻拂，绿荫树丛洒落在湖面上，湖水更加深邃，更加迷人，水波潋滟中，月影飘动，岸边柳树下，月光疏淡。对岸的两株红柳像一对恋人，在月色下含情脉脉，它们见证了月圆月缺，它们期待着他们的爱情圆满。彼岸的她和他静静相守、默默相拥，好像听到了红柳的祝福，他们应答：“到天荒，到地老，到天涯，到海角，永不变心！”那一夜，他们只到东方破晓、星光散去，才离开月牙湖。寒月永远难忘那个夜晚，在抄满诗歌的日记本的扉页上，她写道：“月影月牙湖，露浥曲岸途，红柳相思情，闻莺星光无。”

那一年春节，寒月回上海。18岁的她，伏在母亲的腿上，一双明亮的眼睛忽闪着，向她深爱的母亲描述了她的经历。母亲心疼地抚摸着女儿浓密的长发，静静地听着。女儿兴致勃勃地讲那弯小湖，讲她为它取的名字；讲那座大山，讲它的贫瘠和俊秀；也讲到了他，讲他的憨厚和能干，唯独没敢讲她们的爱情。母亲很敏感，她看到了女儿的那首诗，她感觉到了女儿的变化，在她的逼问下，女儿说了实话。她担心的事终于发生了，她怎么能允许她心爱的女儿嫁到一个农民家庭！整整一个春节，她想尽千方百计说服女儿，但是女儿根本听不进去，她不让女儿回乡，女儿竟然不辞而别，回到了老嘉山。

他感觉到了寒月的变化。她经常心事重重，心不在焉，在月牙湖，她盯住一片荷叶，一望就是一个晚上，他没敢问她什么原因，只是更加关心她、照顾她。又一个夏天来到了，寒月收到了母亲的一封信，她告诉她近期要下乡来看她。有一天，寒月在上海的远房舅舅找到了东贾五队，他告诉寒月，母亲在月牙湖等她，让寒月去接她，寒月迫不及待地跑到了月牙湖，没有母亲，只有她的表哥和表姐，他们不由分说地把她带到了公路上的一辆车上，一会儿，舅舅也赶来了，他带来了她在五队的主要物品，车连夜开回了上海。原来，这是她母亲精心策划的一个“阴谋”。

在这半年的时间里，母亲利用她叔叔的关系，给她办理了去美国探亲的全部手续，三天后，母亲带着她去了美国的姨娘家，不久，又给她办理了常住美国的关系。她哭、她闹，她不吃饭、不睡觉，但这一切都无济于事，坚毅的母亲毫不动摇。

寒月失踪了，他发疯似地到处打听她的消息，没有人知道，有人看见寒月去了月牙湖，甚至还有人听到了跳水的声音，那是舅舅按照她母亲的吩咐，向水里扔下的一个大石头。他奔向了月牙湖，在湖边捡到一张纸，那是她那娟秀的字迹，只见上面写着："轻轻的，我走了 / 正如我轻轻的来 / 我轻轻的招手 / 作别西天的云彩。"这是她颇具心计的母亲在春节期间在她日记本上撕下的她抄写徐志摩的诗。他没有完全搞懂其中的意思，他找到了在公社当文书的同学，同学看了纸条说："要么死了，要么永远地走了，你死心吧！"他回到月牙湖，跳入水中，拼命地寻找，之后，他又请人用鱼网在湖里捞了几个来回，当然，没有结果。他彻底地绝望了，大病了一场。

四十多年过去了，他未婚，她未嫁。她在美国成立了一个月牙湖基金会，募集资金用来救助残疾儿童，她说："他们都是我的孩子。"2013 年，东贾村建设新农村，偏僻的五队要拆迁。一个倔犟的老人成了"钉子户"，村干部找到他，他提出一个条件：我要承包月牙湖，我不能离开月牙湖。村干部答应了他的条件。这就是他，他住在了月牙湖边，在那里安度晚年。

后沟石屋

神秘军火库

随着老嘉山一带风景区的开发，驻扎在老嘉山深处的原 83506 部队和“245”军火库的秘密也应该逐步解密了。我于 20 世纪 80 年代在老嘉山脚下的原三关乡工作多年，经常去当时的 83506 部队拜访，对那里的情况略知一二。

20 世纪 60 年代，毛泽东同志提出了“深挖洞，广积粮，不称霸”“备战，备荒，为人民”的战略口号，解放军总后勤部响应毛主席的号召，下达命令，要求各大军区都要选择适当的地方建造军用仓库，储备军用物资，备战、备荒。时任南京军区司令员许世友同志要求军区后勤部在全军区内选择地点，因为当时的三界、张八岭一带驻扎着南京军区的很多部队，为了方便这些部队的后勤供应，后勤部分别在大别山区和距离三界、张八岭较近的老嘉山选择了建库地点。在报请许世友同志批准之后，南京军区工兵团经过勘探设计，在 1966 年春动工兴建军用仓库。现在不少人传说，整个老嘉山下面全部被掏空了，到处都是山洞，实际上动工之初是有这个想法，但在施工中却发现老嘉山的土质条件不好，在挖掘中频频出现塌方现象，浪费了大量人力、物力，但收效甚微。为了改变这种状况，工兵团重新设计，在两山夹一洼的山谷建造拱形山洞，然后用炸药把两边的山炸平，覆盖在山洞上，再在上面栽树、种草，形成人造山洞仓库，同时建造了一部分露天仓库和掘进不深的半地面依山洞库。当时虽然是“文革”期间，但对部队冲击较小，所以进度很快，到 1967 年初，南京军区工兵团共在老嘉山建造了 70 多座仓库，总范围在 7 平方千米左右。建成交付使用后，属于中国人民解放军总后勤部第 15 分部，是正团级单位，由南京军区后勤部管理，一开始的编号是“245”嘉山综合库，后来改为“776”嘉山综合库，部队的番号是 83506 部队，下属四个分库：一分库是汽车、舰船、医疗器械仓库；二分库是营具、被服仓库；三分库是工兵、通讯兵综合仓库；四分库是装甲、防化部队器材仓库。进入 20 世纪 90 年代后期，在解放军精兵简政的大气候下，驻老嘉山的部队撤离，主要力量并入江苏淮阴 15 分部，“776”嘉山综合库的一到三分库军用物资被调空，连同 83506 部队的机关大院统一移交给南京军区后勤部营房处管理，营房处又交给管店油库代管。四分库缩编为南京军区装甲兵小行仓库嘉山分库，部队番号是 73912 部队 54 分队，只有三个战士长期在此值守。曾经戒备森严的军事重地撩起了神秘的面纱，喧闹一时的老嘉山腹地又恢复了昔日的宁静，但是，那里迷人的风景、美丽的传说、军火库的秘密，仍然吸引着无数游人来此探古寻幽，探赜索隐。

83506 部队的附近有几个风景秀丽的小村庄，上了年纪的当地的老百姓有很多人都说看过许世友司令员，他们津津乐道地传说着他的故事，有人说将军武艺高强，有人说将军平易近人，有人说将军肚子大、酒量大。许司令究竟来没来过这里，为此，我专门采访了 20 世纪 80 年代在这个部队服役多年的市民政局的管锦成同志。许世友司令员确实多次来过这个部队，他的后任向守志司令员也来过这里，并且亲自登过山顶，饶有兴趣地游览了仙人洞和柴王城。许司令来这里主要是度假和打猎。将军生活俭朴，不拘小节，性格豪爽，平易近人，对吃住没有过高的要求。住，就住在部队机关大院的招待所里；吃，在食堂就餐，将军爱喝酒，来这里是自带茅台酒。据说，时任 83506 部队的政委当过他的警卫员，熟知将军的生活习惯，所以，一般都是他亲自安排将军的生活起居。现在仍然保留的办公楼和招待所，其中招待所因为许世友和向守志同志住过，战士们都称它为“一号（首长）”将军楼。许世友司令打猎多数是在晚上 9 点钟以后，部队有一辆苏联产的“嘎斯 69”，越野能力强，打猎时就坐这个车上山。偶尔，早晨，将军也带着猎枪，在附近的山上转转。如果不是他早晨上山打猎，也许就没有那一段传说。有一天早晨，将军在山上打中了一只野兔，紧随其后的警卫员前去捡那只兔子，一位几乎和将军同时开枪的当地的农民说：“这是我打中的。”许司令说：“是你打中的，你就拿回去吧。”那个农民把兔子拿回去一看，枪眼不对，将军用的是猎枪，是猎枪子弹，他用的是土枪，是铁砂子弹，那个农民非常后悔，急忙来到部队营房，要把兔子还给许司令，警卫人员请示许司令，将军说：“什么我打他打的，你告诉他，就是他打的，让他拿回去吧。”那位农民回去后，总觉得过意不去，于是，他来到营房，死缠硬磨地一定要请许司令到他家喝酒，谁知许司令非常喜欢他的执拗性格，竟然同意去他家喝酒，那位农民把兔子煮了，上了一瓶“明光特曲”，将军端起酒杯一饮而尽，连声说：“好酒，好酒！此酒不亚于茅台。”从那以后，每年，83506 部队都要从明光酒厂买几箱“明光特曲”，送给许司令，那位农民也和将军交上了朋友，他说，他去过许司令家，喝过许司令的茅台酒，不管是真是假，出于对许司令的尊敬，大家都相信是真的。

十里长相依

山依着水，水依着山，因为山层峦叠嶂，神秘朦胧；水依着山，山依着水，因为水溪流淙淙，清纯可人；树依着山，山依着树，因为树俊秀挺拔，郁郁葱葱；藤依着树，树依着藤，因为藤缠缠绵绵，一往情深；花依着草，草依着花，因为花争奇斗艳、脱俗超群；草依着花，花依着草，因为草茂密如毯，晨露茸茸。山与水相依，水与树相依，树与藤相依，藤与花相依，花与草相依，山路崎岖逶迤，十里相依连连。从东贾村往东，经245军用仓库、过白米山农场二分场到张自公路（张八岭到自来桥），沿山蜿蜒而行，长达10千米左右的绿色长廊，明光作家给其起了一个诗意的名字——十里长相依。

在“十里长相依”的采风是惬意的，或一干诗意的群体，穿行于山水之间，歌于途，休于树，临于溪，停于瀑，其乐无穷；或三五知己，结伴而行，朝而往，暮而归，收获满满；或信步徜徉，走走停停，宿农家，饮甘露，“醉能同其乐，醒能述以文”。子国从林中走来，一副“春牛图”在《滁州日报》刊出；娇兰以溪水为伴，四张作品参加“滁州市首届旅游风光摄影大赛”，三张获奖；俊昌三过“长相依”，思如泉涌，信手拈来，一篇美文见诸报端：尹集尹员外的千金秀儿与佃户的儿子郭安相爱，员外不从，秀儿和郭安殉情老嘉山。“后来，在那清清的溪流边长出许多的朴树，树上紧紧地缠满了藤条，溪边有树，树后有山，就这样长长久久，一直绕着老嘉山绵延了十几里。当地的老人们都说那朴树是郭安，那藤条就是秀儿，

那潺潺的溪水，是他们俩的眼泪，缠绵着，向东流去。”

“长相依”，最感人的相依是军与民相依，民与军相依，军民鱼水情，十里长相依。20 世纪 60 年代末，老嘉山有了驻军，70 年代初这里就通了水泥路，附近的村庄全部架设了高压电，主线路通到村口，分文不收，比其他村庄提前了 5 年用上了电。每年农忙的时候，解放军都要到村里帮助午收、秋收；农闲的时候，解放军下村带领村民学文化，帮助扫盲。1986 年，三关乡在中嘉山打水库，驻军 83506 部队支援一台推土机、两辆汽车，干了十多天，不要一分钱报酬。当时的三关乡政府和老百姓也没有忘记解放军的恩情，每年八一建军节，政府都要登门慰问。在建设军用仓库期间，政府无偿地为之提供山场、土地；老百姓则是自觉自愿地为之提供方便。在近三年的建设期间，部队和老百姓没有发生一起纠纷，为此，曾经受到南京军区首长的表扬。

解放军帮助周围群众送医送药、治病救人的事例更是比比皆是。1987 年冬天，一个大雪纷飞的深夜，东贾大队四号队一位青年农民得了急性阑尾炎，紧急中，只有送到附近的驻军卫生队，卫生队医生诊断后，建议立即手术，但是卫生队条件太差，不能手术，卫生队长一刻没有耽误，当即向值班首长做了汇报，首长下令，立即派车送嘉山县医院。县医院当夜就为这个农民做了手术。术后，手术医生说，如果等到天亮，肯定要穿孔，那样就难以抢救了。患者的父母感动万分，他们在明光做了一个锦旗，第二天就送到了驻军部队。

如今，“长相依”的解放军虽然大部分都撤走了，只留下少部分官兵值守，但是，军爱民、民拥军的鱼水相依依然在延续……

洪武醉大地

第一个发现朱元璋睡在老嘉山的是县文联主席任亚弟。那天我们一行数人在老嘉山采风，车子驶过迷人的山水画廊——“十里长相依”，停在白米山农场一分场的山梁上休息。向西望去，夕阳的余晖洒落在老嘉山上，整个山脉成了天空的剪影，连绵起伏的群峰起起伏伏，形态各异，十分壮观。亚弟指着主峰南边的一段山峰，对我们说：“看，那个山像朱元璋睡在那里！”顺着他手指的方向，只见一个巨人仰面朝天、头在北、脚在南，静静地躺在那里。此人额头微翘，下巴突起，身材魁梧，造型酷似凤阳龙兴寺清朝保留下来的朱元璋画像。据很多资料显示，这一张画像是朱元璋的真实尊容。据说朱元璋因为给自己画像，杀了好几个画匠。一开始画匠追求真实，把朱元璋画得奇丑无比，朱元璋喝令，推出去斩首；第二个画匠在原来的画像上做了修饰，搞得不伦不类，又被斩了；第三个画匠接受教训，把朱元璋画得十分漂亮，朱元璋一看，这哪里像我？分明是拿我开涮，杀无赦！最后一个画匠战战兢兢、万分小心地认真揣摩朱元璋的心理，把朱元璋画得富富态态，慈眉善目，富有天子之韵，这才顺利过关，这就是我们现在经常看到的那张“明太祖朱元璋像”。其实，后人评价，朱元璋的真实画像是一个奇相，朱元璋之所以能够从一介布衣成长为攻无不克、战无不胜的将军，后来问鼎中原，平定天下，坐稳江山，关键是奇相、奇人、奇事，如果朱元璋能够悟到这一点，也不至于死了那么多画匠。

朱元璋为什么会醉在这里？因为明光是朱元璋出生的地方，明光酒也是朱元璋命名。前不久我看到张登峰先生的一篇发表在《滁州日报》头版头条写明光酒的文章，其标题十分醒目，令人拍案叫绝。分别是：“毛主席接见老明光”“温家宝品尝老明光”“王太华点名老明光”“李亚南打造老明光”，如此说来，还要加上一个标题：“朱元璋命名老明光”。如果加上这个标题，估计《人民日报》也能发表了，那将会给明光酒厂带来无限商机，建议张登峰赶快重写。

朱元璋醉在这里，我想绝非偶然。俗话说：“酒醉心里明”，老嘉山海拔332.4米，是周边较高的一座山峰，在这里，他可以看到盱眙的“明祖陵”，可以看到凤阳的“明皇陵”，可以看到“杨王墓”和他大姐、二姐的墓。恍恍惚惚中，行将就木的朱元璋想到了很多：“‘昔我父皇，寓居是方，农业艰辛，朝夕旁徨，俄尔天灾流行，眷属罹殃：皇考终於六十有四，皇妣五十有九而亡，孟兄先死，合家守丧’；外祖父千辛万苦，归天葬在牧羊（涧溪镇牧羊山有扬王墓）；‘值天无雨，遗蝗腾翔，里人缺食，草木为粮。’长姊、仲姐带我度荒，东奔西走，好不凄凉（石坝镇包集、明光镇大李有朱元璋的大姐、二姐墓）。”更重要的是，朱元璋出生在这里，这里有他童年的记忆、壮年的辉煌，他要荣归故里，认祖归宗。“‘大风起兮云飞扬，威加海内兮归故乡’（刘邦《大风歌》），刘邦大功告成，醉在家乡，即兴赋诗，而今我朱元璋也要醉在家乡。‘倚金陵而定鼎，托虎踞而仪凤凰，天堑星高而月辉沧海，钟山镇岳而峦接乎银潢。’我老朱也要颐养天年了！”

夕阳如血，山峦灿烂，“满目青山夕照明”，它预示着今天的结束和又一个黎明的开始。岁月更替，时代变迁，六百年风云变幻，朱元璋的时代已成历史，老嘉山掀开了新的一页！

夕照风火塔

宝塔镇河妖

宝塔山位于分水岭水库（跃龙湖）上游、老嘉山X线东南线中端。相传此山是托塔李天王为了镇住河妖，放在这里的一座山。

《嘉山县志》记载了两个宝塔山，都没有具体方位。第一个宝塔山和鸽子山、草山、马郎山、孟良山、焦赞山一样，没有记载高程，（《嘉山县志》记载山的资料，在30米以下的，不记载高程），第二个宝塔山海拔为106.8米，分水岭水库的坝顶高程是53米，据此，水库上游的就是这座宝塔山。

宝塔山突兀而立，周围无遮无挡，居高临下，一览无遗。站在山顶，分水岭水库的全貌尽收眼底，同时可浏览老嘉山、鲁山、清平山、杏山、乌山、尖山、黄寨草场。向北望去，眼下的跃龙湖犹如一幅徐徐展开的水墨丹青长卷，远山近水，绿树蓝天，湖光山色，浓淡相宜。水，一望无际，波光涟涟；树，连片成林，葳蕤葱茏；山，层峦叠嶂，淡雅飘逸。尤其是那满眼的绿色，无论是岛上路旁，还是沿湖诸岸，完全被绿荫覆盖，倒影映在水里，绿透了半边湖水。

又一日，我们在一个雨天登上了宝塔山，细雨霏霏，水天一色，朦朦胧胧，一片迷离。在这风也飘飘、雨也潇潇的诗情画意中，我索性丢下了雨伞，享受着丝丝小雨、微微轻风。意，为之迷；神，为之醉，似真似幻，不知今夕何处！“眉如远山黛，眼如秋波横。”只有在宝塔山上，也只有在雨丝飘飞中遥看那青山绿水，才能体会得到那份眉目如画、顾盼生情的韵味。跃龙湖的水，美就美在她自己是绝代佳人，而且映入她碧波里的山和树、点缀在其中的小岛、伸入她怀中的触角也一样秀色可餐，她们深浅浓淡，和谐相容，似泼墨写意，妙趣天成。

曾几何时，千年成精的鲶鱼河妖在此兴风作浪，最可恨的是它专挑那五六岁的孩子作为充饥美餐。此事惊动了在桃花岛棋盘石下棋的张果老、吕洞宾、何仙姑，他们自恃武功过人，但是狡猾的鲶鱼妖与他们打斗一番，累了就逃之夭夭，等他们不在桃花岛，它又来作恶，搞的三位仙长十分心烦。有一天，他们巧遇在砚台山泼墨作画的杨二郎，杨二郎说："杀猪焉用宰牛刀，这般小妖何需我动手，叫我的哮天犬去就行了。"于是他令前不久老嘉山山神送给他的那个猎犬前去降妖，谁知鲶鱼精在水里不上岸，专门和哮天犬打水仗，从山里出来的哮天犬岂是它的对手？没过三合，败下阵来。杨二郎天性爱偷懒，不想自己动手，回去向玉帝舅舅做了禀报。玉帝派托塔天王李靖下凡，这才引出"李天王祭宝塔、镇河妖、保一方平安"的故事。

话说李天王来到鲶鱼洼南侧一处河滩，祭起宝塔，立时出现了一座小山，留镇当地。村民一觉醒来，发现周边情形与往日大不一样，仔细观察，才发现多出了一座很像宝塔的小山，立时奔走相告，纷纷前往叩拜。鲶鱼精为此山所镇再不能掳民为害了，从此，尖山一带人丁兴旺，百姓安居乐业，老百姓都把这座山叫作宝塔山。

飞燕送子来

相传很久以前，张八岭镇“燕子湾”北部的山上，有一座寺庙和尼姑庵，庙和庵的前院各有一眼井。从这两眼井取水的百姓有一件事最不顺心，就是许多青年男女结过婚后都没有孩子。后来，附近村庄里一对姓梁的青年夫妇治愈了一个受伤的小燕子，放飞燕子那天，女主人怀孕了！一年后生下了一个女儿，取名叫小燕子。燕子 18 岁那年，梁姓夫妇不幸暴病双亡。举目无亲的燕子没有办法，只得来到福慧庵当尼姑。不久，燕子因为和广福寺的小和尚慧明交往过密被老尼姑当众责骂，不甘受辱的燕子纵身跳进了院内的深井。慧明闻讯，在夜深人静的时候也跳入了同一眼井内。

周围的老百姓深深怀念这对从小看着长大的小伙伴，他们推倒了院墙，掩埋了燕子和慧明。不知什么原因，自此以后，周围村上的结了婚的女子都怀孕了。人们传说，是福慧庵那眼井的位置不好，断了龙脉，观音菩萨把南海的燕子下派到人间，让她跳井殉情，深埋了这眼井。不管是真是假，这一带从此人丁兴旺，并且生男孩的居多。后来，人们在燕子湾建了一座水库和自来水厂。大家都说，山上的井水已经渗透到水库里了，吃这里的水可以多子多福，可以幸福安康。

我们又一次来到燕子湾水库。循着那则故事的脉络，我迫切地想看看燕子峡谷，看看广福寺和福慧庵遗址，更想看看那个神妙莫测的水井。燕子峡谷已经不在，代之是一片浩渺的水面，当年的南海燕子在这里带着它的伙伴们穿峡入谷，翩翩起舞，穿家入户，绕梁飞行，给每一个家庭送去喜讯，让他们喜得贵子。多么吉祥、神秘的燕子啊！如今您在哪里？

“看，燕子！”同行的一位作家首先发现了在远处水面上盘旋的燕子。果然，我看到了，一只只矫捷的燕子正轻舒翅膀优美地飞着，这是它们吗？是它们，一定是它们！我依依不舍地目送它们飞向远方。

福慧庵已经荡然无存了，广福寺的遗址还在。草绿花香之处，散落着许多残砖断瓦，有的埋在土里，有的裸露在地面，还有的砌在墙上，有的砖上还有漂亮的花纹。寺庙的遗址上，一棵两人合抱的银杏树枝繁叶茂，果实累累，静静地立在那儿，见证着当年广福寺的规模和鼎盛。银杏树下，住着一户人家，白发苍苍的 83 岁曾老太太热情地给我们讲述了那个故事，她为小燕子打抱不平。她说：“听老人们说，燕子其实只是和小和尚慧明接触得多了些，他们哪有什么私情啊！”提到他们的殉情，老人说：“听说他们都没有死，燕子飞了，小和尚也被高人搭救了，去向不明。”这席话真的讲到我的心里去了，我早就在心里默默地为他们祈祷，希望他们没有死。我高兴地提议和老太太合个影，老人家羞涩地理了理银发说：“满头白发了，还照什么相？”我说：“就是您的白发漂亮！”我走过去，和她照了一张难忘的合影。

在离银杏树不远的水库边上，我们找到了那眼水井，井里的水清亮、澄澈，井壁苔痕清清，水草萋萋。水很浅，远远高于水库水面，井栏上16道深浅不一的井绳拉痕见证了它的年轮。用小水桶打上来一桶水，我们每个人都喝了一口甜丝丝、清爽爽、透心凉，真是难得的好水。此前，女作家于燕据传说写了《飞燕送子来》的民间故事，后来发表在《明光报》上，李龙编辑看了写的故事，调侃地说：“看了你的传说，燕子湾的水功能独特，估计会被人抢光的。”此话并非笑话，张八岭镇政协工委副主任李绥付告诉我，《飞燕送子来》见报后，许多商家还真是看中了这眼水井和水库蕴含的价值，纷纷前来洽谈开发燕子湾水库。滁州的一家客商捷足先登，2014年和张八岭镇签订了开发燕子湾的合同，计划投入巨资打造这片神奇的土地，目前项目建设正在积极进行中。

天色已晚，我们舍不得离开，干脆在“燕子湾医疗养生旅游度假区”吃饭，再看看燕子湾的夜景。夕阳西下，一望无际的水面被金黄色的暮色笼罩，显得格外的静谧，微波荡漾，拍打着堤岸，发出了轻微的“泊泊”声响。没有忘记燕子，大家还在寻觅它们的踪迹。可能都已经归巢了，水面上没有找到它们，下大堤的路上，我们忽然听到了它们稚嫩、清脆的叫声，循声望去，一支路灯杆上停着几只燕子，黑色的羽毛，白色的衬衣，煞是可爱。

今天它们又去了哪家？衷心地祝愿它们给越来越多的家庭带去福音！

六蝶泉风光

仙池六蝶泉

“我们在初冬踏着衰草和霜叶而行 / 林木低幽，山道迂回 / 瓦蓝的天空下，一草一木都那么美 / 在冬季，日子简净，我们爱上美好本身 / 成熟的野果散发着芳香 / 树木、丘陵和湖泊，盛满秘密。”——诗者徐红这样写六蝶泉。“我更喜欢这个藏身幽奇古秀的老嘉山深处的湖，我以为六蝶泉是老嘉山的灵魂，清幽，灵秀，出尘。”——文者王爱慧这样说六蝶泉。

在那个浪漫的牛郎织女的故事中：独具慧眼的老牛让牛郎取了在河里沐浴的织女的衣服，难得的机遇让两人一见钟情，织女做了牛郎的妻子。老嘉山美丽的泉水让那个故事得以延续：牛郎无以报答织女的恩情，让老牛寻访天下最美的泉水给织女沐浴，老牛遍访天下，找到了老嘉山的这处泉水，于是，织女就经常来这里洗浴。六姐妹闻讯，化成蝴蝶前来看望七妹，从此，这个老嘉山深处“盛满秘密”的泉水就有了美丽的名字——仙池六蝶泉。

是什么样的泉水能让仙女如此眷顾？是什么样的仙池能让诗人如此着迷？是什

么样的景色能让作家如此青睐？一句话可以作答：此景只应天上有，人间难见无处寻。

六蝶泉的水、六蝶泉的山、六蝶泉的天，由低向高，由近向远，由深向浅，组成了一幅醉人的水墨画。画中，蔚蓝色的天空碧蓝如洗，洁净的像蓝宝石一样，纯洁、曼妙的白云飘飘悠悠、洋洋洒洒地点缀其间；起起伏伏的山峦把泉水圈了半边，看不到山，只有一片绿色的围栏，上，与天相连，下，与水相牵；清澈得像姑娘的眼睛、碧绿得像透明的翡翠，那一湖的泉水啊，让每个人都梦绕魂牵。这可是仙女沐浴的地方啊！难怪，密密匝匝的山林里野兔、山鸡不敢露面，迎风摆动的树枝上，喜鹊、小鸟飞向云间，它们要为织女腾出空间，让她自由自在地在水里游玩。只有那象征着爱情的蝴蝶在泉水边飞来飞去，它们要与仙女为伴；小鱼儿高兴地欢呼跳跃，它们哪里见过仙女啊，每次织女来的这里，都是它们陪伴左右，亲一亲她的肌肤，舔一舔她的秀发，仿佛也能沾一点仙气。忽然有一天，七个仙女同时到仙池沐浴，白云为之遮住太阳，山峰为之挡住飞尘，树木为之带来绿荫，野花为之带来芬芳，浪花飞溅处，她们轻舒手臂，舞动玉体，飘飘然，如在雾里云间。白色的纱裙撒在绿色的地毯上，显得格外耀眼，当年，牛郎，在河边，胆大包天的他抱走了织女的衣服，羞得七妹的脸映红了半边天。是他们的爱冲破了“天理不容”的篱篱，让她们走到了一起。今天，七姐妹团圆，她们的爱、她们的美感动了、惊羡了天地人间，从此，清幽、灵秀的六蝶泉成了人们向往的世外桃源。

再一次来到六蝶泉，再一次被那里的美丽感染，我们站在飞絮飘舞的岸边，我们走进自然天成的栈桥，不知是谁的主意，让我们每个人都伸开手臂，按动快门，留下一个飘逸的瞬间，好一张有动感的风景照片！其实，是那青山绿水的底色，为我们做了最好的装扮。你看，那色彩斑斓的山色，那深绿如幔的倒影，那碧波荡漾的湖水，那踩着水花的野鸭、还有那鹭鸟的点点白色。

第一次带我们进山的白米山农场的向导告诉我们，附近农场的职工经常能看到一团白雾从六蝶泉缓缓升起，老人们说：“那是织女又来这里洗澡了，她去了天堂，还留恋这里的泉水哩！”

幽幽花果寺

花果寺的遗址坐落在老嘉山东峰被称为牛头山的大山深处，它云雾缭绕、仙气氤氲、灌林密布、曲径通幽。在一千多平方米的范围内，密布着残砖断瓦，还有一些毁坏的香炉、础石。遗憾的是，我们找遍了遗址现场，没有找到一点文字的东西。《嘉山县文物志》记载的明光市古寺庙遗址共有74处，但却没有花果寺的只言片语。县文管所所长李汪晴先后在滁州市档案馆、来安县文管所、盱眙县档案馆翻阅档案，但都空手而归。它建于何年何月、何人所建？毁于何年何月、是何原因毁坏？一切都是个谜。

没有史实，总该有点传说吧，终于，一次偶然的机会，我捕捉到了一点花果寺的蛛丝马迹。

故事要从燕子湾广福寺那个小和尚说起。话说广福寺的小和尚慧明，因为和福慧庵的燕子交往过密，老尼姑怀疑他们有私情，震怒的她集中庵内所有的尼姑，当众责骂了燕子，要将她驱逐出佛门，不准再踏入福慧庵半步，燕子羞愧难当，纵身跳进了院内的深井。慧明闻讯，在夜深人静的时候也跳入了同一口井内。意想不到的是，那个燕子是南海观音派来造福人间的南海飞燕，慧明跳入井里，落到了一件羽衣上，羽衣飘动着，把他送到了地面。慧明是又惊又喜，惊的是世上还有这等奇事，喜的是井里没有水，自己和燕子都没有死。慧明深知自己的过错，他来到了广福寺，跪在师傅面前，请求师傅责罚。老和尚像没有看到一样，置之不理。一心想痛改前非的慧明跪了两天两夜，师兄师弟们一起向师傅求情，师傅这才让他起来，把他叫到后堂，语重心长地对慧明说：“我知道你和燕子是有名无实，但是，你的心里已经有了她的存在，出家人要学会放下，从现在起，你要放掉一切，一心向佛，即便如此，你也不能留在广福寺了。”师傅指了指门前的银杏树说：“你出去云游四海，但每年要回来一次，看看银杏树是不是开花结果了，如果开花结果了，你就可以用你募集的善款在一个偏僻的地方建造一处庙宇安度晚年了。”

慧明大哭了一场，拜谢师傅后，开始了他漫长的漂泊生活。当时，他并不知道银杏树的特性，俗话说：“行万里路，读万卷书”，在“行万里路”的过程中，他才知道，银杏树生长缓慢，结果晚，但结果寿命极长。一般要10至20年才开始开花结果，所以有“公孙树”之称。他深知，这是师傅在磨炼自己的意志，他想，铁树都能开花，只要我坚持下去，银杏树一定能开花。就这样，他每过几年回来一次，他不在意银杏树开不开花，回来主要是看望师傅。当然，银杏树也没有开花结果。

10年过去了，在这10年中，慧明增长了很多知识。他知道了做人的艰辛，知道了世态炎凉，他亲身体验了酷暑严寒，感受了食不果腹、衣不遮体的经历，甚至受过胯下之辱。他苦学佛学知识，以“正心”建立自我，建立人际关系；以“忍耐心”应对困难，应对生活；以“清静心”平衡心态，平衡意志；以“感恩心”回报他人，回报世人。最后成了一名佛教大师，众多和尚拜他为师，他受到了很多人的尊重。终于有一年，银杏树开花了，慧明欣喜万分，在银杏树下，仰天长叹，喜极而泣。

慧明带领他的弟子，倾其所资，在老嘉山深处建造了一座庙宇，为了感谢师傅的教悔，纪念银杏树的开花结果，他把庙宇取名叫花果寺。虽然花果寺地处深山，但一直香火鼎盛，有的香客甚至住在这里，不愿离去，他们都是慧明 10 多年走遍天下交往的朋友，来到这里，他们听慧明大师讲经，寻求人生的真谛；求菩萨保佑平安，获得健康，受用终身。

清朝末年，花果寺毁于山火，98 岁的慧明大师不知所终。公元 2013 年深秋，诗人穆世兵在这里留下了这样的诗句：“石墟 / 荒林 / 还留什么 / 香火 / 如果花落了 / 寂静中灭 / 如果果也落了 / 禅林已空 / 大德园满 / 阿弥陀佛。”

牛头湾风光

感恩牛头湾

真是机缘巧合，不知道今天是“七夕”，昨夜雨声不断，天气凉爽，早晨忽然想写“感恩牛头湾”，才想起来今天是中国的情人节。

传说中的牛郎是南阳城牛家庄的一个孤儿，替哥哥嫂子放牛，尖酸刻薄的嫂子马氏嫌贫爱富，经常打他、骂他，无奈中，他分家出来，靠一头老牛自耕自食。这头老牛健壮、能干，并且很通灵性。有一天，七仙女在天庭寂寞，偷偷下凡，在牛郎农田附近的河里洗澡、嬉戏，老牛劝牛郎去取织女的衣服，牛郎壮着胆子偷走了织女的衣服，经过多番周折，织女做了牛郎的妻子。婚后，他们男耕女织，相亲相爱，织女感谢老牛的红线相牵，对老牛百般爱怜。老牛对织女更是感激涕零、百依百顺。它奉牛郎之命，寻访天下，在老嘉山找到了一处泉水（后来称“六蝶泉”）给织女洗浴。每次都是它带织女前往，织女下水后，它在岸上看衣服，从来没有下水洗过澡，它不想让满身汗水弄脏了湖水，亵渎了凝脂玉肌的织女。后来牛郎和织女夫妻俩生了一儿一女，生活得十分美满幸福。不料玉帝得知此事，十分愤怒，立即派王母娘娘押解织女回天庭受审。老牛不忍他们妻离子散，于是触断头上的角，变成一只小船，让牛郎挑着儿女乘船追赶。狠心的王母娘娘神力无边，最后还是用玉簪划了一道天河，让他们一年只能见一次面。断了角的老牛让自己的儿子继续为牛郎耕地种田。为了报答织女对它的恩情，它要住在老嘉山，为织女看管她的仙池——六蝶泉。于是，六蝶泉边便有了一座牛头山（《嘉山县志》载：牛头山，海拔 262 米）。老牛召集众牛开会，要求所有的牛一律不准到六蝶泉洗澡，老嘉山的牛非常尊重老牛，都十分听话，从来没有任何牛破例，六蝶泉和过去一样，洁净、清澈、怡人。

有一年夏天，老嘉山一带遇上了千年不遇的大旱，赤地千里，狼烟四起，池塘、水洼全部干涸，多年不干的鲶鱼洼也干了个底朝天，唯有六蝶泉仍然和过去一样，满湖的泉水满足了周边百姓的吃水、用水。山上的牛依然恪守着老牛定下的规矩，没有牛越雷池半步。这下可急坏了老牛，它不能眼看着众牛忍受着夏天的煎熬，没地方洗澡。于是，他走遍了老嘉山的沟沟洼洼，想寻找一个泉水丰盈的地方掘池取水，但都无功而返。没有办法，他求助于牛郎，牛郎在“七夕”那天告诉了织女。织女听说后，十分感动，她找到老嘉山的山神，让他帮助找水。这点小事当然难不到山神，他很快回话，在牛头山附近就有一处水源，而且水量充足。织女喜出望外，把这个消息告诉了大姐，让大姐帮助开掘水源。大姐说：“你让老牛自己开吧，他自有办法。”老牛带领众牛，日夜奋战，但都收效甚微。牛郎也带着朋友们前来帮忙，依然进度很慢。织女看在眼里，急在心头，又去求助大姐，大姐说：“我是让老牛尝尝苦头，都是它惹的祸，才平生出这么多事端来，当年，要不是有它，你也不会下凡嫁给牛郎。”心直口快的二姐在旁插话：“事情都过去了，还说它干什么？大姐要不去帮忙，我们姐妹六个去！”说完，带着众姐妹就下了天庭，大姐也是讲讲气话，小妹遇到困难，岂有不帮之理？也跟着也下了天庭。七位仙女没有现身，驾着七朵祥云，在半空中稍用功力，只见众牛突然有了神力，一个个挥动牛角，撒开四蹄，头拱脚踹，不出半个时辰，一个装满泉水的大水塘出现在人们眼前，而且形状极像一个牛头。周围的老百姓高兴地奔走相告，纷纷焚香跪拜，感谢神仙帮忙。老牛和牛郎心里有数，知道这肯定是织女在帮助他们，在心里暗暗地感谢织女。

从此，老嘉山又多了一湾清清亮亮的湖水，而且和六蝶泉一样，无论怎样天旱，常年不干。人们把这湾湖水叫作“牛头湾”。

嘉山大峡谷

又是一个周日，作家协会一行数人相约前往老嘉山的后沟大峡谷采风，谓之为“大峡谷”，应该是相对而言，要不，老嘉山人为什么不自信地叫它“后沟”？我以为，被冠之为“老嘉山大峡谷”当是名副其实，谷深、坡陡、水急、路险，它具备了大峡谷的一切要素。当然，只有身临其境，你才能真正感觉到它的魅力。

在老嘉山林场职工小冯的带领下，我们踏上了探险之旅。矫健的“路虎”车越过崎岖不平的山路，穿密林，转急弯，越陡坡，停在了一个小溪旁。下了车，我们在重重林海里穿行，虽然正值中午，艳阳高照，这里却看不到一点阳光，大山和密林为我们遮阴，小鸟和知了为我们歌唱。老嘉山的“原始森林”在这里只是冰山一角，栎木、榆树、松树、青桐穿插其间；藤藤蔓蔓的次生林相伴左右；大的高耸入云，小的盘根错节；粗的两人合抱，细的密不透风。走近山脚，眼前豁然开朗，一条深涧出现在我们面前。深涧自下而上、蜿蜒曲折，看不到尽头，我们沿着山涧，踩着石块，跳越溪水，在完全没有路的谷中向上攀登。

大峡谷是石的世界、水的天堂。巨大的、形状各异的石头横立在涧中、坡岸、溪旁，或腾空而起，或横空出世，或临坡而立，或突兀而出，或静卧水中。腾空而起的远在峡谷高处，像一块白云在我们的头顶漂浮；横空出世的，如一幢大厦前厅，广下可容纳十多人避雨；临坡而立的，像一面城墙立在谷岸，为大峡谷的生灵遮风挡雨；突兀而出的，横立在峡谷之间，溪水撞击在它们的身体上，跌碎了，溅起了浪花朵朵；静卧水中的，悄无声息地享受着溪水的按摩，身上披着薄薄的绿衣，“皮肤”细腻、润滑。

大峡谷的水清澈、纯净、欢快、灵动，它们飞流而下、穿峡谷、破险阻、跳动着流向远方。其间，隔一段就有一湾静泊的水面，无论深浅，都可以一望到底，都可以照见人影，我们悄悄地绕道而行，生怕打破了它的宁静。陡坡处的水，滚滚而来，上下起舞，激起的雨花飞溅在我们身上，和着汗水，和着山风，湿在身上，爽在心头。每个人都在用相机、手机不停地拍摄那里的美景，瞧，他和她不放过每一个镜头，不停地按动快门，一个下午拍了700多张照片；看，她在云雾中穿行，在峡谷中飞翔，把“狼狈”的伙伴们一个个定格在美丽瞬间。返回的路上，他们仍然“不依不饶”，非要把那里的一切都装进自己的相机，经常上山的向导小冯腿快，带着我们走在前面，把他们远远地甩在了后面。手机没有信号，喊叫，无人回应，一时失联，前面的我们都很着急，有人调侃地说：“不要被狼叼了去！”小冯说：“不是我吓唬你们，这山里还真有狼！”大家停了下来，大声地喊叫着他们，终于有了回音。过了一会，他们从密密匝匝的荆棘中、沿着一个陡坡爬了上来，只见一个个蓬头垢面、汗流浃背，但像是捡了宝贝，每个人都笑逐颜开，说：“我们看到了不一样的风景！”

一阵阵雷声催促我们，天色渐晚，夕阳的红唇吻红了高高的山梁，羞涩地躲到山后去体味人间的风情了。站在谷底，仰头看着无限险峰，我忽然感觉了天地之壮阔、我们之渺小。较之于广袤无垠的山野田畴的博大胸怀，我们之中的每个人不都是沧海一粟吗？大峡谷的海纳百川、老嘉山的壁立千仞不正是我们效仿的榜样吗？

老嘉山飞瀑

后沟秋色

大横山风貌

大横山风貌

大横山，明光众多山峦之一。它位于明光城区东南，距城区16千米，总面积约50平方千米，海拔高程234米。俗话说，山不在高，有仙则名，水不在深，有龙则灵。而大横山却是因为有了元代的两个宝塔和丹霞地貌而闻名。去过那里数不清多少次，每次都留下了很多美好的印象……

第一印象

第一次去大横山，我们都不到20岁。我和他是朋友，她和她是朋友，我们结伴同行。他和她关系亲密，现在他们是终身伴侣，我和另外的她，只是刚刚认识，现在她远在他乡。

选择最早的一班火车，我们从明光出发，在管店下车，然后步行去大横山。虽然是夏天，骄阳似火，好在有她们相伴，十多里的山路，一点也没感觉到累。我们从东坡登山，那是当时最好的路。茂密的森林遮阳蔽日，阵阵柔和的风吹在脸上，顺着脸颊滑落到颈后、胸前，从未有过的舒畅，从未有过的惬意，忘了路的崎岖，不知山的陡峭，我们一路轻松，一路欢乐。半道上，一块巨石吸引了我们，踏过绿色的“地毯”，绕过枝枝蔓蔓的青藤和荆棘，我们登上了那块石头。以后多次去大横山，我都想再看一眼那一片石群，但遗憾的是始终没看到，也许是路线不一样，抑或，早已被人劈开，采作它用了。躺在巨石上，双手枕在脑后，蓝色的天、白色的云映入眼帘，一缕缕诱人的清香透过密密匝匝的“屏障”一阵阵袭来，让我们尽情地享受。她和她，像两只快乐的小鸟，飞来飞去，漫山遍野地寻觅着野花。黄的、红的、粉的、鲜艳的、本色的，采来了，放在我们身边，再飞走，又飞来，不知疲倦地忙活着。树上的鸟也不甘示弱，你一声，我一声，清脆的对白，仿佛在诉说着不尽的情话，曾经令人烦躁的“知了”“知了”的蝉鸣声，此时也成了优美旋律，在给小鸟伴奏。迷人的、欢乐的山林之间虽然被我们所拥有，让我们不忍离去，但目的地还没有到，山上是个什么样的宝塔？我们要一探究竟。

一大一小的两个宝塔矗立在密林深处，没有路，穿过树林，才能走近它。我们迫不及待地从那个大塔的最底层的门钻进去，沿着像楼梯一样的砖梯向上攀登，一直攀到了最上一层（当时的塔就没有顶），顷刻间，被眼前的景色震撼了。近处，风动枝摇，绿色像绸缎一样由高向低一直铺展到山脚；远处，清澈可人的一片片碧水镶嵌在田野中，在阳光下闪闪发光；绿野田畴一条一条、一格一格地无限伸展，没有尽头；村庄掩映在绿树丛中，疑是画者饱蘸的墨，洒下的一点一点。极目远眺，池河如一条弯弯曲曲的飘带舞动，舞过山野，舞过村庄，舞过明光。那个景色是我第一次看到，也是最后一次看到，因为现在山上的树长高了，遮挡了视线，还有塔的四周拉起了围墙，不让游客上塔，能够登顶远眺，我们是幸运者。下了塔，我们围着塔转了一周，那个年龄的阅历，真的谈不上对它有多少研究，只是感觉它很古老、很破旧、很沧桑。那也是我第一次看到宝塔。

回管店路过大沙河，我忽然想起了我上初中时在河边用脸盆野炊、几个小伙伴在水里围着脸盆抢饭吃的情景。我提议，到河里游泳去！于是，我和他下了水，在水里尽情地嬉戏。她和她卷起裤脚，在浅水处洗去一天的疲惫和汗水。清澈的水，凉爽的风，晶莹的沙滩，打湿的衣衫，她和她的笑靥，水和沙的呢喃……我们陶醉在那梦一般的黄昏里，久久不愿离去。

远眺大横山

宝塔传奇

元代兴慈宝塔

我想龚荣刚对大横山是有感情的，有一事为证，在他当市长期间，曾经有两次约我谈工作都是在大横山下。他之所以对那里有感情，因为他曾经在大横山脚下的横山公社工作了十多年时间，先是武装部长，后来是管委会主任（相当于现在的乡长）。1978年，我在县水电局工作，他在横山当管委会主任。有一次，我奉命去横山公社采访他们修建小水库的事迹，是他接待了我。一说小水库，他说：“我们上大横山，那里能看到水库。”我一听，正合我意，一别大山多年，不知它有没有变化。我们俩边走边谈，从北坡上了山。登到山顶，果然，远远近近的小水库尽收眼底。用星罗棋布这个词来形容它一点不为过，从20世纪50年代到70年代，他们靠人工担、板车拉，硬是建成了1个小（一）型水库、13个小（二）型水库，完成土石方达400多万方。龚荣刚不无骄傲地告诉我：“横山公社是全县水库最多的公社，是水利建设灌溉面积最大的公社。”

不知不觉中，我们来到了宝塔。它建于何时？是谁所建？为什么要建？我们都很好奇。为了搞清楚它的来历，我们沿着大塔里面的台阶拾级而上，在塔梯道壁上，我们看到了三块建塔碑，我们俩仔细辨认，一字一句地抄写了碑文，因为没有标点符号，又是文言文，我和他都一知半解，回来后，我郑重其事地把碑文交到了文化局，请他们给翻译辨认，过了很久都没有回音。直到1989年，市文管所所长李汪晴所著的《嘉山县文物志》出版，我才看到碑文的全文，但仍然没有翻译成白话文。三块碑都是法华禅庵住持释法圭所题，分别题于大元至正十年（公元1350年）七月十五日、至正十一年中吕上月旬日、大元至正十一年五月十二日。最底层碑，上书“建塔记”三字（原碑上“塔”字和“记”字右侧分别有两个小字，“塔”字旁是“土、正”，“记”字旁是“者”，另一个字模糊，现在保存的拓片和照片因为迟于我抄写的时间，四个字都模糊不清了）。二层和三层只有碑文，没有“建塔记”三字。三层碑文的内容一是捐资人的姓名，二是祈祝的心愿，大都是佛教用语（见附注）。

在横山，我也听说了很多关于一大一小两座佛塔的传说，比较集中的说法是：元朝末年，大旱、地震、大水灾害频繁，官府腐败，百姓遭殃，民不聊生。苏氏兄妹的父亲为官清廉，仗义执言，在朝廷中树敌甚多，最终被奸臣所害，全家300余口被问斩，幸有高人相助，兄妹俩得以逃脱。其父亲临刑前咬破手指在地上写了一个“中”字，兄妹俩不解其意，逃至五台山求大师卜解，大师告知：需在中原地区选择一个南北居中、东西适宜的地方建佛塔、做佛事，一生不再为官，持中庸之道，行大善之德。兄妹俩不花身上一分银两，一路逃荒要饭，来到大横山，看到在绿树掩映之中有一块北有巨龙环抱、南有凤翅相拥的风水宝地，风景秀美、山水形胜，并且地处东西南北居中之地，便倾其所资，在大横山上建了两个佛塔。因为有了这个传说，也就派生出我们所熟知的兄妹俩打赌建塔，一夜之间妹妹建了七层、哥哥只建了三层的故事。也有兄妹俩同时出家，共建道场的传说。小塔因为没有碑文记载，传说也就更多一些。其中有一段感人至深的故事，令我至今记忆犹新。话说大横山下有一贫苦人家，母子俩相依为命，母慈子孝，在当地传为佳话。母亲善良贤淑，儿子勤劳朴实，生活美满幸福。儿子长到20多岁，生得一表人才，上门提亲者很多，但都被他一一拒绝，母亲很是着急。有一天，一个姑娘在门口讨饭，儿子送饭出来，照例头也不抬，转身就走，谁知那女子“哎呦”一声，摔倒在地。儿子下意识地出门去扶她起来，姑娘娇娇弱弱，半倚半靠，只羞得小伙子满脸通红。抬眼望去，那姑娘年方二八、如花似玉，只见她微微抬起头来，看了小伙子一眼，这一眼让他顿时神醉骨酥、意乱情迷，竟然一反常态，直愣

元代法华禅庵塔

愣地站在那里，不知所措。母亲看到儿子迟迟不回，走到门口，看到此情此景，什么都明白了，看看姑娘，自己也甚是喜欢。于是选定吉日，为儿子完婚。谁料到那姑娘竟然是大横山上一蛇妖所变，婚后把儿子迷惑得言听计从、俯首帖耳。一日，她称自己心口疼痛，说是要吃小伙子母亲的心才能治好。儿子无奈之下，趁母亲熟睡之际，剜取了妈妈的心。他手捧一颗滚烫的心去送给老婆。不小心摔倒了，妈妈的心摔出好远。当他爬起来，重新找到那颗心时，那颗心说话了：“我的儿啊，你摔痛了吗？”就这一句话，这一颗离开了自己的身体、被儿子摔出很远、马上就要被妖精吞噬的心说出的那句心疼儿子的话让鬼迷心窍的儿子立刻醒悟了。母爱感动了儿子，也感动了上苍，在观音的点化下，小伙子杀死了蛇妖。在大横山上建了一座佛塔，以此作为对母亲和母爱的回报。自己出家当了和尚。

景是大横山的形象，塔是大横山的魂魄，故事和传说是大横山的经络和血液，它们缺一不可。有了这些美丽的传说和故事，大横山才分外秀美，分外妖娆。

（附注）：

塔的第一层碑文大意：法华禅庵信士杨智杰和母亲等捐净财建塔。不求人天福报，愿净土正因，更祈愿灾业消、冤愁解、身心安。

塔的第二层碑文大意：信士王智成同母亲、弟弟、妹妹、妹夫等数人捐净财建兴慈宝塔第二级。积善德，永为净土之资粮的信、愿、行（资粮：修行的目标、方向、动力和条件）。

塔的第三层碑文大意：滁州来安县加山乡女善人许法贞和全家，谨发诚心，捐净财建造灵牙舍利浮屠第三级和塔心一柱、宝殿两檐，祈善利上报四皇深恩（父母恩、众生恩、国土恩、三宝恩），下济凃极苦（就是三恶道：地狱道、饿鬼道、畜生道；也就是三界中一切众生所受之苦：苦苦、坏苦、行苦），见有福报，兼修报尽，俱生净土，法界有情。

再游横山

曾经的横山公社、横山乡，现在的横山街道，它已经正式列入了市区的行列。能够如此，我想，原因有三：一是距离明光近；二是有个大横山；三是有个少数民族村（和城区的回民在一起，易于管理）。也是因为它有个回民村，工作原因，让我一次又一次造访那个地方。

2008年，市民族宗教局争取了省里的扶持少数民族村的经费在那里打井，看打井，我又一次上山，还是念念不忘那里的宝塔。走近景区，但见树高了，塔新了（20世纪80年代，市里投入经费对大塔进行了维修，拉起了围墙，同时升级为安徽省重点文物保护单位），人多了，但绿色依旧，小路依旧，沧桑依旧。与我同行的、曾经在横山工作多年的市民委副主任、宗教局副局长胡德科兴致勃勃地向我介绍了大横山的区位优势和特点：大横山地处江淮中部，四季分明，雨量充沛，气候宜人，是天然氧吧。在卫星地图上看，它像九曲池河上的一块翡翠长命锁，周围的水库、塘坝如镶嵌在锁上的钻石。大横山有古、神、静、幻、奇五大特点。古，它是第四纪喜马拉雅造山运动形成，距今已有七千万年历史；山上有古柴王城遗址、朱元璋屯兵遗址、元代佛塔两座、古井、放生池，等等。神，有许多神话传说，如杨二郎担山撵太阳、朱元璋母亲吃鱼刺坐胎、仙人洞金犁银耙助乡民、法华寺古井

神水祛病魔，等等。静，它的东边和南边丘陵起伏，绵延不断；西边和北边一马平川、水网密布，方圆几十里无工业污染，无城市喧嚣。幻和奇，山似太极。俯瞰大横山极似太极图，西北绿树为阴鱼，东南红石为阳鱼，从山南看是红色的山，定远红山乡因它而得名；从山北看是横向的山，明光横山乡由此而产生，法华禅寺位于绿色阴鱼鱼眼部位，寓佛教于易学之中。涧水西流。世间无水不朝东，唯有横山水西行，寄山水于自然之中。景色怡人。灌木林郁郁葱葱，野生竹流绿滴翠，中草药品种齐全；山顶有天池，水草茂盛；山坡有麻岩，怪石嶙峋；山涧有龙泉（朱元璋喝过，故曰“龙泉”），涓涓细流；林间有小鸟，种类繁多。东有红石谷，千姿百态；西有老鹰嘴，惟妙惟肖；南有仙人洞，曲径通幽；北有情人坡，绿草如毯；五指沟、猴头洼、白土洼、小鬼洼，故事多多，神秘莫测。一番介绍，让我感慨，我想，如此美丽，如此神奇，深度开发利用将是我们的责任所在。

丹霞地貌

在最近召开的明文化研讨会上，厦门大学教授杨木喜先生和我谈起广州丹霞山和横山红石峡时，他说：“丹霞山和红石峡奇特的山体造型太让人震撼了。”虽然红石峡不能和丹霞山相比，但是中原地区一般没有丹霞地貌，“物以稀为贵”，横山的红石峡就成了远近闻名的一大奇观了。

我第一次去红石峡是市政协组织的界别活动。看过了兴慈宝塔，我们一行数人在完全没有路的山上整整用了一个小时才艰难地攀上山顶。远远望去，一大片红色的地貌像火一样熊熊燃烧，在夏日阳光的照射下，那一片火随着阵阵热浪，滚动着、咆哮着、奔涌着。大家忘记了登山的疲劳，迫不及待地飞奔下去。来到红石峡，顾不上欣赏它、品味它，又迫不及待地登上一个个山包，翻越一道道山梁，跨过一条条山涧，尽情地奔跑、穿越。我们每个人都是第一次看到这个奇观，每个人都非常亢奋。直到一个个汗流浃背，挥汗如雨，我们才停下奔跑的脚步。脱去鞋袜，甩掉外衣，用身体和赤足亲吻那滚烫的红土地，让那燃烧的烈焰把自己包围，让那一袭红色把自己涂抹，仿佛只有这样才能融入那鲜艳的红色中去。

丹霞地貌是第四纪造山运动而形成，由红色沙砾岩构成，距今应在 7000 万年到 1 亿年以上。古人取“色如渥丹，灿若明霞”之意，称之为丹霞地貌。大横山的红石峡位于山之东南的半坡上，一座座小山峰高低参差、错落有致、形态各异、造型独特，宛如雕塑大师的一尊尊艺术杰作。其中，既有阳刚之气的雄姿，也有曲线柔美的玉体，既有突兀的孤峰奇景，也有平缓的履履山坡。高的、峭的，似赤裸的男人器官；低的、缓的，如飘逸的红色绸缎；山坡下，栩栩如生，那是惟妙惟肖的飞禽走兽；沟壑边，若隐若现，那是仙女来到了人间。最难忘的，是那鲜艳、耀眼的红色。冯德兵说：“它是风情万种的通体透红”；张俊昌说：“红得是那么纯正，红得是那么亲切，红得是那么热烈，红得是那么让人兴奋。”每个人都说：那是我们从来没有见过的红色。

太阳渐渐地落下，火红的晚霞和红石峡连成一体，映红了半边天，我们被淹没在红色的海洋中。走出红色，回首望去，我忽然发现，那不是一条火龙吗？它昂首向上，腾空而起，宛转腾挪，吞云吐雾，正在冲向云霄！

龙脉之山

大横山是朱元璋的福地。朱元璋在大横山的收获可以历数很多：成功战胜缪大亨，夺取大横山的营寨，缪手下数万人成了朱元璋的部下；朱元璋从中挑选2万精干力量，加上自己的1万人，训练出一支能征善战的队伍；以大横山为基地，招兵买马，扩充力量，队伍迅速扩大到7万多人；盱眙、泗洲、定远众多武装力量的首领纷纷前来投靠，朱元璋招收了一批将才；在声名大振之后，定远名士李善长慕名选择了朱元璋，成为其重要的谋士。

2008年11月16日，远在杭州的朋友故地重游，一定要去看看大横山的变化。在横山村原党支部书记锁富的陪同下，我们一行四人从横山的西坡上了山。我一心想到山顶去看看山上的营寨，在我的倡议下，我们径直登到了山顶。山顶果然如众人所说，一片平坦的地方，周边有堆土遗迹，中间有一个水塘。这就是传说中的柴王寨，也就是后来缪大亨和朱元璋安营扎寨的地方。这里曾经上演了一幕幕惊心动魄的故事。

张知院是带着满腹牢骚来到这里的。缪大亨则是牢骚满腹地降下了代表“山大王”荣耀的大旗。元朝那些大臣们不知道是谁看中了这个地方，把缪大亨招安，派张知院前来监军。张知院和心爱的小妾撒泪而别，来到了这个偏僻的荒山上。朱元璋的手下大将花云开始攻山，眼看着山上难以抵抗，张知院早就溜之大吉，回家和小妾欢聚去了，至于如何向朝廷交差，他也管不了那么多了。缪大亨也是极不情愿和朝廷合作，兵败如山倒以后，自己的故交上门劝降，他看到朱元璋兵强马壮，又看到眼前朱元璋没有没收他的那些金灿灿的金银财宝，心想，占山为王自己快活的日子也不过如此，不如投了朱元璋，想干就干，不想干带着金银财宝卷铺盖走人。于是，又投了另一个主子。

志向远大的朱元璋则是获取了一块宝地。他以这里为根据地，聚草屯粮，积聚力量，训练部队，扩大影响。肥东、定远的吴复、冯国用、冯国胜、丁德兴等人找上门来，还带来了一些武装力量。朱元璋手下大都是郭子兴的部下，缺少自己的亲信幕僚，这些人或善于征战，或长于出谋划策，正是朱元璋可用之才。果然，丁德兴小试牛刀，带领他的部队参加了一次大会战，攻破了寨子，活捉了头领，还招降了几千兵马。冯国用善谋略且目光远大，其言谈常有登高望远之妙。有些话是朱元璋从未曾听说过的，朱元璋第一次感到儒生的重要。不久，泗洲人胡大海和邓愈也前来投靠。胡大海身材修长、仪表堂堂，并且智勇双全，很快被朱元璋任命为先锋。邓愈原名邓友德，投靠朱元璋时才年方16岁，朱元璋看到这位少年英姿勃发，甚是喜欢，把他的名字邓友德改成了邓愈，任命为管军总管。

朱元璋的迅速扩张，引起了定远人李善长的注意。李善长并非一般人物，他足智多谋、头脑灵活，他自认为自己满腹经纶而无处施展，但是又不愿意轻易帮助别人，他要看准了他的服务对象，才能出山。朱元璋升任九夫长，领兵连克五河、定远、含山等地，他已经开始注意这个其貌不扬的小人物了，但是他没有下定决心。直到朱元璋智取驴牌寨、奇袭横涧山；招得各路兵马、聚得多方将才；带领训练有素的部队兵发大横山、开始进攻滁州的时候，他感觉到是他出山的时候了。于是，他找到了朱元璋。朱元璋也不是等闲之辈，他问李善长：眼下天下大乱、四方兵起，何时才能天下太平？李善长知道这是朱元璋在考察他，但是他早已有了思想准备，他知道朱元璋可能会问他什么问题。他沉着冷静地回答说：从古至今只有汉高祖是平民出身，你要学习汉高祖，胸怀大志，目光远大，心能容人，善于用人，汉高祖用5年平定天下，你也许用不了5年，便能问鼎天下（朱元璋12年之后称帝）。几句话，把朱元璋说得心花怒放。在此之前，没有人让他效仿哪个皇帝，让他学习汉高祖岂不是说他也可以做皇帝吗？于是，他让李善长做了幕府的掌书记（秘书长）。

李、胡、邓、吴、丁、冯氏兄弟从此跟着朱元璋下滁州、克江南、血战陈友谅、讨伐张士诚、平定中原，南征北战，立下汗马功劳。建国后，李善长官居丞相，一人之下、万人之上；邓愈，封宁国王；冯国胜封宋国公；胡大海、丁德兴、冯国用、吴复死于战场，胡大海，特赠光禄大夫、追封越国公；丁德兴，追封济国公；冯国用，追封郢国公；吴复，追封安陆候。

我站在山顶向南望去，但见村落塍畴、一马平川，不远处就是滁州琅琊山，再远处，便是朱元璋的另一个福地紫金山。仔细想想，朱元璋从定远从军到黄袍加身还真的没有登过任何一座山。看来，大横山的确能够给朱元璋带来运气和福气，如果没有横山的胜利，如果没有李、胡、邓、冯、丁等人的加入，明朝的历史可能要改写。

有人说，大横山是龙脉之地，看来，此话并非空穴来风，我愿意相信这句话是真的，我也衷心地希望大横山能够给朱元璋家乡的人民带来更多的福气。

淮河风韵

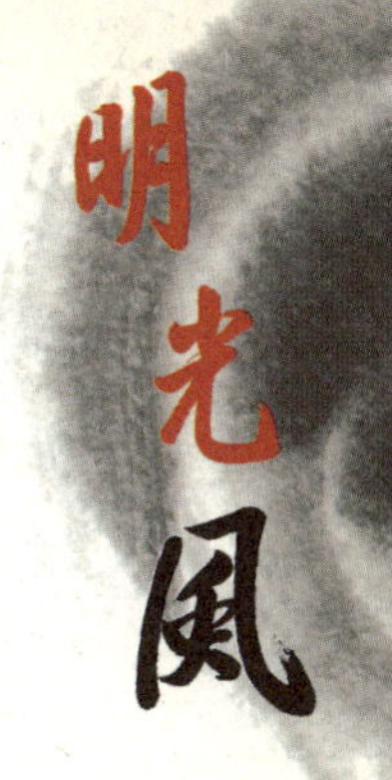

淮河风韵

千里淮河，浩浩荡荡，从明光的北部穿流而过。它从淮河三峡之一的浮山峡进入，从七里湖东的洪山头流出，途经柳巷、泊岗、潘村、女山湖三镇一乡，全长41千米，另外，1953年淮河开挖泊岗引河，还保留了12.8千米的老淮河（现属于怀洪新河下游）。50多千米长的淮河两岸，风光旖旎，山水秀美，历史遗迹甚多，文化底蕴深厚，来明光旅游，当然要来淮河一游。

明光的文化之山

浮山，据地质考察，大约形成于白垩纪早期（距今约1.3亿年），是明光境内历史最早的一座山。海拔高程约70米 总面积约5平方千米。虽然不高不大，但是由于历史悠久，文化积淀丰厚并且和河对面的巉石山遥相呼应，被称为淮河三峡之一，因此而闻名久远。清人郜云鹄《登浮山赋》赞曰："此山是正阳以下之咽喉，乃红湖以上之枢纽；收百川之来源，锁五河之隘口。曾岁月之几何，讶江山之非旧。"

浮山历史悠久。位于山之西侧的灵岩寺，又名浮山寺，相传始建于商纣王时期，距今有3000多年；汉建安年间，相传曹操在此留下一副对联之上联，距今1800多年；浮山堰建成于公元514年，距今1491年；唐、宋年间，白居易、李坤、韦应物、苏东坡、苏辙、秦观等在此题诗咏联，距今也有1100至1300多年。从南北朝到清朝，仅明光市诗词学会搜集到的写浮山、浮山堰和浮山八景的诗词歌赋就有20多首。浮山最早叫临淮山，后因山北麓有浮山洞，面淮水，夏水涨，冬水落，洞据水面似不变，人疑山浮，故名。后来也就有了"山浮水面水浮山，水上有山山有水"之说。

浮山文化积淀丰厚，明光市内没有哪一座山可以与之相比。曹操写的那副对联，

淮河晨捕

不管是真是假，被称为千古绝对应不为过。“登浮山 望五河 五河五道河 淮浍漴潼沱”，此上联言简意深，表达准确，居高望远，很有气势。要对下联，一是地名难对，“浮山”和“五河”都是地名；二是后五个字是一个边旁难对，淮浍漴潼沱都是三点水；三是工整、押韵难对，此上联的河、河、沱押同一个韵。目前，有资料可查的下联，如，“坐西蜀 点五将 五将五虎将 关张赵马黄”；“进北京 朝百官 百官百样官 公侯伯子男”；“坐飞机 游五洲 五州五大洲 亚美（南、北美洲）澳非欧”还有什么：“游东海 观五星 五星五颗星 土木水火金”；“环太湖 寻五金 五金五大金 金银铜铁锌”，等等。最近，明光市张八岭镇的“八岭湖”漂流建成开业，我也想到了一副下联：“站天门（老嘉山有个高坡叫‘南天门’，在此往南看，众山一览无余）观八岭 八岭八座岭 嘉庙凡独杏（老嘉山、中嘉山、小嘉山、大庙山、庙山、凡山、独山、杏山）。”严格地说，这些下联，要么不是地名，要么不是一个边旁部首，要么对仗不是十分工整，因此不能说是最好的下联，这样就给游客们留下了施展才华的无限空间，愿更多更好的下联为浮山添彩！

不知何人所作的“山浮水面水浮山”，除了那副“水上有山山有水”之外，还有“云追月来月追云”“浪打船头船打浪”“月印潭中潭印月”，等等。这些妙趣横生、构思精巧的对联都为浮山增添了文化底蕴和神秘色彩。

在数十首诗词歌赋中，最精彩的当数唐、宋时期的白居易、李坤、韦应物、苏轼、秦观等，他们有的是乘船路过浮山，有的从这里渡淮，都留下来许多脍炙人口的诗词。宋元祐七年（公元 1092 年），苏东坡由颍州改知扬州，在赴任途中，得以闲暇，游览了濠州附近的几个名胜古迹，欣然命笔，写下了著名的《凃山》《虞姬墓》

《彭祖庙》《逍遥台》《观鱼台》《浮山洞》等“濠州七绝”，其中的《浮山洞》云：“洞在淮上，夏潦不能及，而冬不加高，古人疑其浮也。人言洞府是鳌宫，升降随波与海通。共坐船中那得见，乾坤浮水水浮空。”其弟、唐宋八大家之一的苏辙在《和子瞻（苏轼的字）濠州七绝浮山洞》中写道：“洞府元依水面开，秋潮每到洞门回。幽人燕坐门前石，长看长淮船去来。”秦观的《浮山堰赋并引》，洋洋洒洒，一唱三叹，连续23句结尾的“兮”字，把浮山堰的建筑之艰难、建成之雄伟、垮坝之溃势、后果之痛惜抒发的淋漓尽致，让读者读来无不扼腕叹息。

沿着陡峭的的山壁小道前行，才能找到浮山上罕见的摩崖石刻，可惜的是年代久远，加之浮山的石质都是红砂石，容易风化，所以大都难以辨认了。只有两处还保留有痕迹，一处在山的中部，有人工雕凿的一片平面，看不见有字的痕迹，也可能是被风蚀了，也可能是凿好了没刻；另一处就是位于浮山西侧的“镜清砥平”四个大字，现在只能看到“镜”字上面的一撇一点，其余都模糊不清了。这个石刻是谁的字，没有记载，从保存的资料照片上看，四个字雄浑、遒劲，力透纸背，应该是大家之作。在浮山主峰西山角，有一个古渡口，一直是南北往来客商的必经之地，古称“四门口”，一度曾舟船泊聚，墙帆林立，商贾云会。“镜清砥平”四个字，祈愿着淮河水不要泛滥，保证淮河两岸的连年丰收，但只是个美好愿望而已，从古至今，淮河的灾难时有发生，只到走入新的世纪才真正做到了“镜清砥平”。四个字也同时希望古渡口能够风平浪静。有诗云：“静卧西峰古渡头，山腰镌刻赞字留。”当地人都说，古时候渡口偶有事故发生，但奇怪的是，出事故的往往都是奸商，消息传开，一些没良心的奸商吓得不敢到这里过渡。看来，“镜清砥平”也是对善良的人们的美好祝愿，我们都应该享受这个祝愿。

河边垂钓

淮河柳巷渡口

浮山堰春色

浮山八景

浮山历史久远，作为淮河三峡之一，一直享有盛名。古往今来，浮山八景在世间广为流传，古时候的文人墨客、如今来浮山的游人，无不对浮山八景津津乐道。历经数千年的沧桑变迁，浮山八景在岁月中沉寂、演变，虽然有的只有遗址尚存，但是八景的历史底蕴和文化积淀依然熠熠生辉。

仙人洞招隐

浮山洞位于浮山北麓，古时因“夏潦不能及，而冬不加高”被称之为浮山奇观。相传洞口不大，但洞内幽深广阔，冬暖夏凉，仙气氤氲；洞外淮水拍岸，发出阵阵响声，在外面听到是水浪撞击的声音，在洞内听到的是琴瑟洞箫的声音，悦耳动听，余音绕梁。有一位白发仙翁长居洞内，平日多在洞中不出，有时踏水随风，飘然而来，飘然而去。山上樵者和水上渔夫偶尔得见，但都难以和其近距离接触。众人口口相传，引以为奇。有好奇者前往洞口探望，但见洞门紧闭，胆大者上前敲门，发现石门敲打时毫无声响，不知道是仙人听到不愿意开门还是在里面根本听不到声音。此事一传十、十传百，添油加醋，传得越来越奇，越来越玄，十里八乡，路人皆知。邻乡有一个进士，名叫蔡小泉，平日里爱耍小聪明，爱出风头，自持自己进士及第，目中无人，并且，经常仗势欺人，甚至强占良家妇女。身边朋友敬而远之，不愿意和其交往。有一天，蔡小泉听说了仙人洞的奇事，无所事事的他来到了浮山，要亲

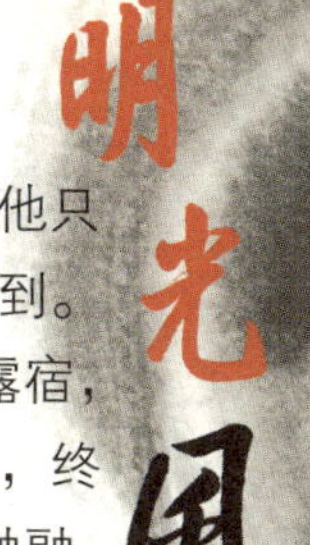

自会一会洞中仙翁。他来到洞口敲门，像别人前去造访一样，里面毫无动静，他只得悻悻而归。回到家，他想：我蔡小泉是进士，别人做不到的事，我一定要做到。第二天，他带了一个书童和一些粮食，再次来到浮山，在洞口埋锅做饭，风餐露宿，发誓一定要见到仙翁，否则就不回家。有志者事竟成，仙人被他的精神感动了，终于开门与他相见。从此，蔡小泉每日都要去洞里，和仙翁一起下棋、喝酒，其乐融融。

话说两人各得其乐，自然日子过得很快，转眼间已经半年有余。每天喝酒时，仙翁总是以一座十分精巧的银质的酒壶、酒杯待客，蔡小泉经常拿在手里把玩，甚是喜欢此物。有一日，蔡小泉家里来了贵客，就向仙翁开口借这座银质酒器回去待客，仙人欣然答应，但是提出一个条件，要蔡小泉用过就要归还，并且必须是原物，不能替换。蔡满口答应，兴致勃勃地借走了银质酒器，第二天，他在家里宴请贵客，拿出了那座酒器向众人炫耀，众人一齐夸赞酒器漂亮精致，蔡小泉一高兴，喝得酩酊大醉。一觉醒来，没想到的是，那座银质酒器却不翼而飞，蔡四处寻找，毫无结果。蔡苦思多日没有办法，只有去买银质酒器，岂料跑遍了周边集市却没有找到一个银质酒杯，万般无奈之下，他只得买了一座和那座酒器非常相像的锡质的酒器还给仙翁，仙翁十分不悦，把酒器丢进淮河，转身进了洞府。不久，仙翁以浮山一带人心不古为由离开了仙人洞。周围老百姓知道此事，纷纷遣责蔡小泉的不义之举，蔡有苦难言，非常自责，没过多久，就积郁成疾而身亡。

多少年以后，人们才知道，原来是仙翁奉玉帝之命要离开仙人洞去天庭，他要在临走之前惩罚一下那个高傲、冥顽的恶少，于是才有了仙翁收回酒器、故意难为菜小泉的一段奇事。

仙翁去了，仙人洞渐渐被水淹没，由于水浪的冲击，洞口越来越大，成了众水族的娱乐、嬉戏之所。

钓鱼台寻仙

仙人洞旁，有一巨大岩石，此石表面平坦，临水而立，被称为钓鱼台。仙人洞中的白发仙翁常常在此持竿垂钓。仙翁钓鱼，意在钓而不在鱼，经常无果而归，但却兴奋异常，有时边钓鱼边吟歌，有时边钓鱼边饮酒，世人见怪不怪，习以为常。其实，此处是鱼最多的地方。因为台下水势旋回，水温适度，易于鱼虾生长，民间广传：“天下鱼三窝，浮山占一窝。”仙翁离去，被水淹没的山洞内更是群鱼聚集，据《乾隆志》记载：“明万历二十一年冬，一渔人游入，见口广数丈，内三丈余，群鱼聚集，半月之间，渔人挈党，取得十数船，皆鲇也。其一大鱼，长丈余，不能钓引，渔者每跨其背焉。”

浮山一带，还盛产一种十分名贵的淮王鱼，俗称“回王鱼”，淮王鱼属鲶目鮠科，学名长吻鮠，国家二级保护动物，形同鲇鱼，鱼体呈纺锤形而稍扁，全身光滑无鳞，背部鲜黄。食之肉质细嫩，没有细骨绒刺，汤汁如奶水一般，汤浓汁纯，味道鲜美，令人回味无穷。此鱼有鲜、嫩、滑、爽四大特点，清蒸、白煮、红烧、片炒，无不美妙。相传西汉时，有人将此鱼献给淮南王刘安，刘安食后，赞不绝口，后来，淮南王就经常用这种鱼来宴请贵客，其部下为了讨好刘安，也经常派人到浮山买鱼，时间长了，民间就把它称为“淮王鱼”，一直流传至今。凡是到过浮山的人，都要尝一尝淮王鱼，以饱口福。

日本前首相田中角荣，在日本侵华期间，曾经在浮山驻防，经常可以吃到淮王鱼，对此记忆犹新。中、日建交，田中角荣再度来中国，和周恩来总理交谈中，提到浮山风光秀丽，淮王鱼味道鲜美。据传周总理还电话通知安徽，让人捕得数斤淮王鱼送往北京，招待田中角荣，田中角荣甚是感动。

淮王鱼大都潜藏于浮山洞中，十分难捕难钓，物以稀为贵，所以要想吃到正宗的淮王鱼还真是非常困难。进入 21 世纪，随着科技的发展，有的地方开始人工养殖淮王鱼，但是其肉质和味道毕竟与浮山一带的野生淮王鱼不同，所以淮王鱼也就成了明光一绝而被人们称道。

如今的钓鱼台，虽然没有仙人在上面垂钓，但石台尚存，古风犹在，游人游览到此，总是要效仿当年仙翁的模样，面水举杆，佯作钓状，以壮此行，以添其乐。蚌埠诗人孟超先生诗咏钓鱼台曰：“石台垂钓钓东风，笑傲江湖烟水中。两岸奇峰无限好，人生彻悟做渔翁。”好一个“石台垂钓钓东风”“人生彻悟做渔翁”，愿每一个游客以此为鉴，从中悟出更多的道理。

河边小景

灵岩寺晚钟

灵岩寺位于浮山西峰，大门向西、面向由西向东的淮水而立，寺北不远处是陡峭的山崖，崖下就是奔腾不息的淮河。目前灵岩寺只有遗址，尚存无头赑屃一座，断裂的公禀碑残碑一个，上面的文字模糊不清，难以辨认。据乾隆《盱眙志》记载：

“灵岩寺，在县西南一百二十里、浮山顶上。明正德五年，僧圆宝改建之山之西隅。”该寺相传始建于商朝（一说始建于唐朝），距今3000多年。后历经战火，几经修葺，一直保持到1942年方毁。“文化大革命”中，仅存的圣旨碑被破坏，赑屃的头部被砍掉，不知去处，石狮和琉璃井井栏等部分残件散落民间。

2003年，现任市诗词学会会长、浮山本地人凌明光先生在浮山采访多名70岁以上老人，得知当年灵岩寺的规模是：寺庙有三进两院，前面是天王殿，后面是第一个大院，院后是大雄宝殿，然后是第二个大院，院后是观音殿，殿后有一小便门，便门后就是千年的纤夫古道。天王殿的门额上刻有御笔亲书的“灵岩寺”三个繁体大字，笔法工整遒劲。殿门上有一副对联，上联是：清风明月本无价；下联是：傍水倚山别有情。殿正中是赑屃驮着的圣旨碑，圣旨碑上记载着明嘉靖皇帝对灵岩寺主持奏请赐写寺额一事的圣旨。紧靠圣旨碑的是桃西、紫阳等保恭贺嘉靖皇帝御赐灵岩寺寺额的公禀碑，两边是四大天王。头进大院有一株榕华树，树下有一眼琉璃井，井水乃山上泉水，离井口一尺，久旱不降。大雄宝殿南廊檐下悬吊一口生铁大钟（一说是铜钟），钟高约1.5米，重逾千斤以上。老人们回忆说，灵岩寺的主持法号松亭，一身武功，收有两个徒弟，法号卓青、卓云，老松亭园寂后，卓青任主持，收徒凡亮，1946年和1956年，师徒俩先后病逝于浮山。

灵岩寺的庙地约300亩，现在的和尚塘、和尚冲等地都是当年的庙地。寺庙曾经香火鼎盛，每年正月十五庙会，灵岩寺车水马龙，人如潮涌，头进大院里，有12条龙在院内玩耍，十分热闹。

每当夜幕降临之际，寺内的大钟便开始报更，钟声回荡山谷，惊起飞鸟满天；钟声掠过淮水，激起微波荡漾；钟声飞越天际，十里八乡清晰可闻。更有奇者，每逢夏日，山上风波亭内有时候有人在抚琴，钟声响时，古琴自己就发出阵阵声响，声音清脆悦耳，十分动听。唐代诗人白居易登临浮山，在灵岩寺留诗一首，诗曰：“杲杲白日上青林，客去僧归坐夜深。荤血屏除惟对酒，歌钟放散只留琴。更无俗物当人眼，犹有清泉涤我心。最爱晚亭东望好，大淮烟水绿沉沉。”

浮山峡遗址

风波亭晓云

风波亭建于浮山的最高峰，原名“浮空亭”，取自于苏轼的“乾坤浮水水浮空”之意。后改为风波亭。据传，改名“风波亭”与进京赶考的一对书生有关。

清朝晚年，一李姓书生和一王姓书生进京赶考在浮山渡口等船，听说山上有一凉亭，可以居高临下，远望淮水和附近的数条河流。两人结伴而行，登上浮空亭。但见亭子重檐碧瓦，雕梁画栋，四角微翘，甚是精巧。站在亭内，登高望远，山川河流尽收眼底。两人喜不自禁，流连忘返，不觉天色已晚，两人信步往西而行，走入了幽静古朴、香烟缭绕的灵岩寺，在寺里，他们巧遇了寺庙的住持大师。大师见两个书生眉清目秀，彬彬有礼，很是喜欢，就留他们住在了寺内。晚上，两人到大师居所拜见，性格豪爽的大师与他们热情交谈，使两人受益匪浅。第二天清晨，李姓书生独自一人渡船北去，王姓书生却留在了灵岩寺。原来，王姓书生本来就无意进京赶考，只是父母望子成龙，硬是逼迫他进京赴考，昨晚，又听了大师的一席话，便决意留下来跟大师学艺，并自愿遁入空门出家当和尚。

转眼过了20年，李姓书生风风雨雨的经历是这样书写的：含辛茹苦、三次科考、金榜题名、朝廷做官、被人陷害、贬为庶人、穷困潦倒、病体缠身，终于有一天，他再次来到了灵岩寺。两个老朋友见面，百感交集，彻夜长谈。此时的王姓书生，学得一身武艺，身体强健，并且已经做了灵岩寺的住持。他静心向佛，心无旁骛，乐善好施，善待弟子，深受众僧爱戴、香客尊重。李姓书生仰天长叹，懊悔不已。在浮空亭，他挥毫写下一副对联：赶考难 当官难 命运多舛处处难；出家好 入佛好 悠然自得时时好；横批：风波二十年。不久以后，李姓书生因病去世，他的朋友为了纪念他，建议把“浮空亭”改成了“风波亭”。又过了50年，王姓书生无疾而终。有人说，他就是松亭大师。

东方破晓之时，登亭远眺，只见东方的天空上，云彩渐渐由灰白色而变为浅红色、深红色；霞光由小到大、由少到多、由淡到浓，直射到天空，把天空下的大地、村庄、淮河、树木都抹成了浅浅的红色。少顷，天空的红色越来越亮，一轮红日喷薄而出，又大又圆又红，在缓缓上升的过程中，渐渐光芒四射，普照大地。淮河的晨曦是迷人的晨曦，波光粼粼的淮水发出亮光在眼前跳跃，像无数个小小的珍珠由西向东滚动。一艘小船破浪而来，划破了宁静的水面，激起的浪花也载着亮光，把淮河分成了两半。小船披着晨曦的光辉，迎面而来，从眼前缓缓驶过，又披着光辉而去。

风波亭见证了一个又一个东方破晓，见证了一个又一个淮河晨曦，收藏着淮河的记忆！

饮马池投钱

灵岩寺后面，有一个大水池，池水乃山上泉水，常年不枯，清澈见底。池内放有小鱼。据说饮马池的来历，与姜子牙有关。

姜子牙的家乡在今山东东部黄海之滨的日照、莒县一带。他出身寒微，一生坎坷多磨，神秘莫测，后来在军事、政治、经济等方面都有轰轰烈烈的卓越贡献。相传姜子牙微时骑马沿着淮河西行，来到了浮山，他听说此处是淮河的三峡之一，便登山游览。他沿着纤夫古道，在钓鱼台远眺湖光山色，在浮空亭凭望淮水东流，来到了灵岩寺后的水池，看到池水清澈怡人，便在池内饮马。说来也怪，此马沿淮水而行，一路不愿喝水，到了这里却狂饮不止，姜子牙很是感谢，遂投入数枚钱币以表谢意。姜子牙走后，人们便把此池叫做“饮马池”。姜子牙后来借钓鱼的机会求见周文王。在渭水钓鱼，周文王出外狩猎之前，占卜一卦，卦辞说：“所得猎物非龙非螭，非虎非熊，所得乃是成就霸王之业的辅臣。”文王于是出猎，果然在渭河北岸遇到太公。再后来，姜子牙帮助周文王、周武王伐纣灭商，建立了周朝。过往游客听说姜子牙曾经在此饮过马，后来被周文王重用，视此池为大吉大利之池，于是纷纷前来，投币进池，以求吉利。

宋朝时，杨家将也在饮马池饮过马。宋雍熙三年，杨老令公杨继业携七儿八虎出兵北上抗辽，听说在饮马池饮马可以一帆风顺，马到成功。出征前，到此饮马。后来因为奸臣潘仁美的陷害，杨家一门忠烈在金沙滩功败垂成，杨老令公自己在二狼山自刎身亡，八个儿子先后死了四个，四郎、八郎被俘，四郎在辽国被召为驸马，五郎在五台山当了和尚，只剩下六郎杨延昭一人活了下来，后来又多次挂帅出征，被传为佳话。后人有诗赞曰：“饮马池边去不还，千军踏月戍三关。杨门一代英雄将，留取丹心万古传。”

仙牛脚怀古

浮山西南、紫阳山到蝴蝶山之间，有一山名叫长山。顾名思义，长山连绵不断，起起伏伏，南与紫阳山相望，北与蝴蝶山相连，郁郁葱葱，沟壑纵横，在一马平川的潘村洼地区，是难得的一片绿色。山下有一片名叫“死牛地”的沼泽地，现在建起一个小（二）型水库，没建水库之前，经常有老牛深陷沼泽中难以自拔，故曰“死牛地”。山上，有一牛蹄印，其大如笆斗，深嵌山坡之上。据传说，此牛脚印是老子过函谷关时留下的青牛脚印。

当年，老子在东周任守藏室史，负责看管王室典籍。周敬王四年（公元前 516 年），周王室发生内乱，周敬王的叔父王子朝不满敬王继位，率兵攻下刘公之邑。周敬王受迫。晋国出兵救援周敬王。王子朝势孤，与旧僚携周王室典籍逃亡楚国。

老子蒙受失职之责，受牵连而辞旧职。于是离官归隐，骑一青牛，打算出函谷关，西游秦国。函谷关在今河南省灵宝市范围内，老子为什么能走到这里？传说老子在去函谷关之前，骑牛向东，周游列国，寻找《道德经》的真谛，这才来到了浮山。那一日，老子倒骑青牛路过长山，路遇一老叟，老子上前问路，老叟说："前面便是一片沼泽，名叫死牛地，你小心你的青牛掉进死牛地出不来！"老子挥起一鞭，猛抽青牛屁股，青牛"哞"的一声大叫，腾空飞起，跨过死牛地，落在了长山上，留下了一个深深的牛脚印。

老子在长山留下脚印之后，浮山一带名气大增，文人墨客慕名而来，在仙牛脚留下了许多脍炙人口的诗篇和对联。古人有诗曰："当年老子过函关，蹄迹依稀印此山。道可道，非常道，道德真经万古传。"今人有诗曰："浪传老子过函关，曾跨青牛过此山，想是西天修道去，故留遗迹在人间。"更有趣的是，有几个文人在这里留下了对联，像"登浮山看五河……"一样，给后人留下了无限的想象空间。有一李姓的文人路过这里，吟出一上联，联曰："骑青牛过关 老子姓李"，有一王姓文人后来在此对曰："跨脚印入淮 胜者为王"，又有一个姓高的对曰："登浮山看河 识者为高"。今后，随着浮山旅游业的开发，将有更多的游客到此一游，那么，"赵钱孙李 周吴郑王"等诸姓者，应该如何应对呢？我们期待着更多更好的绝对出现！

裂马缝晨雾

你走过浮山的纤夫路吗，如果你没有去过，必须亲自去走一走才能体会到它的惊险。从浮山东面走进纤夫路，左面是悬崖峭壁，右面就是奔腾不息的淮河；左面陡峭的山峰上，地表是红砂岩结构，寸草不生，行人无法站立。纤夫小道由于常年风雨侵蚀，又窄又滑，必须手脚并用才能行走，有的地方要背对淮河，贴住山体才可以通过。我们一行数人，走走停停，艰难前行，寻找令人神往的"裂马缝"。在山的西部、由北向南方向，巨大的山石裂开如刀劈状，形成了一条幽深的、两三米宽的裂缝，这就是浮山闻名久远的"裂马缝"。

当地的农民告诉我们，早些时候裂马缝的周边植被茂盛，青草萋萋，野花芬芳，蝴蝶和蜜蜂在裂马缝里里外外翩翩起舞，流连忘返，煞是壮观。清朝诗人佚名有诗为证："裂深山滑正朝阳，异草奇花分外香。众蝶纷飞花上戏，群鸠觅食草间忙。高升红日射裂缝，直照瑞光散岭岗。晨雾巨岩更突出，露珠玉色映霞光。"一百多年的水土流失，裂马缝的四周失去了当年的风采，但是裂马缝的景色和故事传说仍然让游客为之称奇。我市诗词学会前会长赵一初先生当年游览浮山，在裂马缝曾经填《浣溪沙》一首："峭壁瓜分似剑削，巍峨相峙半山腰。雄劲森然喻关卡，窥渔樵。传说巨蛇常出入，淮河吞浪赛腾蛟。降水圣龙安在否？看今朝。"

传说裂马缝内有一条一丈多长的大蛇经常出入，特别是每年汛期，淮河失去了往日的平静，水位陡涨，浊浪滔天，那条大蛇离开裂马缝，在巨浪之间游走奔腾，吞云吐雾，蔚为奇观。旧时，有人晨起上山砍樵，见一仙人策马行于裂马缝上，近前视之，人马遁入缝内，霎时雾气弥漫，人马不见踪影。“裂马缝晨雾”由此走入浮山十景。

西藕塘归舟

西藕塘位于浮山西南脚下，浮山古镇的西门外。西藕塘不仅是浮山一景，更是浮山古镇一景，来浮山镇的游客，都要到西门外看看西藕塘。古时候的浮山古镇因为紧靠浮山和淮河渡口，又是泗浦古道和两淮赴六合古道的必经之路，所以十分繁华。据凌明光先生采访记录，古镇基本成正方形，有东、西、南三个镇门（北面是淮河），镇墙高约 4 米，用老灰砖砌成。东镇门上有“端迎阳谷”四个大字；南镇门外门上有“曲谱薰风”四个大字，内门上有“浮山古镇”四个字。东西向和南北向各有一条大街，宽约 4 米，路面用青红条石铺成。沿街两侧，青砖小瓦房屋相连，油坊、糟房、饭店、杂货店等一应俱全。东门外有一个“三关庙”和一个“姑子庵”；南门内西南侧有一个“祁皇庙”，皆是香客云集、香火鼎盛。

西藕塘北面是浮山，南面是蝴蝶山，水源源于淮河，碧波荡漾。沿岸柳树成行，柳枝轻垂。盛夏来临，荷叶田田，芙蓉映天，红花绿叶，芳香四溢。待到夕阳西下之时，数十只小舟捕鱼归来，陆续停泊于西藕塘东岸边，舟辑相连，微微荡荡，水拍船帮，“泊泊”声响。入夜，点点灯火倒映荷塘，水上水下浮光掠影，灯光摇曳，似繁星点点，闪烁在夜色中。月色下的荷塘，月儿倒悬，月影袅袅；柳影弄波，柳叶飘飘，别有一番情趣。古人有一副对联赞曰：“柳影倒荷塘，鸟入深渊鱼上树；溪光浮玉岭，天当游水地临云。”

柳巷镇东西涧芦苇荡

浮山堰

南北朝时期，群雄争霸，国与国之间战争不断，百姓苦不堪言。梁天监十三年（公元 514 年），北魏降将王足向梁武帝萧衍建议，在淮河选择一峡口栏堵淮水淹灌北魏所据的寿阳城（今安徽省寿县）。王足是北魏人，深知寿阳地势低洼，紧邻淮河南岸，并且经常因淮水泛滥而被淹。就在同年五月，寿阳久雨成灾，大水入城，房屋全被淹没。梁武帝萧衍听他一番有根有据的游说，同意了王足的计策，于是命令水工陈承伯、材官将军祖恒前往淮河视察地形。陈、祖两人建议说："淮水中沙土松软，且水流湍急，工程无法完成。"梁武帝一听大怒道："滴水可成墒，锹土可成山，自古兵来将挡，水来土掩，岂有筑不成坝的道理，分明是二位存有异心。"萧衍为表筑坝决心，不让再有人提出反对意见，即令左右卫将祖、陈二位推出斩首示众，并重新派人经过认真勘测考察，选择了淮河的第三峡——浮山峡作为筑堰之地。梁武帝令太子右卫率康绚都督淮上诸军事，负责筑堰工程，置司于钟离。证调徐州、扬州的民夫，每二十户征五丁，包括军士共 20 万人。堰堤南起浮山，北抵巉石山，从两岸取土，向淮河中间靠拢。真是天佑武帝，那一年冬天巧逢淮河大旱，淮水流量较小，20 万人经过半年的苦战，历经艰辛，终于在第二年汛期到来之前建成了初具规模的浮山堰。

梁天监十四年（公元 515 年）四月，连日大雨，建设标准严重不足的浮山堰怎能经得起风浪，刚刚合拢的堰堤被洪水冲垮，半年多的努力功亏一篑。再欲合拢，无论采取什么办法都难以奏效。康绚召集部下商量对策，有人说蛟龙能借风雨破坏堰堤，但蛟龙的本性厌恶铁器，合拢时用铁器沉入便可无事。康绚深以为然，于是就运来几千万斤铁器沉在水里，但也没能使堰堤合拢。在大家的建议下，又用木头做成井字状木笼，中间填上石头，沉入水中，以此截流筑坝。因此，沿淮河一百多里内的树木石头无论大小都被用光。进入夏季，天气炎热，疫病流行，民夫死伤无数，开始还有人掩埋，后来死的人多了，无人掩埋，死者互相倾压，遍地都是，苍蝇蚊虫聚集不散，日夜轰鸣。民工减员甚多，康绚上报梁王，梁武帝又下令征夫，以弥补修堰民工的不足。

梁天监十五年（公元 516 年）正月和二月，北魏曾经两次进攻浮山堰，企图破坏浮山堰的建设。第一次，梁武帝派左卫将军昌义之领兵解救浮山，打败魏军；第二次，魏军计划水旱两路攻打浮山，后因为内讧而撤兵。

四月，浮山堰终于建成。堰堤全长 9 里、下宽 140 丈、上宽 45 丈、高 20 丈。堰上栽上了杞柳树。为防止魏军破坏堰堤，军营就扎在堰坝上，军士轮流值班，日夜看守。

浮山堰建成后，形成的水域面积约有 6700 多平方千米。总蓄水量在 100 亿立方米以上，上游数百里范围内一片汪洋。水位还不断上涨，几乎与堰顶相平，有人对康绚说：“四河（古时候把长江、黄河、淮河、济水一起被称之为‘四河’，也称为‘四渎’），是上天用来宣泄他的‘真气’的设施，不能长久地阻塞它，必须凿开一个缺口分流，才能使堰堤不坏。”康绚听从该人建议，对北魏使用反间计，宣传说：“梁朝怕的是水位下降，淹不了魏军，不怕攻城打仗。”魏人竟然相信了这个传言，派人凿山五丈多深，开沟掘渠，向北灌注。但是水位不见下降，魏军只有撤军。于是浮山堰就有了两条溢洪道，其中一条在今泗洪县峰山乡塔河村境内，解放初期尚可看到遗迹。这两条溢洪道在我国水库建设史上是记载最早的。

梁武帝修建浮山堰的最终目的果然实现了，浮山以上方圆数百里成了水乡泽国，寿阳城被淹没，魏军在八公山东南筑起魏昌城，在山上向下俯看，水非常清澈，房屋、田舍尽收眼底。最可怜的是上游的老百姓，他们舍弃家园，离乡背井，有的远走它乡，逃荒要饭；有的逃到山上，无家可归，忍饥挨饿。当时，魏孝明帝年幼，皇太后甚是着急，打算任命任城王元澄为大将军、大都督南讨诸军事，统率十万大军，从徐州出兵攻打浮山堰。尚书右仆射李平进言道：“淮河洪水到来时波涛汹涌，上游之水无处可泻，不需要动用武力，淮河堰也会垮掉。”胡太后听从了他的意见。

当年夏，康绚受命回宫，大将张豹子代之。张对浮山堰不再正常维修。9月13日，淮河流域大雨连连，淮河水位暴涨，浮山堰不堪重负，被暴涨的洪水冲垮。决堤声如雷鸣一般，惊天动地，300里之内都能听到。洪水排山倒海，狂泻而下，下游沿淮河的城镇村庄顷刻间化为乌有，所有生物荡然无存，十多万人被漂入海中。魏人闻讯，弹冠相庆，胡太后大喜，传令奖赏尚书右仆射李平很多金银财宝、绫罗绸缎。梁武帝精心谋划的前无古人的淮河堰最终以害人害己的结局留在了历史的史册中。

浮山堰工程的规模在当时是举世无双的，其坝高（约48米[①]）、水域面积、总蓄水量、主副坝填方（约达200多万立方米）几项指标在当时都是世界第一。仅举坝高为例，国外的土石坝到12世纪才突破30米高度，比浮山堰晚了600多年。浮山堰的建成突出反映了我国劳动人民的过人的智慧、惊人的力量和宏大的气魄。只可惜限于当时的历史条件和科学技术，浮山堰只存在了4个月就被冲垮，但它在中国乃在世界水利史上留下了不可磨灭的一页。我国古代水利建设都江堰和浮山堰一个成功一个失败的范例，被许多国家写入了历史教材，成了中国人民的骄傲而永载史册！

---

①48米为网上资料，同年北魏的度量1尺约为29.6厘米，据此，浮山堰的高度20丈约为59.2米。

涧西湿地

东西涧湿地

在著名导演金焰执导的电视剧《江塘集中营》中，由李幼斌饰演的国民党第39师师长肖占魁被日本人枪杀。在浩瀚的芦苇荡中，肖师长在敌人的枪声中缓缓倒下，在大逆光的背景下，在清晨血色阳光的照射下，苇枝摇曳、苇絮飘动、苇叶通红，肖师长显得格外高大、英俊。这一片3000多亩的芦苇荡就是电视剧《江塘集中营》第3、4两集的拍摄地——柳巷镇的湿地东西涧。

东西涧湿地位于柳巷镇西南、淮河南岸，总面积约6000多亩，其中比较集中的芦苇约3000多亩。新中国成立前的潘村洼，150多平方千米的范围内全部是芦苇，这里曾经荒芜四野、土匪遍地。新中国成立后，随着淮河大堤的连年加固，护岗河的形成，潘村洼都成了肥沃的良田，但由于紫阳山的来水在低洼的东西涧滞留，这一片数千亩的芦苇得以保留，成了明光淮河一景。

东西涧芦苇丛生、水草肥美，是生长鱼虾的好地方，过去以野生为主，附近的农民经常在这里捕捞鱼虾，新鲜的鱼虾是他们餐桌上必备的美味佳肴。近几年，周边的农民开始在这里建立养殖基地，人工养殖小龙虾和螃蟹，每年鱼虾蟹的产量可达到上百万斤，东西涧成了周边农民致富的金涧了。

东西涧的北面、淮河大堤上，有一个市水利部门管理的东西涧排涝站。国家投入900多万元建设的新站，装机6台套、930千瓦，排捞能力达到每秒10立方米，它担负着紫阳山以北、浮山以东100多平方千米的排涝任务。来湿地旅游，你一定不要错过这个造型别具一格的花园式排涝站，在这里，你不仅可以坐下来喝上一杯淮河水砌上的香茶，还可以增长一些水利知识，何乐而不为呢?

电视剧《江塘集中营》的外景地很多，是什么原因让金焰导演选择了这片芦苇荡，你到了东西涧你才能知道原由。这是一片迷人的景色，这是一片绿色的“海洋”。盛夏时节，一根根、一簇簇，一片片，整个东西涧，一眼望不到边、铺天盖地、遮云蔽日的绿，绿得每片叶子都要滴出水来。它们喜欢烈日酷暑，它们喜欢狂风暴雨，在烈日下，它们绿得耀眼，金光闪闪；在风雨中，它们临风摇曳，婀娜多姿，仿佛此时此刻才能显示出它们的生机勃勃，气势磅礴。紧靠大堤有一些杨树和柳树，虽然都是绿色，但是无论它们怎样去努力地表现自己，依然盖不了芦苇的风头，这里是芦苇施展才华的地方。秋风送爽，大自然的规律让芦苇的颜色改变了，但是它们依然傲立在秋日的阳光下，显得更加成熟和挺拔，洁白的苇絮随风摆动，摇摇曳曳，十分壮观。冬天砍伐后的凋谢和春天的吐露嫩芽，证明了它们的前赴后继、勃勃生机。春夏秋冬，无论何时，你来东西涧，都能给你带来无尽的美妙和遐想。

来明光淮河旅游，东西涧，你一定不要错过!

浮山堰之晨

不能不说的那一段难忘历史

淮河从柳巷开始，河面宽阔，流水顺畅，两岸圩堤整齐划一，坚实平坦，更有那一排排茂盛的银杏树从中点缀，漫步其中，令人心旷神怡。如此美景的背后，有一段不能不说的难忘历史。

“走千走万，不如淮河两岸”“江淮熟，天下足”，古往今来在民间广泛流传的这两句话充分证明了江淮两岸的富庶和重要，但是，历史上的淮河可谓多灾多难，厄运连连，且不说它“大雨大灾，小雨小灾，无雨旱灾”，受害最严重的当属黄水夺淮。从有记载的公元1194年的黄水夺淮开始，到1938年国民党反动派炸开花园口造成数万平方千米被淹、近10万人丧生为止，700多年的洪水为害，造成淮河河床严重淤浅，泄洪流量大大降低。淮河中游由于承接左岸沱、浍、澥、淙、潼和涡河以东大片地区来水，进一步加大干流洪水流量，内水受外水顶托，有时甚至能形成倒灌，淮河两岸洪涝灾害难以尽数，千百万劳动人民更是苦不堪言。

为了彻底改变这一状况，新中国成立以后，毛泽东同志发出了“一定要把淮河修好”的号召，泊岗引河（柳巷到阚台的新河），正是响应毛主席的号召，在淮河流域上打响的第一仗。1952年，治淮委员会第二次会议决定：采取内外分流治理方案，把淮河干流与左岸支流隔开，支流经淙河、潼河、峰山切岭、窑河、下草湾引河注入洪泽湖；淮河干流则开挖泊岗引河，沟通原有河道，筑漴河、窑河、泊岗和下草湾引河口4道拦河坝，将干支流分开，缩短洪水行程。

泊岗引河西起明光市泊岗淮河右岸，向东穿过大义集和前官庄之间，自阚台子接通老河道，经女山湖进入盱眙。工程全长7.35千米、河底宽262米，河底往上3米处两边各做74米平台，设计洪水流量8500立方米每秒。引河工程分两期施工，第一期工程开挖河槽。治淮委员会成立了泊岗引河工程指挥部，下设宿县专区、六安专区、定（远）肥（东）县、五联（来安、天长、嘉山、盱眙、凤阳）、劳改5个指挥所，民工总数16万人，其中劳改队4个支队3万人。嘉山、盱眙成立了盱嘉治淮总队，民工31272人，其中嘉山县民工18338人。第一期工程计划土方1431.18万立方米，实际完成土方1364.96万立方米。1952年11月27日开工，1954年4月完工并通水。第二期工程拓宽河槽，由安徽省劳改队施工。1953年9月开工，1954年6月完工，实际完成土方389.22万立方米。同时完成淮河切滩和4道拦河坝土方341.05万立方米。两期合计完成土方2095.23万立方米。平均每个人完成土方130多立方米，如果把这些土方铺成2米宽、1米高的路，可以从明光铺到北京。

当时，新中国刚刚建立，千疮百孔，百废待兴，老百姓还过着吃不饱、穿不暖的生活，上工地全部靠肩挑人抬，做这样大的工程无疑是相当困难的。面临的主要困难是：征地拆迁难，民工生活难，工地管理难，治安管理难。

征地拆迁难。原来的淮河到小柳巷后，几乎成一个 90 度角向北，经江苏双沟再向东，然后向南转一个大弯子再回到阚台子。中间的河套部分，土地肥沃，素有“金泊岗，银戴阳（义集），千年不穷小柳巷”之称。泊岗引河就是从小柳巷直接向东，开挖到阚台子，等于把肥沃的河套部分全部挖掉，涉及到泊岗、义集、柳巷、中淮 4 个乡（当时的小乡）的土地，另外还有小徐庄、高秦、阚台子 3 个大村庄的房屋和坟墓，涉及农户 551 户，占四个乡农户的 45%。他们都是土改后刚刚分到土地的农民，把土地视为自己的生命，听说要挖到自己家的土地，谁也不愿意，有的老年人痛哭流涕地说：“这真是活人遭罪，死人倒霉（挖坟墓）。”以时任潘村区区委书记宋含俊为首的工作队，一方面通过各种方法大力宣传泊岗引河给整个淮河流域特别是自己家乡带来的好处，做好群众的思想工作，动员群众“舍小家，顾大家”；另一方面做好所有农民的思想工作，重新调整土地，并同时做好拆迁赔偿工作。由于工作队工作得力，方法得当，短短两个月内顺利完成了迁安工作。共计赔偿房屋折款 3340 万元（旧币，下同）、青苗补偿费 4450 万元、迁坟 688 座，折款 2310 万元。老百姓拿到了钱，高兴地说：“国民党反动派也治过淮，半人高的小麦给挖掉了，分文不给，钱都让当官的贪污了，如今人民政府活人死人都想到了，赔了这么多钱，还重新分到了土地，还是共产党好！”

民工生活难。获得解放不久的农民，生活十分困难，尤其是大别山区和淮北平原出来的民工，他们刚刚从战争的硝烟中走出来，元气尚未恢复，就接受了到淮河施工的任务，更是雪上加霜。有的在家里带不起口粮，有的没有棉衣，有的没有棉被。因为没有棉衣，有的民工在来泊岗的路上就被冻病了，上了工地就住进了医院，有的民工手脚被冻坏了，个别民工因冻致残，工地上积水成冰，工棚里透风漏雪，地铺潮湿，盖被单薄，甚至几个人合盖一床被子，真是困难重重。更重要的是很多民工吃不饱，刚开工就出现一少两多现象，即工地上上工的人减少，病号多，开小差的多。面对困难，指挥部一方面请地方政府协助解决缺衣少被的问题，另一方面调整土方单价，由每方土老币 2330 元调整为 2800 元，让民工可以吃到两干一稀，保证白天吃饱。同时新增几处医疗点，增加医生，让民工病有所医，及时就医。另外健全党团组织，动员党团员发挥先锋模范作用，党团员带头上工，带头遵守工地纪律，带头轻伤不下火线，为广大民工做出了样子；指挥部和各指挥所干部深入工棚，看望民工，慰问病号，让民工感到组织的温暖。一系列的措施有效地解决了面临的困难，使施工逐步走上了正轨。

工地管理难。16 万人挤在 7.5 千米的工地上，平均每米有 22 人，开工之初，组合不当，窝工现象十分严重，土方上不去，补助粮偏低，民工吃不饱，上工不安心，出工不出力，土方量更少，形成恶性循环。为了克服这种状况，各指挥所、各总队支队八仙过海，各想奇招，主要采取了四个办法。一是调整劳动组合，每 100

人 1 个方塘，分成 4 个小组，上下道路分开，避免窝工；二是开展劳动竞赛活动，治淮劳动模范金秀兰向全工地发出挑战书，各县、各支队民工纷纷响应，嘉山县有 27 个小队应战，土方量大大提高，指挥部因势利导，及时提出“包质量，定土方，先完成，先回家”的口号，让大家干活有目标，有奔头，民工积极性大大提高；三是盱嘉支队开展了忆苦思甜活动，控诉万恶的旧社会，树立当家做主的主人翁思想，鼓舞干劲，激励斗志；四是针对一些民工担心家里的农活没有人干的思想，指挥部和地方政府取得联系，前后方共订“双保合同”，民工家里的主要农活由互助组承包下来，解除了广大民工的后顾之忧。四项措施立竿见影，每人每天的土方量由 0.56 方提高到 0.68 方，最后提高到 1.02 方。

治安管理难。偏僻的泊岗，16 万人集中在那里，白天人流滚滚，夜晚灯火通明，像一个中等城市，还有 3 万人的劳改犯，人员混杂，三教九流，应有尽有，治安管理十分困难。指挥部层层建立治安组织，白天有人值班，晚上有人站岗；地方政府积极配合，组织不能上工地的老、弱农民帮助维护治安；公安部门也派出专门力量驻守工地，发现问题，及时处理。劳改犯的住地安在引河工地的中段，既控在中间，又与民工截然分开，四周挖沟筑圩，并在工区外筑碉堡、地堡，设立警戒线，24 小时有公安站岗。为了调动劳改人员的积极性，发挥他们的长处，做到人尽其才，物尽其用，指挥部把他们中间的医生调到医院上班，组织有才艺的犯人组成业余剧团，定期为民工演出。犯人中有不少人来自上海等大中城市，他们的医疗水平和精湛演艺堪称一流，不仅丰富了民工的文娱生活，也给周边群众解决了看病难的问题，同时让他们享受了高质量的文化生活。各地委和各县委也经常派来慰问团、演出队到工地慰问，同时还带来父母妻子的家信，给民工们带来了家乡的好消息，鼓励亲人们在前方争当劳动模范，为家乡父老乡亲争光。上上下下、前方后方的密切配合，终于克服了一个又一个困难，引河工程得以顺利开展。

60 多年过去了，在这 60 多年中，国家和地方每年都要投入大量的资金和人力治理淮河，如今的淮河再也不能和当年的淮河同日而语，它的翻天覆地的变化正是伟大祖国大变化的一个缩影。明光淮河段的变化也和整个淮河一样，淮水畅通，旱涝无忧，河内千舟竞发，渔帆点点，汽笛长鸣，拖船连连；两岸麦浪滚滚，瓜果飘香，苇荻吐翠，绿柳含烟。刚刚制订的十三五规划更是鼓舞人心：省道 257 明光至柳巷段建设、泊岗特大桥建设、潘村洼的高标准治理、泊岗引河和洪泽湖的直线贯通……古老的淮河，将以一个更加崭新的面貌镶嵌在中国的大地上，展现在人们面前！

他们从淮河走来

古老的淮河，气势磅礴，奔腾不息，它以博大的胸怀蕴育了无数江淮儿女、在古往今来的追求真理、维护正义和和平的道路上为了人民而不懈奋斗。在淮河两岸，中国的近代史上，一个个风云人物、英雄豪杰都在这块土地上施展雄才大略，导演出了一幕幕、一场场历史的壮剧。在抗日战争期间，这里曾经是新四军四师长期坚持抗日的地方，曾经是敌人摧不毁、打不垮的盱风嘉抗日根据地。盱风嘉武工队、民兵和淮南支队曾经借助淮河和日本鬼子和敌顽势力巧妙周旋，取得了一场又一场胜利，为抗日战争和人民解放事业立下了汗马功劳。

浮山，地势险要，居高临下，日本人数次占领这里，以保证淮河水上通道的畅通无阻。1940年，号称一个师的日伪军进驻浮山，和刘台子、泊岗据点形成犄角之势，新四军二旅在地方武装和民兵的配合下，3次端掉了敌人的3个据点，让敌人失去了水上优势。1945年，日本侵略者1个小队30多人和1队伪军再次占领浮山，共产党组织当地群众在浮山外围挖了1条2米多深、四五米宽的封锁沟，日夜有民兵站岗，把敌人困在山上，让敌人无法下乡扫荡。1945年6月15日《拂晓报》报道："小柳巷民兵土炮逞威，炮手秦言江、崔玉九二同志勇敢沉着，民兵王礼富同志伤重壮烈牺牲。"报道记录了民兵们用自制土炮英勇打击敌人的事迹。像这样的战斗在淮河岸边经常发生，吓得日本人的小火轮白天不敢在淮河行驶，晚上有时候也难逃厄运，有力地打击了敌人的嚣张气焰。自制的土炮安全性能差，偶尔也会发生事故，不知道他们用土炮打了多少仗，有记录的事故就有两次。1945年7月14日，《拂晓报》报道："我出色的民兵炮手秦言江因射击发生故障而光荣负伤，大拇指也被炸掉了……"现在仍然健在的百岁老英雄、当年的民兵队长傅毓芳有一次在炮击日本小火轮的战斗中，土炮忽然爆炸，自己身负重伤，受到盱风嘉县抗日民主政府的表彰和奖励。在我县境内的淮河两岸，对日伪作战的次数难以尽数，我抗日武装和两岸群众谱写了一曲又一曲抗日救国的英雄赞歌。

彭雪枫，这个淮河人民永远难忘的抗日将领，他和他所率领的新四军四师驰骋在淮河两岸，机智、勇敢、顽强地打击日顽，曾经使敌人闻风丧胆。在盱凤嘉境内，他亲自决策、指挥了攻克香庙、小溪敌据点的战斗，取得了胜利；在古沛赤山，他主持召开干部会议，动员群众进行反扫荡运动；他在盱凤嘉深入基层检查工作，领导指挥反扫荡前后约20天时间，他的音容笑貌、一言一行让盱凤嘉干部群众永远难忘。在大柳巷，彭雪枫还带领他的部队在淮河抗洪抢险中协助农民抗洪，抢救了人民的生命财产，当地的老百姓为了感谢他，把他抢险的淮堤改称为"雪枫堤"。他壮烈牺牲以后，毛泽东、朱德等领导人痛惜之下，发来了一幅挽联，一字一句，

让人潸然泪下。“二十年艰难事业，即将彻底完成，忍看功绩辉煌，英名永垂，一世忠贞，是共产党人好榜样；千万里破碎河山，正待从头收拾，孰料血花飞溅，为国牺牲，满腔悲愤，为中华民族悼英雄。”

抗战英雄传佳话，浪漫爱情添异彩。彭雪枫的爱人林颍在 1942 年秋，曾经不顾敌人的封锁，冒着风险在盱凤嘉主持举办了几期地下党训班，为我党培训了一大批乡村干部。提起她和彭雪枫的爱情故事，更是被当地老百姓传为佳话。林颖出身湖北襄樊的大户人家，小小年龄就不顾家人的强烈反对，参加抗日救亡宣传。党组织后来发展她加入了中国共产党。1939 年 3 月，初中未读完已是党的骨干分子的林颖，被党组织派往河南竹沟参加河南省委党员训练班学习。党训班结束后就来到了豫皖苏抗日根据地。林颖其实早就崇敬彭雪枫，认识彭雪枫以后，彭雪枫同志高尚的革命情操、能文能武的聪明才智、英俊的相貌、脱俗的气质和出色的口才给林颖留下了深刻的印象。后经人介绍和彭雪枫相恋结婚，婚后的第三天，林颖就奔赴湖东工作，从此过着聚少离多的生活，彼此的思念都是靠鸿雁传书。3 年的时间，彭雪枫给林颖写了 87 封信，这 87 封战地家书穿越战火给我们留下了抗战英雄史诗和浪漫的爱情。此后林颖一直视为珍宝，并将其保存了下来，1985 年 12 月由文物出版社以《彭雪枫家书》为书名出版。林颖为这本书题了字：“雪枫之灵，民族之魂，至臻至美，浩气长存”。

1943 年 3 月，冰化雪消，春暖花开，淮河岸边柳丝抽翠，白鹭争飞。时任

苏北指挥部指挥、华中总指挥部代理指挥、新四军代军长的陈毅同志，因处理韩德勤被俘一事来到四师。军中连连捷报频传令他心情舒畅，善于忙中偷闲的他带着彭雪枫、邓子恢、张震等人扬鞭策马来到大柳巷，在淮河岸边踏青、下棋，即兴赋诗六阙：“淮水中分柳巷洲，平沙绿野柳丝抽；春郊试马优游甚，难得浮生似白鸥。为惜春残共举杯，泥红难伴苦相催；人间好景随时在，满眼梨花锦作堆。围棋树下镇日闲，君醉起舞我欲眠；风动落英香满座，拈花微笑更陶然。柳岸沙明对夕晖，长天淮水鹭争飞；云山人眼寰空尽，我欲骑鲸去不归。十里长淮步月迟，阑珊灯火启情思；旧歌不厌人含笑，抗战新声更展眉。不弃葑菲再纵谈，民生国计话艰难；澄清局势今可见，群彦相看笑展颜。”

淮河之水源远流长，它滋润着无数淮河儿女为祖国建功立业，淮河的沃土馨香如兰，它培育了众多炎黄赤子为百姓服务造福。我市淮河岸边成长起来的领导干部、科技精英虽然有的已经故去，有的已经退休，但是他们为祖国和人民所做的贡献人们永远不会忘记。在抗日战争和解放战争中，有 1941 年参加革命，历任中队指导员、盱凤嘉县委秘书、新中国成立后任外交部亚欧非州司科长、行政处长、驻肯利亚政务参赞、马耳他大使的华人琴（潘村人）；有 1939 年参加革命，曾任国家医药管理局副局长的吴启鹏（潘村人）；有 1940 年参加革命，新中国成立后，曾任中国科学院基建局副局长的蔡志鹏（浮山人）；有 1940 年参加革命，新中国成立后，曾任国家一机部华东办事处负责人的于游（潘村人）。在我们熟知的领导中，有武明（解放初嘉山县县长）、秦言永（原天长县县委书记）、徐其绵（原天长县县委书记）、傅毓芳（原滁县地区淮防分局副局长、享受处级待遇）。六七十年代，有吴绍明（滁州市市委常委、市公安局局长）、黎田（原来安县县委书记，滁州市人大常委会副主任）等。

在军人中，有采访过200多位将军、出版过数十部将军传记的的原新华社军事分社记者、广州军区《军区战士报》社副社长吴东峰大校（潘村人）；有原总参二部驻加拿大、印度使馆武官蔡平少将（泊岗人）。

在科技领域中，有王登山大校（泊岗人），武警江苏总队高级审计师；梁珍海（泊岗人），江苏省林科院副院长、研究员；孔庆芳（泊岗人），上海燃气集团高级工程师；邓传怀（柳巷人），教育部副司长；阚绪抗（柳巷人），省文物研究所考古室主任，曾主持蚌埠市双墩春秋墓发掘工作；吴启业（潘村人），某火箭部队高级工程师；樊宽军（潘村人），国家千人计划引进人才、教授、质子加速器专家、华中科技大学某学院院长、研究生导师。

我市县处级领导干部中，淮河岸边走出来的也不乏其人，科局级干部更是比比皆是。

淮河的风，淮河的情，淮河的水，淮河的人，这一切，组成了淮河波澜壮阔的交响乐，他们是时代的最强音，他们在历史的天空中响彻云霄！

水韵泊岗 生态宝岛

乘船过河，漫步淮堤，我们第一眼看到的就是一方石碑上由著名毛体书法家古云先生书写的的八个大字：“水韵泊岗 生态宝岛”，由此进入宝岛，你才可以真正知道，这八个字并非浪得虚名。

1953 年，淮河泊岗引河的开挖，让明光市的辖区内多出了一个淮北小岛——泊岗乡，撤区并乡间的数次行政区划的变更，泊岗乡始终没有改变，其原因就是它被分隔到淮河北岸，怀洪新河和淮河四面环绕，自成岛乡。泊岗位于苏皖两省三县（泗洪、五河、盱眙）的交界处，因其形如宝玉，岛内风光秀丽，景色怡人，气候温和，物产丰富，现为安徽省生态环境优美乡、安徽省银杏第一乡、安徽省文物保护乡，故素有“淮河宝岛”之称。

宝岛泊岗的来历和物产

泊岗，古名土龙岗。相传在远古时期乃土龙盘踞之地，土龙为防范淮河洪水侵袭，掩土为岗，故而得名。南北朝时，北魏有一姓杨的官员，被朝廷罢官南迁，乘船途经土龙岗，晚上泊船于岸边，见岸上地势平坦，水源丰富，岗湖兼有，景色怡人，便在此定居下来，并触景生情，赋诗一首：“朝乘淮舟暮泊岗，夕照金沙遍地黄。登高远眺四野景，岗下满目尽湖光”。据此，人们把土龙岗更名为泊岗。

淮河泊岗渡口

泊岗因属淮河冲积区和过去多年淮水泛滥的原因，地理条件优越，土壤肥沃，故物产极为丰富，瓜果蔬菜、五谷杂粮，无所不产，连年丰收。泊岗萝卜、马铃薯，每年年产百万吨；花生、银杏、大甜桃更负盛名，被称为“泊岗三宝”。泊岗花生曾做贡品，敬献朝廷，甚得皇帝赞赏；桃花坞的大甜桃，有千年种植历史，味甜汁丰；泊岗银杏遍及全乡，面积多达万亩，胸径 50 厘米以上的古银杏树近 200 株。同时，泊岗四临淮河，水源充足，水产品极其丰富，淮河四大名鱼：扁、花、鲤、鲫四季常鲜；螃蟹、河虾风味独特。可谓是：淮上宝岛金泊岗，物华天宝好地方，景色怡人生态美，胜过江南鱼米乡。

宝岛的新石器遗址

该遗址位于距淮河大堤约 80 米的高地上，俗称南岗，面积为 20000 余平方米。遗址左侧有四分之一为沙质红土地，有部分为黏土，周边是野生树林。该遗址于 1953 年秋由华东地区文物工作队发现，安徽省文物考古所和原嘉山县文物管理所分别在 1974 年和 1981 年对其做了调查。

遗址的表面，红陶片最多，灰陶次之。器物的残片中鬲足较多，其中有几件红陶鬶足。在东岗坡面上有 1 米多深的文化层，在此发现两个灰坑，面积约 20 平方米。灰坑呈椭圆状，长 2 米、深 0.8 米。清理出石斧、石奔、石黻、厉石等石器 11 件，灰、红两色陶片 300 件和红烧土等。根据出土遗物鉴定，该遗址可定为新石器早期。该遗址附近，在 1953 年泊岗引河工程中，还发掘出古代各个不同时期的文物 378 件。有陶、瓷、铜、铁、石、玉等多种质地，陶器的纹饰以蓝纹和绳纹为主。还有商代铜器、爵、觚、斝，罍、汉代的陶壶、鼎、钫、宋代的瓷碗、铜镜。此外，还发现二千多年前完整的石斧两件。这批文物，现藏江苏省南京博物馆。

乡村田园诗

宝岛的故事传说

报恩人留下报恩树

泊岗集镇东面现有东岳庙遗址，遗址上生长着一棵银杏树。此树已逾百年，主干虬曲苍劲，枝繁叶茂，当地人称“报恩树”。

银杏树王

清朝光绪年间，有一年冬天，淮河流域连降三天大雪，东岳庙被大雪覆盖。这天清晨，庙里住持本林大师早起扫雪，见一汉子倒在雪地里，人事不知，生命垂危。大师忙唤小徒协助，将大汉抬至禅房救治。在大师的精心调理下，大汉得救。原来此汉乃山东滕州人，因外出寻亲，奔波劳累，又遇大雪，饥寒交迫，遂病倒在这庙前雪地上，幸得大师救助。大汉病愈回家后，不忘大师救命之恩，便采集银杏果实，培育树苗。最后挑选10棵壮苗，连同白果、红枣等礼品，装上人力车，不远千里，从山东运往泊岗。本林大师被这位山东大汉的报恩精神所感动，遂将他赠送的10棵树苗中的5棵亲手栽在寺院中，将另5棵赠送给邻庙石隐寺栽植。此后，这10棵树棵棵成活，茁壮成长。直到日寇侵略中国，东岳庙和石隐寺均被日军炸毁，银杏树园也遭劫难，只有一棵幸免，这就是现在存活的那棵“报恩树”。

痴情男捐建石隐庙

在泊岗乡西面淮河故道边有座古庙，名为石隐庙，俗称失得庙。相传在明朝万历年间，有一姓严的盐商，从盐滩装载了几十船海盐，沿淮河运往内地销售。一天，船行至泊岗地段，偶遇大风，便停靠在河道的拐弯处避风。盐商无事，登岸观光，一路走去，不觉天晚，这时，天空悄然下起雨来，盐商慌不择路，急欲找户人家避雨。忽见前面有一院落，有一俏丽女子羞羞答答、拂袖掩面站在门口，盐商乍见，似曾相识，便言明避雨一事，女子将他引入一室避雨，飘然而去。盐商坐了一会，不觉困倦入睡，一觉醒来，已经雨过天晴，月上中天。此时夜深，不便向主人辞行，便匆匆返回船上，召唤伙计起锚开航。

船行一日，来到濠梁，这里是淮河航道上的重要关口，来往商船都要过关检查。盐属朝廷专营，凡从事盐业经营的盐商，均要颁发盐引证，无证贩卖私盐将受到严惩。船队正欲过关检查，谁知盐商一掏口袋，盐引证不翼而飞，找遍全船，也不见踪影，惊慌失措之际，忽然想起昨晚避雨的情景，便急忙上岸，雇了一匹快马，只身返回。到了原处一看，昨晚避雨之处，哪有什么房屋院落，竟是一片乱石荒岗。严盐商甚感惊奇，遂下马查找，忽见乱石堆下压着一张纸，捡起一看，正是自己丢失的盐引证。盐商喜出望外，忽而一想，又甚觉奇怪，盐引证为何丢失在此？正当他疑惑不解之际，有一老翁向他走来，他便上前询问。老翁告诉他，此处叫乱石岗，无人居处。三十年前，有一姓石的盐商船队路过河下，不巧他女儿得病身亡，石盐商便将其女葬在此处。据说，石女名叫石隐，长相俊美，因和一伙计发生私情，其父生气，将伙计赶走，她便日思夜想，忧闷而死，甚为可惜。盐商听到此处，头脑一阵晕眩，三十年前的往事，不由浮现眼前。

原来这位盐商名叫严发，自幼孤苦伶仃，成人后，便到一位姓石的盐商船上打工。石盐商有个女儿，闺名石隐，年纪与严发相当，长得如花似玉，聪慧伶俐，父母十分溺爱。严发自到石家，便对石隐产生好感，一来二往，互生爱慕之情，于是二人经常私下约会。久而久之，被其父母发觉，其父一怒之下将严发辞退赶走。严发临走时向石女表示，等发财后一定娶她。从此，他便四处闯荡，结伙贩卖私盐，赚钱以后，便买通官府，从事官盐买卖，发了大财。身上有了钱，他便找石家提亲，可到处打听，石家毫无下落。一晃三十年过去了，他怎么也没有想到，今天在这乱石岗上与朝思暮想的心上人相会，更没有想到，在危难时刻，是心上人为自己找到了盐引证。此时此刻，他不再多想，只有一个心愿，好好报答石隐。于是他立刻骑马返回船队，交上证件顺利过关。

船队一路顺风到达目的地，几十船盐很快销售一空，赚了很大一笔钱。盐商当即返回泊岗，派人四处招募工匠，在乱石岗上兴造庙宇。不日庙宇建成，共建有前后两座大殿、一处偏殿。占地几十亩，甚是壮观。后面大殿中央供奉的是玉皇大帝，旁边便是石隐塑像。大庙建成后，严盐商亲自题写庙名，曰石隐庙。当时有人问及为何题名“石隐”，严商解释说：“‘石隐’者即‘失引’二字的谐音，我因在此处丢失盐引证而复得，故题名为‘石隐’”。而其真实寓意则是为了报答心上人的大情大义而用其闺名题写庙名。由于此庙的由来神奇，大庙建成以后，朝拜的人络绎不绝。特别是淮河上的商船，每到此处停靠，船家总要进庙朝拜一番。每逢庙会，香火尤盛，前来赶会的善男信女不下万人，热闹非凡。直至抗日时期，此庙被毁。

钦差臣怒耙贼和尚

泊岗集镇南面 3 华里处，古时有座颇具规模的皇家寺庙，名为红云寺，俗称代唐寺。相传一天夜里，南唐皇帝做了一梦，梦见北方起火，红光满天，不由惊醒。当时便召国师为之解梦。国师说：“火从北来，必有祸灾，它将危及江山社稷和皇上龙体。要免除灾祸，必须在红云出现之处建一寺庙，并选一位与皇上属相完全相同、并且姓李的人为替身，担当寺内住持，这样方能将其镇住。”唐王信其言，遂派国师带领人员办理建庙之事。国师一行人从南京（时称江宁府）出发，向西北走了三天三夜，来到淮河拐弯处的泊岗地段，见天上红云停止不动，红云下边正是一片高岗地，岗下视野开阔，一马平川，于是国师便下令在此建寺。不日，寺庙建成，遂起名为红云寺。由于该寺是皇家寺庙，建设得相当气派，围墙二十里，跑马关山门。

寺庙建成后，唐王便从皇族中选了一位与自己同属相的李姓兄弟作为替身，担任该寺住持，故此寺又被称为代唐寺。谁知这位李姓住持本来就是一个纨绔子弟，出家之后，不修正果，从社会上招募了一大批地痞流氓充当佛门弟子，依仗皇权势力，在地方上欺男霸女，为非作歹，百姓多遭其害。物极必反，终于有一个姓徐的公子因其妹妹进寺烧香失踪，向地方官府告发。官府深知红云寺乃皇家寺庙，住持又是皇帝替身，不敢得罪，于是就将此事上书京城。京城官员早就听说此处有不少冤情，遂联名上书皇帝。皇上为息众怒，即命一钦差前往巡察。该钦差为官耿直，不畏权势，为查清事实真相，装扮成一个货郎，到红云寺私访。私访中发现，从寺内走出的和尚，个个都争相购买胭脂水粉、梳篦花线等物。钦差心想，出家之人购买妇人用品，岂不怪哉！次日，钦差便令知府派兵搜查了红云寺。结果从寺内地下暗室里搜出民妻少女 200 多人。遂将所有和尚上枷画押。隔日，钦差回京，将红云寺和尚危害乡里、欺诈百姓、霸占民女、欺君罔上的罪行具实上奏皇上。皇上念及亲情，将手一摆道：“罢了”，意思是说就免了罢。钦差深解其意，但却另有所想。回来口传圣旨：“皇上传旨说‘耙了吧’。”便命知府从农家借来 5 盘铁耙，在平地挖了 500 多个 2 尺见方的深坑，将红云寺 500 多名和尚五花大绑放入坑里，用土填平其肩，用牯牛拉着铁耙从和尚头上耙来耙去，不足半晌，500 余名和尚全部呜呼哀哉。同时钦差又命令官兵用火把将大庙点着，顿时火光冲天，一座规模宏大的皇家寺庙，瞬间化为灰烬。这就是“火烧红云寺，铁耙耙和尚”的故事。此故事在民间广为流传，至今在红云寺的遗址上还残存着大量断砖碎瓦等物。

凤凰泪洒凤凰墩

从泊岗街西行一里许，有一黄沙堆积的高岗，阳光下黄沙金光灿灿，犹如一座金山，这就是泊岗乡的制高点——凤凰墩。

凤凰墩，又名土龙岗。相传在远古时期，泊岗乃土龙盘踞之地，淮河北岸的双沟镇是凤凰栖息地。由于土龙与凤凰近邻相处，朝夕相见，双方不由产生了爱慕之情，由此来往甚密。潜居在淮河里的水龙，目睹此情，甚为嫉妒。于是便汇集全系之水水漫泊岗，欲将土龙赶走。土龙早有防备，从外地运来黄土将泊岗地势抬高，有效地挡住了洪水的冲击，水龙无计可施，又去报复凤凰。凤凰见势不妙，便请土龙相助，土龙施展掩土之法，在双沟东西两侧拢起两座山头，挡住了洪水去路，水龙无法，只好拐弯向南，绕道向东游去。这便是老淮河的走向。

经此风波，土龙与凤凰来往更密，情意更浓，遂定下了龙凤情侣之盟。而水龙却恼羞成怒，一气之下，游到东海，向龙王求助。龙王乃水族之首，见属下被辱，甚为恼怒，当即派手下大将九头蛟，调集三江五湖之水，涌向泊岗，水淹土龙。土龙见洪水来势汹涌，便摇身一变，磊成了一座土山挡在洪水面前。九头蛟气急败坏，急命水族将洪水上涨百丈，意欲沉没泊岗，土龙见此也毫不相让，也将土山上升千尺。就这样，双方各施其能，水涨土亦长，直达万丈之高，双方相持很久，难决高下。东海龙王见闹得惊天动地，生怕玉皇怪罪，便将九头蛟和水龙召回，狠狠痛斥一番，不准再犯泊岗。泊岗土龙也因长时坚守，精力耗尽，累死在土岗之下。凤凰得知土龙累死的噩耗，悲痛欲绝，当即赶赴泊岗，为其安葬。下葬时，将自己心爱的七彩羽衣脱下，披在土龙身上，以表龙凤之情，并在土龙安葬的黄土岗上守孝三年。孝满后，每年土龙祭日都来祭祀一番，直至数万年后，当地居民每逢农历七月十五夜间，都能听到土龙岗上的凤鸣声，其声哀痛悲切，催人泪下，闻者无不动容。由此，后人便称土龙岗为凤凰墩。

惠子植桃桃花坞

在泊岗西侧的凤凰墩下，有一片数百亩大小的洼地，生长着数千株桃树。每逢春季，桃花盛开，鲜艳无比，蝶飞燕舞，游人如织。

相传在战国时期，有一名士，名叫惠子，生性好游，酷爱桃花，常年游览各地，意欲觅一植桃宝地。一日乘舟行至泊岗，见凤凰墩下有片洼地，水源充足，土壤肥沃，最宜植桃，由此他便在此结庐定居下来。

惠子是植桃行家。定居后，未及三五年便植桃数千株，整个洼地均植满桃树。每逢春天桃花开放季节，景致十分诱人。特别是春日清晨，洼地多雾，桃花被薄雾笼罩，从远处看去，似花非花，似雾非雾，朦朦胧胧，如同一片粉红色的彩云。故而，当地称之为“桃花雾”，时间久了，也叫成了“桃花坞”，同时把桃园的主人惠子也称之为“桃公”。

桃花坞美丽的景观，不仅招来了四方游客，更吸引了众多文人雅士前来做客，他们以桃花为题，吟诗作赋，各抒情怀，后经有心人收集，吟诵桃花的诗词达数百首。

正当桃花坞桃林繁盛之时，孰料一场突如其来的天灾降临，一天中午，天空骤然降下一场大冰雹，将满园桃树砸得枝断叶落，一片狼藉。桃公见状，痛不欲生，正在此时，天上降下一位仙女，自称是“桃花仙子”，特来帮桃公解难。她取出甘露仙水，撒向桃园，顿时满园桃树重新复活。临别时，还向桃公赠送了一本植桃圣经——《桃经》，要桃公好自为之。桃公感激万分，从此，便按《桃经》之法植桃、养桃、护桃。由此，桃花坞的桃树长得更加茂盛，桃花开得更加鲜艳，果实结得更加丰硕甜美，桃花坞的名气就此声名远播。

乡镇风采

乡镇风采

明光有13个乡镇、4个街道，他们分布在全县的低山区、丘陵区、沿湖平原区，区域有异，各具特色。他们有的有数千年历史，有的只有数十年历史，历史沿革各有不同，有长有短。他们在改革发展的大潮中勇立潮头，然终因条件所限，则略有差异。总之，不一样的风景线成就了他们不一样的风采。

明光街道

明光街道是明光市委、市政府所在地，总面积 83.2 平方千米，辖 8 个村、10 个社区居委会，总人口 13.2 万人（不包括乡镇入住人口和外来人口），其中农业人口 3.2 万人。办事处办公地点在龙山路 80 号。

明光形成于明朝，最早只是一个村落，称灵迹村。新中国成立后，行政区划数次变化，1949 年 1 月，嘉山县成立人民政府后，称明光市，当年 4 月即改为明光区；1956 年 8 月改建明光镇，一直延续至 1994 年嘉山县撤县建市时，改为招信镇，2007 年增设街道办事处时，改为明光街道。

明光因明太祖朱元璋出生在明光北的赵府而得名，明清时已小有名气。明岐阳王李文忠的后裔、晚清贡生李泽同先生曾作《明光十六景》，一时广为流传。这十六景是：明光灵迹、池水波声、斗拱晴岚、双桥春涨、香花试茗、福慧闻钟、夏甸铺云、平湖泛月、三汊问渡、四浦寻碑、晚浦横烟、南山积雪、石梁夜雨、案向神灯、绿野秧歌、晴川渔唱。民国元年（公元 1912 年），津浦铁路在明光设站后，明光成为铁路沿线的一个重镇，一时成为定远、凤阳、盱眙、五河、泗洪等地的交通枢纽和商品集散地。市镇上的粮行有上百家，较大的有荣新、华昌、万荣兴、万丰、仁利、大达、兴和、汇源等商号，还有翔茂、大通等公司和瑞丰米厂；百货业和杂货业也很兴盛，较大的商号有胡开泰、李发祥、叶春记、李大兴、大华、巨华、朱开成、李万兴等。

新中国成立后，明光得到长足发展，先后形成了大马路（人民路）、二马路（广场路）、三马路（池河大道）、四马路（龙山路）。撤县建市后，明光的发展又向前推进了一步。最近几年，更是发生了翻天覆地的变化。明光街道范围已经扩展到明东街道和抹山脚下。城市建成区面积达到32.5平方千米，城市人口达到26万人。新增城区道路数十条、200多千米。东部新区、经济技术开发区、产城新区初具规模。经济发展也是突飞猛进。一个新的明光正在崛起。

宽阔的五马路

满湖鹅鸭致富路

新影

韩山公园

韩山坐落在明光市区西郊，原来叫韩大山。传说唐宋八大家之——韩愈被贬为潮州刺史时，途经此地。一次漫步闲游，他惊喜发现，在明光这块风光秀美的田园中，耸立着一座独特的山峰，其林木茂密，独露峰头，站在峰顶，面前的山水田园风光尽收眼底，令人心旷神怡，神情舒展。美丽清新的自然风光，深深吸引了韩愈，让他无比陶醉，逗留居住了很久，不忍离去。后在随行人员一再催促下，才依依不舍踏上通往南去的古驿道。后人为纪念韩愈大文学家，将此山命名为“韩大山”。据说从韩大山经过映山通往滁州清流关的古驿道，弯道车辙、石阶痕迹，至今仍可辨认。新中国成立后，这里是枪毙死刑犯的地方，随后人们改叫后山头。从 20 世纪 80 年代后期先后建起了自来水厂、电视发射台，特别是那高耸入云的电视塔成为老明光的一大景观标志。

刚参加工作时，几乎每个周末我都会从乡下坐几十里路公共汽车，来到城里和老拳师学武术，而传授地点就是现在的韩山公园。因为此处当时非常荒僻，林木森森，特别是晚上磷火闪闪，人迹罕至，胆小的人甚至不敢近前；那时，老拳师多保守，怕人偷学，选择此处授拳再好不过了。一转眼多年过去了，当年许多练习靠打的小树已长大成才，有的都比脸盆口儿还粗，就连乱草丛中的小杂树，也都有拳头粗细，为公园增色不少。

长期以来，由于受铁路、池河的限制和经济实力的制约，明光城市建设空间一直东移，老城区周围没有得到扩展和改造。经过多年的发展和积累，明光市具备了一定的经济实力。2010 年 6 月政府开始修建韩山公园，2011 年市政府又投资近千万元，对韩山公园景观进行总体规划设计，按照总体发展目标，本着“重振历史辉煌、再造现代形象”的原则，着力打造和培育明光生态优良的宜居型新城市形象。利用山顶平缓开阔，高氧、低菌、空气清新，给人一种回归自然的感觉。以生态观光、文化休闲、健身运动为主要功能，打造城市绿肺。特别是近年来，新一届市委、市政府实施大规模的城市建设，确立了将明光建设成为“滨湖花园度假城，山水田园生态市”的全新定位，城市步入全面建设生态优良、和谐宜居型现代化城市的新时期。

如今的韩山公园森林葱郁、植被覆盖，曲折通幽；无围墙、开放式建设，四通八达的道路，使人们自由进入。凉亭、栈道、长廊、路灯等基础设施得到修复；还重建了部分景点，种植了许多生态景观树。通过开发，有效利用自然山形和依山傍水的环境特色，形成了环境优美的生态观光、文化休闲、健身运动空间，满足了人们休闲、文化旅游的需要。

在这里，您可以登高远眺、放飞心情；在这里，您可以寻觅先贤的足迹，上下而求索；在这里，您可以感受健身运动、文化休闲的精神魅力；这里也许就是您心中一直追寻的，远离城市喧嚣、休闲养生的好地方。

王绪波 / 文

韩山公园凉亭

韩山公园雪景

明光“十六景”诗

范山模水，实名士之匠心，镂月裁云，亦文人之乐事。不有南宫之作，孰登第一之峰？盖笔墨有灵，则山川增色也。吾里望称淮右，地处池南。擅鸾翔凤舞之祥，类虎踞龙蟠之势。术惊青鸟，丘壑称奇，劫换红羊，荆榛广塞。不为征题觅咏，后人之考古何从？倘能种竹栽花，前辈之遗风未没。爰搜故实，望和佳章，不泥体裁，勿吝珠玉。嗟乎！山河破碎，几人能梦醒衣冠？诗酒流连，吾辈且权操风月。速从惠贲，写以丝栏，如曰未能，罚依金谷。

一、明光灵迹

云山露沐晓苍苍，
灵迹犹传帝子乡。
三十六宫春去后，
樵夫指点跃龙岗。

附注：明光附近多山，明光山为诸山之主。相传明太祖在此出生时，山上有火光冲天，太祖称帝后，赐名为“明光山”。当时，人对山巅光柱冲天的现象，视为灵迹，因将明光称为灵迹乡，并在山顶修建庙宇，名“龙神祠”。后称明光山为龙庙山，即今韩大山东侧的高山，惜庙已毁，碑碣无存。

二、池水波声

一渠北去浪争汹，
饱趁蒲帆泛碧涛。
无限兴亡无限恨，
潮平月出两山高。

附注：池水即今之池河，发源于安徽肥东，入嘉山县境称“许家河”，流经明光的一段，称“明光河”，（即今明光西边的池河）。再过抹山、焦岗、直至女山，

汇入女山湖，由旧县直泻淮河，整个流向自南而北，故曰“一渠北去”。又池河入县境后，即流经现在马岗乡的东山高、西山高，故曰“两山高”。

三、斗拱晴岚

巍峨东耸势如虹，
闾阁天开气象雄。
一带翠微凝晓望，
五云曙色日曈曈。

附注：“斗拱”为山名，在明光市东南二里许，现明光城区扩建，该山已邻近郊，属明光镇。多年来均讹称“斗横山”，亦有称作“斗蓬山”者。盖因山上有七墩，似建筑的斗拱，故名。山下有潺潺溪流，因在明光之东，称为东涧。津浦铁路修筑后，明光人口激增，缺乏葬地，该山一度成为公坟墓地，荒冢垒垒。20 世纪 70 年代因扩大耕地，提倡火化，已予铲平。现国防公路穿越其间，厂房毗连。

四、双桥春涨

双桥回抱縠纹生，
迢递长堤近水横。
舞罢柳腰浑欲断，
流莺时有两三声。

附注：双桥系跨越东涧之二桥，一东一西，相隔五十米。

西桥为跨度不足十米之曲拱桥。相传张果老倒骑驴，曾经过此桥，桥面留有蹄痕（实为石质风化所致）。该桥初为乱石砌成，俗称“乱石桥”，其后由殷实富户，出资重建，成为单跨石拱桥，故又名“乐善桥”。桥下流水淙淙，长年不断，阳春三月，红桃细柳，燕语莺歌，足以洗尘砭俗。桥东五十米，有一小桥，桥面由三块大石板搭成，故称“三板桥”。每逢春潮水涨，东桥被没，西桥拱下尚可行舟。后

因自然环境变迁，双桥在交通上已失去意义，迩来东桥已完全被毁，西桥石方亦时有坠落，然桥孔犹存，桥下砧声断续可闻。

五、香花试茗

招凉烹茗访香花，
一带清溪映碧纱。
前辈风流今已歇，
空庭松影月轮斜。

附注：昔明光南六七里，有一涧，旧县志谓明太祖生时浴于此，其水皆香，故名香花涧。涧上有寺，称香花寺。夏秋二季，常有人到此纳凉烹茗，清风徐送，心旷神怡。后几经兵燹，寺庙被毁。又因该处地势低洼，涝汛频仍，泥沙沉积，早已成为平地。有人谓香花寺即今明光镇下赵村古庙，当年李公浦青，曾欲捐资重建，后以岁荒未果。彼尝叹曰：“香华供养今安在？兴复何时可计程！”

六、福慧闻钟

禅房寥落认遗踪，
银杏婆娑影正清。
百八蒲牢声久寂，
苔莎半蚀梵王钟。

附注：福慧寺在明光南端曹府山，本名福兴寺，俗称南大寺，与岐阳王李氏宗祠毗邻。民国初期（1911—1921 年），屡遭兵燹，正殿被毁仅存耳房数间，围以垣墙，改名“公所”，作理门人士修心养性之所。院内盆景千百，姹紫嫣红，清静幽雅。

凡嗜好烟酒者，谢绝入内，真如世外桃源。日寇占领期间，公所被毁，片瓦无存，其南为李氏宗祠，内有银杏两株，前庭后院备一，均为明代所植，前者为雄（只开花、不结果），后者为雌（开花结果）。雌株五人环抱，丫又寄生桑树，径及碗口，每年树上结两种果实，一为桑椹，一为银杏，实为奇观。雄株三人环抱，旁有大钟一口，两翼已被砍去，相传该钟原置于曹国坟旁之大李寺，昼间飞回寺，夜间飞来祠，某夜被李氏祖发觉，持剑砍去双翼，将钟留于宗祠，以告诫子孙，此乃神话，姑妄述之。此钟已于抗战期间，为日军劫去铸造军火。银杏二株（属珍贵品种），新中国成立前后，亦因故被伐，诚可惜也。

七、夏甸铺云

雉鸣风暖日初曛，
大有欢腾妇子欣。
才见平畴翻碧浪，
顿看芳甸起黄云。

附注：登曹府山南瞰，一片平原，俗称南湾（即今大庙圩一带）。阡陌鳞栉，十里平畴，一派安祥景象。湾地士壤宣麦，每当午收告至，麦浪滚滚，遍野翻黄，农民腰镰荷担，及时收运，熙来攘往，一幅丰收图画，景色喜人。

八、平湖泛月

波涵天影好风徐，
浅水三篙月上初。
载酒狂歌人不觉，
夜寒独钓化龙鱼。

附注：平湖旧为梁山湖，即明光西南、梁山以东低洼地带，此景在涨水对可见。亦有人指平湖指明光西湾，（即今之跃进湖），其实洪水泛溢之际，明光西南尽成泽国，津浦路建成后，将西湾隔于路东，1958年修筑成人工湖（跃进湖），在明光市总体规划中，跃进湖被划为风景区，兴建公园，沿湖房舍，俱已拆迁，开园游览，指日可待。

九、三汊问渡

片云乍卷雨初收，
柳线烟丝占渡头。
迎送几多经过客，
斜阳无语水长流。

附注：三汊河在明光镇张家湾西侧，距明光五华里，为沙河汇入池河之处，该处河水走向成三叉形，故称三汊河，明清以迄民国，此乃主要渡口。后因河床淤塞，农田变迁，加之交通手段日益发达，渡口之作用逐渐下降，过客寥寥，今已是“野渡无人”矣！

十、四顾寻碑

孤峰矗立万村低，
水色山光一望齐。
怀古拟寻前代迹，
崎岖樵径草萋萋。

附注：“四顾”，乃山名，在龙庙山（古明光山）西，即今之韩大山，登巅环眺，四面风光，尽收眼底，故名。传山巅原建有占刹寺内颇多碑碣，然早在明前即毁于雷火，碑碣烟没无存，爱好考古者，每欲细心寻觅，但迄无所获。1958年，山麓曾辟为公园，投以巨大人力、物力，翠柏红桃，掩映成趣，惜十年动乱期间，多遭砍伐，其后划地建房，接踵而至，现自来水厂与电视塔巍然峙立，山光水色，不减当年。

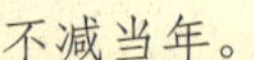

十一、晚浦横烟

山匝河流一线来，
轻烟漠漠晚风回。
银涛遥合千村失，
云海初凝万顷开。

附注：明光周围多山，独西南缺如，是为池河曲折入境之所，每值夕阳西下，云蒸水汽，形成缕缕轻烟，似从水上飞来，萦绕于村落之间，霎时山岚四合，一片空蒙，云烟缭绕，似卷絮，似飞涛，形态莫测，变化万千，而西南诸村，亦如螺髻山鬟，出没于“洪波巨浪”之间，实为奇观。此景清晨亦间有之，唯以冬暮为多云。

十二、南山积雪

层峦叠岳属南山，
松柏青苍失旧颜。
赖有王英飞六出，
琉璃屏嶂列弯环。

附注：明光地处江淮间之丘陵地带，山峦较多，东南有斗拱山及大小横山等。此处系明光以南远近诸山之总称，昔日山上松桧较多，翳天蔽日，郁郁葱葱，隆冬季节，瑞雪纷飞，朔风凛冽，待雪霁天晴，一片银装世界，东南远近诸峰，顿若层层琉璃屏嶂，罗列弯环，错落有致。

十三、石梁夜雨

径僻云深山四围，
灯昏夜静雨霏霏。
晓来僧报南园竹，
迸出新泥笋正肥。

附注：石梁指石梁寺（在马岗乡梁山村），今寺已毁废，断瓦碎砾，犹有所存，相传寺内有碑，后已被捶碎抛入井中，究竟井在何处？几度沧桑，星移物换，已无从寻觅。

十四、案向神灯

独卧山房最上层，
道人指点说神灯。
殷勤拟向山灵问，
是否龙文剑气腾。

附注：明光古为河畔渔村，人烟稀少，明太祖得天下后，始名逾遐迩，他乡迁入者甚多，渔、樵，耕、猎，形成市集。

难案山又名向山，据考即今明光南大街嘉山印刷厂附近，市集形成后，面向此山，相传时有神灯两盏，冉冉上升，自远而近，深夜晴空，时有见者。但究属何物？传说纷纭，无从查考。

十五、绿野秧歌

平畴新雨腻于脂，
蓑笠分秧好趁时。
南陌东阡声断续，
蜻蜓款款燕差池。

附注：明光四围近郊，一片平畴沃土，参差罗列，鸠鸣绿野叱犊芳畴。每当黄梅时节，布谷声声，秧歌回荡，高低互答，此伏彼起，一派丰年景象。

十六、晴川渔唱

晴川水满漾溪烟，
细网连舟上下牵。
最是波平风静候，
数声欸乃夕阳天。

附注：明光池河，旧有渡口两处，上渡口在铁路老火车站北，下渡口在南，往来过渡，以上渡口为甚。上渡口港深风小，亦为渔舟聚集之断，每当风和日暖，波光粼粼，罾、鹈、钩、叉，各施其技。获得鱼鲜之类！翌晨售之于市，沽酒归来，扁舟一叶，醉看岸柳苇花，波光鸥影，水天一色，其乐陶然。

李浦青／文　李大柱／注

南湖春色

嘉山公园——梅亭

新城区夜景

嘉山公园晨曦

嘉山公园廊桥雪景

政务新区——市政府大楼

嘉山公园——湖畔晨练

南湖公园雪景

雕塑——《一帆风顺》

嘉山公园一角

明光老街

明光老街，最早叫花石街，南段也称南大街、曹府街（因李贞、李文忠被封为曹国公而得名），北段称北大街，新中国成立后更名为中心路，2015 年改造中心路时始称“明光老街”。

明光老街为南北走向，全长约 600 米，平均宽 8 米，位于明光老集镇的中心地段和最高处。老街形成于明末清初，早年因池河两岸水灾频频，居于红庙集附近的居民纷纷选择最高处居住，地方富庶人家更是捷足先登，故明光的四大家族（胡、李、汪、秦）大都居住于此，胡和南李住南头；汪、秦和北李住北头。据政协文史委原主任刘振球先生文章，四大家族当年的户数和人口约占明光总人口的 10%，工商业的流动资金约占明光工商业的 70%，在房地产上，胡姓占房约千间、李姓占房约 600 间、汪姓 500 间、秦姓 300 间。民国元年（公元 1912 年）津浦铁路通车在明光设站，明光迅速发展为皖东重镇，成为定远、凤阳、五河、泗县、盱眙等地的交通枢纽和商品集散地。老街也随之更加繁华起来。

老街从南往北共有 42 个巷子，其中东面 26 个，西面 18 个，随着岁月的更替，现在还畅通的巷子有 23 个，东面通柴行巷、育才路、学堂路、卫星巷 11 个，西面通菜市街和公安路 12 个。比较宽的巷子有 6 个，分别是：东面的方家巷、学堂巷、汇源巷；西面的三星街、大巷口、女士街。最窄的巷子有的只能两人通过，甚至只能走一人。如中心路 4 巷，需两人侧身才能通过；中心路 2 巷、4 巷北面的一个巷子、桃李幼儿园通公安巷的一个巷子，只能一人侧身通过。里面叉巷最多的是南大街的职工巷，它东通育才路，中间通牛市巷，南通望虹街，北通方家巷，通过牛市巷还分别通牛市东巷、牛市西巷、纺织里巷。

老街的建筑风格总体接近徽派建筑，大都是山墙有马头墙防火、屋面和墙壁是粉墙黛瓦。现在保留的老式建筑已经很少，20 世纪 80 年代，惠利商城的建成，为老街的古风古韵增添了风采。老街原有 3 个炮楼和两座小楼，3 个炮楼分别是四条腿炮楼、李家炮楼和汪家炮楼、两座小楼是商会楼和童家楼，现在保留的是李家炮楼、商会楼和汪家炮楼。

四条腿炮楼，骑三星街和老街的三岔口而立，东西走向，下有四根柱子支撑，行人从下面穿过。后因年久失修，为了安全起见，于 20 世纪 60 年代末被拆除。李家炮楼现位于女士街南侧，新中国成立前是北李的李祝熙家看家护院所用。炮楼高 9 米，有上下 3 层，外围 18 米，呈 6 面菱形，二层和顶层有挑檐，二层和三层每面都有一个长方形的窗户。二层以上外有转式楼梯，可以登顶。炮楼造型坚固实用，风格别致，是我市保存最为完好的一座民国建筑。汪家炮楼，位于汇源巷内，是汪家看家护院所用，上下 3 层，呈四方形，现保存完好。该楼曾经是汪道涵等进步青年于 1934 年成立“二三读书会”时经常活动的地方。

商会楼，位于方家巷和老街交界处，该楼在民国十二年（1923 年）就是明光商会的办公地点，“文化大革命”期间，一度是嘉山县造反派组织——“革联”的办公地点，1987 年，嘉山县工商业联合会恢复，仍然在这里办公。1999 年 3 月，工商联迁至老市政府对面办公，小楼交归房管局管理。童家楼，位于现老街 4 巷的南面、方家巷北面。该楼为上下两层，一楼作为客厅使用，二楼为看家护院使用。现在的童家小楼楼顶改为瓦房，从陈记果木瓢香烤鸭店走进去可以看见当年的小楼结构。

重新改造的老街最醒目的当数南、北、中的三个牌坊。位于望横街交界处的牌坊为岐阳门（李文忠被封为岐阳王），门两边的对联分别是：肇起明朝新日月；宏开盛世大乾坤（原文是：惠泽帝乡 肇起明朝新日月；恩波戚里 宏开盛世大乾坤）。曹国遗风泽流戚里；岐阳惠邦望著九州。面朝池河大道的牌坊为跃龙门。北面外柱的对联是：灵生跃龙岗斩木驱元帝；迹发尿布滩挥戈坐大明。内柱的对联是：功归地利 山以集而兴旺；运赖天时 集因山始著名。南面外柱的对联是：嘉山嘉水嘉灵迹；秀物秀人秀明光。内柱的对联是：北望龙山幸得威灵光禹甸；南寻灵迹乐观昌盛降明城。位于大巷口（人民路）的牌坊，高大雄伟、蔚为壮观。正反面横额上书“明光老街”四个大字，两旁的横额分别是珠光帝城和万象凝晖，西面外柱的对联是：古街商铺鳞次栉比人熙攘；今邑道衢纵横通达车川流。内柱的对联是：灵迹斑澜祺祥紫气流光远；帝乡昌盛淳厚仁风泽世长。东面外柱的对联是：地利有灵生紫气古街流韵；天时铭迹昌仁功新镇繁荣。内柱的对联是：地灵冠华夏诞圣朝明光；人迹遍神州育现代英才。值得一提的是，三个牌坊的对联都是市老年诗词学会和市书法家协会全员所撰所书，地方文风和书法功底由此可见一斑。

明光老街——步行街

老街小巷的其人其事

新中国成立前，明光有几句顺口溜，概括了“胡李汪秦”四大家族的当时状况：南李刚，北李强，胡家眼镜、汪家枪（烟枪），秦家小姐穿西装。老街小巷的人和事大多和四大家族有关。

职工巷与功德碑

职工巷，位于老街南大街南头，往东通育才路。巷内有一个新蕾幼儿园，房主李慎，南李“国”字辈，系岐阳李氏21世孙。他家保存了一个功德碑，此碑系山东侨商感念李慎爷爷李泽恒之德政，于1930年集资勒石而立。

碑文的内容是：“民國十六年魯軍南下，本會當沖，供億繁兴，數累钜萬。先生苦心孤詣，搘柱其間，竟得眾擎，市廛不擾。同人等分屬僑商，待遇同等，感矢不忘，鐫石以記。”碑的右下部为立碑者名单：“山东侨商闫全盛 刘义和 张义兴 復兴祥 许发源 董兴合 闫全兴 张天成 泰和祥 泥仁和 万和堂”。这块碑记载的就是发生在1927年，直鲁军南下，抵达明光，意欲制造匪患，后在当时明光商会会长李泽恒的敢于担当和有效斡旋下，明光避免了一场浩劫。

此碑高180厘米、宽80厘米、厚20厘米。碑材为青花岩，上端刻有双龙戏珠、周边饰以回纹花边，碑面上蜿蜒几条白色耀眼的天然花纹。该碑在“文革”期间遭部分损毁，埋于地下，2014年10月19日，因中心路改造重见天日。

李泽恒（1872—1932年），字月如，祖籍明光，是明朝陇西王李贞（岐阳王李文忠是其子）后裔。17岁中试，为本地最年轻之庠生。继堂兄李泽同先生创办缉熙学堂后，他借用岐阳李氏家族祠堂（俗称南大寺）之大殿及两厢房舍，与人合办了“九如学堂”，共同开创了明光现代教育之先河。李泽恒先生曾任明光商会第二任会长，后兼任中国红十字会明光分会会长。明光时属盱眙县所辖，处县境之边缘，政令难达，商会虽为商业组织，却负有境内行政、财政、武装保卫、文教等职责。李泽恒实为当地之首脑，但待人亲切和蔼，急人之急，求无不应，时人有口皆碑。

李巷和南李“街八房”

李巷位于南大街，往西通菜市街。此巷是明朝曹国公李贞的后裔居住的地方，其实，李家居所远不止这一个巷子，李氏后裔过去大都居住在南大街。李文忠是明朝的开国功臣，是朱元璋的外甥，46岁病故时被封为岐阳王。明光的岐阳李氏是李文忠第三子李芳英的后裔，到了第十三世李祖相，有三子八孙，大都住在南大街一带，故有“街八房”之说。2014年5月成立的“明光岐阳李氏宗亲会”的办公地点现在设在南大街职工巷内南侧的桃李幼儿园内。

2014年5月25日，在李氏宗亲的积极推动下，陇西王李贞、岐阳王李文忠

李巷印象

后裔寻根祭祖暨明光市明文化研讨座谈会在明光市召开。全国各地“两王”后裔的代表 30 多人齐聚明光，寻根问祖、祭奠先贤，对明光的明文化进行了深入的考察和探讨，收到了预期的效果。与此同时，“两王”后裔代表们经过协商，成立了岐阳李氏文化发展促进总会，公推李文忠 22 世孙李明远先生担任现任会长，由德高望重的李国龙老先生担任名誉会长。岐阳李氏文化发展促进会的办公地点在南京市，各地成立分会，近几年来，他们在研究明文化、推动陇西王李贞墓（李贞夫妇合葬墓、俗称曹国坟）的修复等方面做了许多卓有成效的工作。

胡巷和胡氏家族

胡巷，是明光四大家族之一的胡家居住的地方。胡家新中国成立前在明光也是非常有名气的大家族，在本地也有南胡、北胡之分。做的比较大的工商业兼地主有胡广渊、胡菊潭等。民国以来，北胡家的辈分排序为：文、士、振、宏、基，据胡氏后人说，明光的胡氏是明朝大将、光禄大夫、越国公胡大海的后裔。在胡氏家族中，先后投身革命后来分别加入共产党和国民党的比比皆是，在明光从事各行各业的人士也有很多。《明光市志》记载的有：胡乾文，建设银行上海分行投资研究所高级工程师；胡舜士，上海复旦大学毕业，中科院植物研究所副研究员。没有在市志上留名的有名望的人士也很多。如南胡中的胡燕伯（曾为国民党省参议员）、胡忠士（原国民党海军上校）、（和童家有亲戚关系的）胡有文、胡京文、20 世纪 20 年代明光进步组织青年学会会长胡同文、经常在《嘉山文史》上发表文章的胡伯文等等。在外地的胡氏后人没有忘记这片土地，逢年过节，经常有胡氏后人前来老街寻根问祖。当年的胡氏人士读书求学者居多，戴眼镜的也不少，故有“胡家眼镜”一说。胡家的后人新中国成立后从事教育工作的也有很多，在本地，我采访到的有名有姓的就有十多人。

方家巷和商会小楼

老街中部、惠利商城东门直对的一条较宽的巷子叫方家巷。此巷一直是明光最为繁华的巷子之一。过去，因为东方红电影院的存在，这里曾经人头攒动，热闹非凡。“东方红”的名称颇有“文革”色彩，至今电影院门头上面还保留着“毛泽东思想万岁”的醒目标语，因为这个标语的存在，吸引了很多游客前来观赏。老街和方家巷的交界处有一座四方四正的小楼，此楼一直作为县商会的办公地点，胡家的胡德天 1925 年曾经主持商会工作。现在楼的产权属房管局所有。一楼开了一家“姑嫂包子店”，二楼被租为住所。方家巷巷口的南侧曾经是明光最大的“糖业烟酒公司门市部”，再往后面曾经是嘉山县委党校，“文革”时一度是“群专指挥部”的办公地点。这一片房子总体结构较好，特别是电影院后面一个小院的房子，坐东朝西，一排 8 间，青砖到顶，宽大的走廊，红色的木质础柱，屋内天花吊顶，木质地板，这在当年应该是明光一流的房子了。这些房子新中国成立前也属胡家所有。房主名字叫胡振刚，因为去世较早，房子交给当时胡家的族长胡杰文代为管理。新中国成立后，被胡振刚的女儿胡宏淑捐献给国家。胡宏淑，上大学时就参加革命，新中国成立前夕加入中国共产党，同济大学副教授，现已离休。

柴行巷和童氏家族

方家巷原电影院对面有一个巷子，叫柴行巷，此巷长约 150 米，宽 5 米，北通学堂巷、南接方家巷，因旧时是明光人买卖烧柴的地方而得名。该巷从南往北西口的第二个巷子里有一家明光的名门望族——童氏家族。新中国成立前，童家家里的住房为前后三进，前进面对老街，后进通柴行巷。老街有一个门面，商号“童裕盛”，主要经营棉布、日用百货，门面的后面有一个小楼，并在明光近郊有数百亩土地。新中国成立后被划为工商业兼地主。童家不是明光本地人，祖居江苏吴县，清乾隆年间迁至明光。在民国时期，童家“世”字辈的弟兄 5 人，有 4 人大学毕业并且在外做官。老大童世荣，考取南京钟英中学，后就读北京北大预科、上海中国大学，后中国大学停办，获私立持志学院文学学士；老二童世荃，上海大夏大学毕业，留学德国，曾任国民党中央组织部视导室主任、新疆省党部委员、青岛市市

明光老炮楼之二

党部主任委员，1947年和李咸熙同时当选为国民党国大代表，新中国成立前夕去台湾后，先后出任台北教育学院院长、国立中心大学校长；老三童世芬，南京中央大学毕业，历任江苏省高淳、江浦两县教育科长、交通部中央气象局主任秘书；老五童世昌，朝阳大学毕业，曾任霍山县、嘉山县税捐稽徵处处长。其后人多数在海外从事科研工作并且有了一定成就。比较有名的有：童纪，台湾大学毕业，留美博士生，美国国防部直升机研究所高级工程师、南京航空大学客座教授；童缙，台湾大学毕业，博士生，美国通用电器公司高级工程师，曾任大东亚区总经理，驻北京数年；童绅，美国核能公司高级工程师；女孩中，从事教育、科研工作的也有多人。没有离开明光的童世祥（号寿生）是政协嘉山县第二、第三届委员、嘉山县台胞联谊会会长。退休后，其长子童络接任会长，并且担任政协嘉山县（明光市）三、四、五、六届委员；次子童绘是明光市第四届台胞联谊会会长、市政协第七、八届委员，退休后，其女儿童业琪是第九届政协委员。

大巷口和李和斐（字祝熙）、李和兑（字吉行）、李和丰

大巷口（现为人民路）曾经是明光最繁华的街巷，它汇集了明光最早的酒肆、茶馆、戏楼、商行，药店、典当行、菜市场。著名的商业票号有大兴、大盛永、唐仁和、陈万顺、杜万丰等；便利生活的店面有开水房、小吃店、酱品店、粮油店、棉布店、鞋帽店、雇衣店、百货店、五交化店等；看书进书店、个体书摊；餐饮去三六九饭店、回民饭店；理发店有向阳理发店（新中国成立后的名称）、洗浴有新新浴池；就医寻药到镇医院、中药店、镶牙诊所。大巷口是县城的人流走廊，更是居民逢年过节玩灯、耍龙、聚会的好去处。原来的大巷口没有这么宽，建设惠利商城时拆迁拆的房子主要是李和丰、李和兑家的房子，现在保留的是李和斐家的房子。

李和斐，字祝熙、竹溪，生于光绪十一年，卒于民国三十三年。曾任汪伪国民

党嘉山县县党部主任委员、书记长、国民党的立法委员。从老街原来的银行到公安局、法院宿舍到原法院办公室都是他家的房产。

李吉行（1900—1966年），和李祝熙是远门兄弟。毕业于南京大学，留校任干事、助教、讲师，后在南京中央大学和无锡江南大学任教。1947年，他应明光士绅和校友会的邀请，兼任嘉山县初级中学校长。遂从中央大学聘请一些进步青年到嘉山任教，其中有中共党员和民盟成员。新中国成立后，任嘉中副校长（校长由县长兼任）、滁州中学校长、合肥师范学院中文系教授，兼古典文学教研室主任，安徽省第二、三届人民代表大会代表。李的女儿浙江大学毕业，女婿闫吾，我军著名军事记者，曾任新华社军事分社第一副社长、党组书记。

李和丰，和李祝熙是堂兄弟。七个儿子，其中两个儿子参加革命，两个儿子去了台湾。一个儿子牺牲在朝鲜战场，另一个叫李平篪，抗美援朝时任指挥排长，后因家庭出身问题复员。曾任嘉山县第八届人民代表大会代表，政协嘉山县第三届委员。

女士街和秦氏家族

女士街，位于大巷口以北、原公安局以东、老街中段。当年公安局在公安路办公时，曾经很通畅，后来所有的门点全部对外营业，由于经营户多数都是女士，并且经营的都是女士产品居多，所以称为女士街。女士街往北、桃李幼儿园往南，多数是“胡李汪秦”中的秦家的房产。

清朝时，秦氏家族是官宦之家。据年近九旬的抗美援朝老兵秦兆庆先生回忆，

明光老街夜景

高祖秦茂林，清朝举人，曾任河南商城、武安、叶县、洛阳县令、大祖父秦其增，曾任定远县令、祖父秦其墉，曾任山东泰安县令。此外，秦家还人丁兴旺。在他祖父“其”字辈兄弟姐妹中，有七男五女；秦先生的祖母解氏生六男四女；其父亲秦风章（字葵农）、母亲程氏生三男三女。六兄妹中，秦先生自己在湖北，三弟秦兆顺和另一个堂妹秦兆文旅居海外，小妹妹秦兆珠女士今年 81 岁，是嘉山县委宣传部原副部长宋德义的遗孀。现在的公安路（新中国成立前叫复兴路）、现在女士街的北面门朝西的一排建筑（门牌号码从 26 号到 31 号）新中国成立前是秦家的兆丰粮行，主要由秦先生的三弟秦风鸣（字赞虞）负责经营。新中国成立后公私合营，一直作为县粮食局的门市部使用，直到粮食局改制才出租给经营户卖服装。

秦家几辈几十个女士，因旧时讲究门当户对，故大多数都嫁入了豪门。如秦先生的五个姑奶奶，在清朝全部嫁入了豪门。老大嫁曾任桂林、柳州知府倪先熊、老二嫁淮安河下茶巷于公馆、老三嫁江苏杨州常公馆、老四嫁江苏阜宁吴公馆、老五嫁杭州临安县令卢继善。秦先生的父辈们成年之时，正是 20 世纪之初的改朝换代的年代，随着八国联军侵华，西方的“舶来品”大量涌入，男的剪辫子，女的穿西装成为一时风潮。地处津浦铁路沿线的明光也赶起了时髦，大户人家的女孩穿西装的很多，秦家女孩多，又富有，经常穿西装招摇过市，所以才有了“秦家姑娘穿西装”一说。

关帝庙巷和李和颐（字咸熙）、李和豫、李和履

关帝庙巷，因位于老街的巷口曾经有关帝庙而得名。由于关帝庙毁掉的比较早，很少有人知道此巷的名称，现在被民政部门编为中心路 9 巷。该巷原来也是条石路面，2014 年铺设水泥路时，条石捐给了抹山寺。从此巷到现在的桃李幼儿园，断断续续的都是李咸熙、李和豫、李和履家的房产。从桃李幼儿园往里走，房屋建筑全部是青砖黛瓦，古色古香，后排坐北向南的一排建筑，宽敞明亮，门头上书“罄竹酒”三个字。前排现在作为教室的一排房屋，明三暗五带走廊，青砖到顶，高大宽敞，据保留北李家谱的李纯富和李平篪先生介绍，李咸熙新中国成立前商业做得很大，有很多商号，最有名的是“信通号”，品种包括粮食、棉布、服装、杂货、洗浴等，有了一定的原始积累以后，在明光建了很多房产。据房管局提供的资料，土改时人民政府没收李咸熙家房产 51 间，其中瓦房 48 间、草房 3 间。分别分给明光区政府 8 间、邮电局 25 间、林泉浴池 18 间。

李咸熙新中国成立前是明光有名望的人物之一。曾经担任明光商会第一任会长、国民党嘉山县参议员，1947 年，当选为国民党国大代表。新中国成立前夕去了台湾。其女儿李淑端，上中学时就向往共产党，1948 年，曾经和 6 位同学一起逃学去解放区（未果），在明光引起很大震动。新中国成立后，曾任青岛市《红蕾》编辑部编审。其侄女、李和履的女儿李淑娴（出生在现在的桃李幼儿园院内），曾任北京

大学物理系副教授，1989年“六四”后，和其丈夫方励之（曾任中国科技大学副校长、天体物理学家）一起叛逃美国。

北李的后人从事科技工作的居多，副研究员、副教授、副主任医师以上的有李平余、李平延、李平淑、李平曜、李平杰、李平琏等；还有深圳大亚湾核电站高级工程师李淑苇、国家机电部通用机械研究所高级工程师李平瑾、广州南海油田高级工程师李平鲁，毕业于西南联大、在台湾从事科技工作的李平嘉、新中国成立后参军、在军大学习，在重庆工作的李平治等。

学堂巷和红旗饭店

学堂巷，位于老街中段，因汪雨相先生与几名地方士绅于1919年共同创办的明光公立国民小学在此巷内而得名。老街和学堂巷的交界处有一个饭店叫红旗饭店。红旗饭店虽然始建于20世纪50年代末，但名气很大，明光60岁以上的人，可以说无人不知，无人不晓。1958年，随着“总路线、大跃进、人民公社”三面红旗的确立，全国各地开始了轰轰烈烈的工农业生产的激进。在这样的背景下，国营红旗饭店隆重开业，故称“红旗饭店”。第一任饭店经理孙龙斌，原系抗美援朝转业干部，以一手纯粹明光地方菜使得红旗饭店闻名遐迩。到20世纪七八十年代，红旗饭店发展到鼎盛时期，可同时接待十多桌人员就餐，是当时县城内屈指可数的大饭店。明光人，以到红旗饭店吃饭为荣，请客，以到红旗饭店为尊。

饭店的早点也是小有名气，热腾腾的包子成了外地明光人的乡愁。一个外地作者在他的散文中写道：“冬天的早上，天蒙蒙亮就得去上学，踏着雪，走在女士街往实小的路上，老远就闻到街角红旗饭店包子的香味，看到正冒着热热蒸汽的蒸笼，这时候我总会加快脚步，进门就叫：‘老板，一笼包子！’……吃了包子，喝了稀饭，暖和和地上学去，心里也暖暖的。”

到20世纪90年代，随着市场经济的发展，红旗饭店老旧狭隘的环境逐渐被同行超出，最终于1999年停业。

汇源巷和汪家炮楼

老街北大街中段有一个巷子叫汇源巷，此巷因大地主汪仲权家的商号“汇源”而得名。巷北，是原“五七小学”旧址。五七小学，1947年前后由李咸熙等人捐资创办，校名叫“立本小学”，第一任校长是李的女婿李家和，“文革”期间改名叫“五七小学”。后和实验小学合并，成为实验小学的一个分校。2005年3月，围墙倒塌酿成砸死一个学生、受伤两个学生的事故，且校内教室年久失修，最后与实验小学一起，迁入现在明光中学南边的新校址。巷南，从西往东一排30多间瓦房，青砖黛瓦，整齐划一，这是汪家的房产。离巷口约20米处有一个炮楼，砖木结构，基本呈四方形，上下三层，高十多米，从里面可以登顶，楼顶有砖砌护栏。这是汪家看家护院的炮楼。

从汪家走出来参加革命最有名的当数汪雨相及其子女，1937年10月，在民族危亡的紧急关头，汪雨相在长子汪道涵的影响下，抛家弃产，率全家及亲友28人投奔中国革命圣地——延安。汪雨相，21岁入泮为清末秀才，赴日本留学期间参加同盟会，回国后回乡考进南京两江优级师范学院，之后多年从事教育工作，为发展明光教育事业做出了重大贡献。到延安后，当选为延安市参议员。一生追求共产党，七十岁高龄加入中国共产党。汪道涵，曾任上海市委书记、副市长、市长，海峡两岸关系协会会长。他是从明光大地走出来的伟大的共产主义战士，杰出的无产阶级革命家，是明光人民的骄傲和荣耀。

明光老炮楼之一

梅井巷和梅大井

与汇源巷相对的、包括公安路往车站路去的巷子称为梅井巷，现在东段编为中心路17巷。此巷因“梅大井”而得名。旧时，北大街的老百姓都是通过此巷到现在的车站路以西（现西环路派出所隔壁）的梅大井担水食用。梅大井是明光有名的水井之一，它位置适中，储水量丰富，水质优良，井口大，水位高，大旱年景从来没有干过。井栏上20多道绳痕证明了它的实用价值。明光最早的“梅大井纯净水厂”就是利用梅大井的名气和梅大井的水而成立的，多年来一直效益很好。

明光老菜市场

关于梅大井的来历，可以牵出一段与朱元璋有关的小故事。据说朱元璋在逃荒要饭期间，遇上瘟疫，老人们传说，吃梅子可以防止瘟疫的传染，于是朱元璋就采了些梅子，用水井的水洗梅子，吃过后果然有效。后来朱元璋当了皇帝，人们把他洗过梅子的这眼井起名叫“梅大井”。

明东街道

明东街道是“皖东李子第一乡”“安徽省选派工作先进乡镇”。

明东地处明光市市区东部，现在已经成为明光市区的产能新区。东、西、北三面分别与石坝镇、明光街道办事处、苏巷镇接壤。办事处驻魏岗村。1992 年撤区并乡时，原明东乡与魏岗乡合并为明东乡；2007 年 5 月区划调整时更名为明东街道办事处。辖区总人口 1.95 万人，总面积 73 平方千米。

明东交通便利。南洛高速公路横穿而过，东面建有明东出入口，104 国道擦边而过，309 省道贯穿全境，距南京禄口机场 86 千米。已纳入南京一小时都市圈范围。

明东旅游资源丰富。境内有抹山，抹山呈南北走向，位置独特，风光秀丽，西临池河，南俯明光湖（东风湖），北望焦城圩。整体山势南高北低，三面环水。山上有“抹山寺”，山下紧邻明光办事处的赵府村。在赵府村内，有朱元璋的出生地“二郎庙”，有“尿布滩”“香花涧”等遗址。在张岗村境内，还有张岗汉墓群十多座。

魏岗新农村

渔歌唱晚

大棚蔬菜

东风湖之晨

童年的记忆

跃龙岗石碑

抹山寺雪景

朝拜

抹山古井

尿布滩

疑是瑞雪落荷塘

明南街道

明南街道位于明光市西南部。东与管店镇接壤，南与定远县拂晓乡、三和集交界，西与明西街道毗邻，北与明光街道相连。总面积 83.06 平方千米，辖 5 个行政村，130 个村民小组，4331 户 18356 人。其中横山村是回民村，人口 2842 人。办事处驻仓湖。

明南街道前身是横山乡，2007 年经省政府批准改为明南街道，距城区 11 千米，地理位置优越。境内矿产资源和生态旅游资源丰富，开发潜力很大，矿产资源有：金矿、铁矿、花岗岩矿、黄沙。花岗岩矿为中偏酸性岩株，平均抗压强度、抗剪切强度、放射性强度均属上乘，是优良的铁路筑路石料。储藏面积约 9 平方千米，储存量约 1.8 亿吨。黄沙资源储量丰富，质量上乘，易于开采，运输方便。近几年，明南的农业开发也可圈可点，坝西草莓面积大、质量优，远近闻名。横山的万亩大马士革玫瑰园项目已经启动。

全县唯一的回民村——横山村，它依山傍水，风情独特，极具开发潜力。老的集市民族风味浓郁，已有百年历史；新农村建设的新村张扬着现代气息，整齐划一，鳞次栉比；民族大道笔直平坦，树绿灯明；高标准的民族小学、宽敞明亮的办公条

晚霞满天

夕照南沙河

件、幽静清雅的清真寺；养殖业的发展，合作社的建立，牛羊肉的香味，农家院的热情。这一切，构成了民族村的淳朴民风、浓郁风情。去明南旅游，那里是不能不去的地方，如果你没去回民村，等于你没去明南。热情好客的横山村人民欢迎你的到来，他们将以少数民族的风俗接待远方的客人，让你意犹未尽，流连忘返。

明南街道有山有水，山川秀美，风景这边独好。发源于老嘉山的南沙河带着山野的清新穿境而过，横跨于交界处的大横山孕含着古、静、幻、幽，俏然而立。大横山方园约 50 平方千米，海拔 234 米，呈东西走向。山上林木茂盛、灌木丛丛，流水潺潺，空气清新，有全国罕见的元代佛塔“法华禅庵塔”，有江北独有的丹霞地貌红峡谷，有柴王城、古寺庙、明王寨等众多遗址。明南的旅游资源开发前景广阔，明南的明天如日中天！

南沙河渡口

辛氏庄园

辛氏庄园，位于明南街道大辛村，占地面积200多平方米，共2进6间，前进3间，后进3间。该建筑为当地辛氏富商所建，保存至清代晚期和民国早期的建筑风格。曾经损毁严重，2012年，市政府按照修旧如旧的原则，将辛氏庄园和大辛庄碉楼修复并对外免费开放。该建筑目前是省级重点文物保护单位。明光市直机关和大辛村有很多辛氏后人。现代辛氏后人中，比较有名的是安徽省社会科学院研究员、安徽省文化扶贫与村民自治研究实验中心主任、安徽大学中国三农问题研究中心学术顾问、中国农村社会学研究会副理事长辛秋水。

辛氏庄园炮楼

西徐圩夕照

明西街道

明西街道位于明光市西郊，2007 年 5 月由原来的城西街道和原马岗乡合并组建而成。东临池河和女山湖，南与明光街道接壤，西与凤阳县毗邻，北与桥头镇交界。总面积 130.6 平方千米。辖 8 个行政村，172 个村民组，总人口 3.1 万人。办事处驻地岗集，明南街道紧靠市区，南洛高速公路和明徐高速公路在境内设有出口，104 国道、307、309 省道穿境而过，境内西徐码头 500 吨船位经淮河可达长江。

明西街道矿产资源丰富，玄武岩和石英岩的远景储量分别为 1.8 亿吨和 2.1 亿吨。现有玄武岩和石英岩等开采加工企业 29 家，化工、机械制造、建材、粮食加工等企业 60 多家。马岗 309 省道两旁现代农业和现代果林业的发展也初具规模。为有效推动产业的集聚和升级，明西以工业园区建设为抓手，着力打造池河黄砂产业带、10 公里工业走廊带、石英精深加工产业带、农副产品精深加工产业带，现代农林产业带，努力成为明光城郊的工贸产业群。

“十三五”期间，104 国道改线、城市空间的拓展，明光至定远高铁站快速通道的建设，明光至合肥高速公路项目启动，合肥至青岛高速铁路在我市设站，都将给明西的发展带来极大的机遇。

金秋漫舞

张八岭镇

张八岭镇形成于清朝，因张姓居住较早、周边有八座山岭而得名（老嘉山、中嘉山、小嘉山、大庙山、庙山、凡山、独山、杏山）（一说包括白米山）。它位于明光市南部，104 国道、京沪铁路穿境而过。东与南谯区黄泥岗镇接壤，南与南谯区沙河镇交界，西与定远县池河镇毗邻，西北与三界镇、自来桥镇相连。总面积 260 平方公里。辖 10 个行政村，214 个村民组。总人口 3.05 万。镇政府驻张八岭。

新中国成立前的张八岭，因泗浦公路穿境而过、原津浦铁路在此设站而十分繁荣。较早就形成东西向两街一路一巷（中心街、北新街、拉沙路、东巷口）、南北向三街五巷（老北街、老南街、车站街、学堂巷、马号井巷、南仓库巷）的格局。发源于老嘉山的清澈的大沙河沿铁路东侧由北向南穿街流过，给古老的集镇带来清新与活力。

该镇地处江淮分水岭脊背。境内有耕地 8.2 万亩，其中旱田 4.5 万亩，水田 3.7 万亩，育林面积 5.5 万亩，森林覆盖率为 40%。以绢云母为主的矿产资源十分丰富，其中绢云母矿已探明储量 200 万吨，远景储量在 1000 万吨以上。全镇经济发展始终位于明光市前列。工农业总产值、财政收入、招商引资、农民人均纯收入等各项指标排名靠前，有明光南大门之称。

张八岭群众精神文明创建活动蓬勃开展，建有镇文化宣传中心、10 个村科技

张八岭金银花基地

图书室和农家书屋的文化科技网。群众经常自发性开展国标舞、花鼓和各种文体比赛。1997 年被国家体育运动委员会授予“全民建身运动先进乡镇”称号，多年连续被省和滁州市表彰为“文化百优”活动先进乡镇，是安徽省“双百”工程示范镇、省级森林城镇。

1992 年，原来的嘉山集乡并入了张八岭镇，最近才开发不久的张八岭八岭湖风景区就坐落在嘉山集境内。目前，八岭湖风景区成功入选《全国优选旅游项目名录》，成为滁州市唯一一个入选的风景区。风景区附近的嘉山集，山清水秀，区位独特，张八岭镇政府计划把它打造成一个山区风情小镇，目前正在积极实施中。不久的将来，张八岭将成为明光南京都市圈距离南京最近的一个重点旅游乡镇。

乡村老寿星

狮舞丰年

八岭湖生态旅游区

八岭湖生态旅游区位于安徽省明光市张八岭镇普贤村境内，是皖东地区极具特色的原生态旅游景区，景区先后被评为明光市首家AAA级景区，安徽省省级水利风景区，合肥都市圈“十佳休闲旅游线路”。最近，该景区以其独特的区位优势和风景如画的自然景观成功入选“2016全国优选旅游项目”，是滁州地区唯一一个入选的景区。

景区占地总面积约3000亩，沿河道13千米。空间布局为：“一线、两头、三线、十景”，以水上漂流和原生态风情度假为发展主题。区内层峦叠嶂，森林茂密，其间流泉不断，鸟鸣不绝，时而开阔平坦，时而深邃狭长，极具休闲、纳凉、度假、观光等旅游价值。游客可以选择徒步、自行车、观光车等方式游览全程（景区内有观光车和租用自行车）。

景区上游主要有各式漂流、极速滑草、沙滩摩托、斗牛、枫扬林等项目和自然景观；下游主要有真人CS、游船、射箭、打靶、马术、高空拓展等游玩项目和农业科普观光区，同时建有露营烧烤、特色农家乐等旅游配套服务设施，目前已成为南京、滁州等周边城市市民休闲度假的最佳去处。

2016年5月22日，CCTV发现之旅《美丽家园》栏目拍摄的纪录片《美丽的八岭湖》举行开机仪式，栏目组总制片人王大明对八岭湖风景区给予高度评价，认为该景区地理位置独特，风景宜人，文化底蕴深厚，是难得的旅游胜地。

八岭湖牧场

八岭湖风光

八岭湖亲子漂流

八岭湖滑草

八岭湖沙滩摩托

策马扬鞭八岭湖

走进那片枫杨林

明光市张八岭镇普贤村境内的一条山涧边，新发现一片绵延几公里的枫杨林，大大小小的枫杨树有几百棵。

夏日，走进树冠相叠、枝柯交错、青翠欲滴的枫杨林，也就是走进了天然氧吧。在凉风习习中，享受着天然氧吧的滋润，内心顿时心旷神怡，神清气爽，浑身上下轻松许多。

踩着凸出水面的石头，行走在柳荫下，让我心醉神怡的是，想象不到这荒僻山涧里竟然有这么多枫杨树，而且棵棵长得葱郁挺立。由于长年累月的日晒雨淋，山洪冲刷，大多数根部已裸露在外，树根奇形异状，树皮斑驳粗糙，树干肿瘤结节。不论是横卧于泥泞中、还是扎根沟沿旁，一棵比一棵形状奇妙。远远望去，有的像犀牛、有的像梅花鹿、有的像蟒蛇，惟妙惟肖，自然天成。不论你仰望、俯视，还是左顾、右盼，映入眼帘的无处不是美景，这里全是大自然的杰作。

枫杨林之一

枫杨具体生长年限无法考证清楚，仅对此树龄目测的话，应该至少百余年了，许多枫杨的根茎已断裂，但断裂处仍然长出一枝枝、一棵棵枝繁叶茂的枫杨，把山涧两边装饰得葱茏劲秀，浓绿如云，给整个山涧增添了一层神秘深幽，宁静梦幻的色彩。

枫杨不畏环境恶劣，不畏气候变迁，顽强生长在地僻人稀的山涧中。虽然这么多年默默无闻，不为世人所知，但也因祸得福，躲过了乱砍乱伐等人为的破坏，得以生存下来，才有了今天水在树间流，树在水边长，人在涧里走，如同画中行的生态美景画卷。枫杨历尽沧桑，与大自然和谐共存，交相辉映。那树冠、那树枝、那树干、那树根似乎有血、有肉、有思维。枫杨树根记载着

枫杨林之二

历经沧桑的时代变迁，以其顽强的生命力、茂盛的风采给予了我们许多遐思。让世人从枫杨树中读出久远的沧桑，感受到枫杨树的灵魂所在，感悟到枫杨树的内在精神。

2016 年 5 月，八岭湖生态旅游区已将此处枫杨林列为八岭湖自然生态环境保护区，科学规划，重点开发，给这片枫杨林注入了旺盛的活力。相信不久将来，这片枫杨林会将自己凝敛厚重、朴实无华和清幽宁静的自然风韵展现给世人。

王绪波 / 文

话说新中国成立前张八岭的大户人家

张八岭，地处明光市的最南端，距离滁州、南京较近，自古以来的泗浦古道、后来在此基础上扩建的 104 国道穿境而过，1912 年通车的津浦铁路在此设站。交通便捷，山清水秀，物阜年丰，人杰地灵。清朝以来，来自于山东、河南、淮北、苏北一带的居民在南下途中选择在地势较高、有山有水的岗岭上居住，逐渐形成了小集市。在市场经济的推动下，一些实力较强的大户逐步崭露头角。新中国成立前，张八岭的大户有一个不雅的顺口溜，即：“南头范、北头万，中间有个张大蛋”。

“南头范”新中国成立前就从事加工业，主要以加工大米为业。初期的大米加工就是用礨子去壳（一种把稻子去掉壳的器具），用风车吹去麸皮，然后再用兑窝（一种把大米槌熟的器具）把糙米槌成熟米。槌米是个力气活，槌的人要很有劲才行，我的家乡有一个姓倪的长辈，长得人高马大，新中国成立前就是给姓范的家当长工。范氏后人于改革开放初期就经营铸造业，一度收入颇丰。现在的明光市政协委员范天乐就是其后人之一。

“静求心里慧，思养性中天。”这是万氏宗祠“静思堂”的一副对联。“北头万”，主要是指万家高祖万家严（字蓝生）的四个儿子万金迁、万金科、万金铸、万金鑑兄弟及其子女们。新中国成立前的万家主要以经营粮行为主业，兼做其他小生意，在农村有土地出租，有了一定的原始积累，故土改中大都被划为地主。其中万金铸的女儿万宝珠在上学期间参加革命，新中国成立后先在上海工作，后来调到北京，和其丈夫王智都在国务院办公厅机关工作，现在都已离休；万金迁的长子万宝琛曾经是张八岭小学第一任校长；另外一支万金鑑的次子万宝璋，新中国成立前夕随国民党装甲兵团逃往台湾，现在依然建在，每年都要回来省亲。其他有的在上海、南京、蚌埠等大中城市工作，有的在本地发展，其后人因有良好的家庭教育，故大都在机关、医院、学校工作。到了第五代，有数人在国外公费留学。

姓张的在张八岭从事的行业比较多，有做农坊的（雇工种地）、有经商的，有开作坊的，有跑单帮的，也有当长工的。其中那个“顺口溜”中的一支门户最大。这一支中一个名叫张正兴的在张八岭比较有名，当年在南京的白下区当区长。1947 年曾经参与过嘉山县国民党国大代表的竞选，后中途弃权。国民党的竞选，是要靠钱说话的，由此可见他当年的经济实力同当选的明光李咸熙相比，还是相距甚远的。开粮行做生意做得较好的是原嘉山县农业局副局长张广新家，他的爷爷是正字辈，习惯用字称其名，叫张如初，父亲叫张大成。张八岭北头原供销社收购组是他家的祖宅。这一处住宅的前厅坐西朝东、高大宽敞，是原收购组收购破烂和中草药的地方，后院四方四正，坐北向南是一排厢房，南院墙的大门是砖雕门楼，很是壮观。第二家是张家根家，张家根自己是中医先生，他父亲是大地主，从岭北村的官刘到张八岭村的街东上下约 300 亩地都是他一家的。

张八岭的大户其实远不止这三户，比较有名的还有陈姓、吴姓、汪姓、李姓等。

陈姓最有钱的当数陈聚兴家。原张八岭镇政府办公地方就是他家的住宅，此宅位于当年十字街口，号称“陈家大院”，陈家大院是张八岭最大的住宅，占地约30 多亩。它坐东朝西，前后四进大院。前院北侧有一个炮楼，高约 10 米，内有旋梯，直达顶层。第一进是宽敞明亮的客厅；第二进有左右厢房，有大厅，全部是立柱走廊；第三进有厢房、大厅，再后面就是一个宽大的大院。所有的房屋都是青砖小瓦，雕梁画栋，飞阁流丹，古香古色。因为地形的原因，陈家大院的建筑成本很高，造价昂贵。张八岭镇当年建筑在一个山梁上，老南街、老北街和十字街口位置最高，往西和往东都是缓缓下落，东面下落更为明显。猜想当年陈家也是为了占据十字街口，所以选择了这个地方建设住宅。在院内看，前后一样高，但是在院外看，前面位于山梁上，后面地基越垫越高，到最后一进垫高大约 5 米，外围墙全部是青砖镶砌，看上去像是楼房。陈家大院新中国成立后被政府没收，前面三进一直作为区、乡政府办公所用，最后一进是供销社仓库。20 世纪 90 年代初，新的镇政府建成，陈家大院卖给了一袁姓人作为住宅使用。

陈有两个女儿，一个是共产党，一个是国民党，两个人都为了自己的信仰做出了一定贡献，据说都当了大官。

吴家，即老中医吴立生家。吴家住宅原来是张八岭公社（“大跃进”期间也曾经改称为“先锋高级社”）办公和干部宿舍所用。张八岭区改设到管店（后设在三界）以后，公社办公室搬到了陈家大院，两进住宅让给了派出所使用，大院则被改造为公社大礼堂（现在是镇文化活动中心）。20 世纪 80 年代，政府落实政策，派出所使用的两进房屋还给了吴家。

吴立生有五个儿子、两个女儿。老大吴斌，早年开粮坊，新中国成立前逃难到上海，遇台风，所住楼房倒塌，妻子和两个已成年的儿子遇难，吴悲痛欲绝，后来一人离开上海辗转到台湾，一人独居，直到年迈才再娶。

老二吴文，7 岁读私塾，1932 年考入滁县第八中学，3 年后考入江苏省扬州中学，1937 年考入中央大学航空工程系。曾任中国科学院广东研究院院长、广东省科学院院长、广东省科协副主席、第六届全国人大代表、第七届全国政协委员。1996 年离休，2003 年病逝。

老三吴武，早年开酒坊，新中国成立后在南京毛纺四厂上班，“文化大革命”中被批斗，后在南京毛纺四厂退休。改革开放后，先后任政协嘉山县第一、第二、第三届委员。他到龄后，其女婿、张八岭中学教师曹进康先后任政协明光市第六届、第七届、第八届委员。

老四吴赋，在张八岭读的小学，在滁州读的初中，很小的时候一人独闯香港，在香港读高中和大学，毕业后工作受到老板赏识，把一废弃的小厂子赐予他，一步一步发展壮大，在香港工商界占有一席之地。改革开放后，他是第一批到大陆投资的商人，在深圳办“早进电子有限公司”（“早进”顾名思义是最早进大陆投资的意思）。

老五吴政现居南京。

20 世纪 80 年代，吴家在张八岭小学设立了“吴赋奖学金”，对每年成绩优异的学生给予奖励。同时，还捐资把张八岭老南街修成了水泥路。

汪家。1932 年嘉山县设县后，各地积极筹资兴学，学校教育有所发展，先后在全县范围内办起了三界、管店、自来桥、张八岭等 5 所完全小学。张八岭小学的校址就是汪家的一个四合院（汪家的后人汪成章和汪姓的女婿柯仁美曾经来政府要过房子）。此院落房屋砖瓦结构，宽敞明亮，院子由青砖铺就，四方四正。后来因学校扩大，这个小院就成了教师宿舍。四合院的东面就是基督教教堂，此教堂宽大、雅致，在当年的嘉山县首屈一指。教堂的牧师叫柯仑布，信徒很多。

李家在张八岭也很有影响。原供销社门市部、后来作为房管所办公室的是号称

“西巷老太爷”的李吉祥家（新中国成立前此房子前后几进，一直延伸到原供销社仓库）。李是“安青帮”头子，相传是黑（日伪、黑社会）红（共产党）两道通吃，很有势力。老百姓形容说：“老太爷跺跺脚，张八岭地动山摇。”他的儿子李春汉是原南京中山陵工作人员（曾任国民党中尉）。2006 年，李春汉曾经上访市委统战部，要求要回住房，后经统战部协调，市房管部门赔偿了部分资金。曾经当过伪保长的李长青，在张八岭不算大户，但是《嘉山县志》却写到他的名字。其原因是，1943 年春天，新四军二师、中共淮南区委成立了铁路工委和铁路便衣大队，其任务是，打破敌人封锁，保证铁路东和铁路西交通畅通，护送首长和军用物资过路。1943 年 7 月担任铁路工委二区区长的阮官清曾经利用过李长青的关系，在他家住过，熟悉李长青。为了更好地完成任务，上级要求二区要做好李的统战工作，把李改造过来，让他帮助铁路便衣大队了解敌情，为首长过铁路提供方便。阮区长接受任务后，多次做李的工作，李被共产党的政策所感动，为铁路大队通风报信，做了很多好事。当时经常过往交通线的有罗炳辉、谭震林、徐海东、曾山、魏文伯、黄岩等同志。据说魏文伯在 20 世纪 60 年代担任华东局候补书记兼秘书长期间，曾经在张八岭火车站下过火车，向身边的警卫人员说起过去的往事，感慨万千。

时过境迁，物是人非。张八岭早已不是原来的张八岭，1992 年撤区并乡，原来的嘉山集乡并入了张八岭。现在的张八岭，地盘大了，人口多了，树更绿了，山更清了，水更秀了，一个全新的张八岭镇正在向我们走来！

张八岭风光

三界镇

三界镇位于明光市东南部。东与石坝镇接壤，东南与张八岭镇交界，西与定远县拂晓乡毗邻，北与管店镇相连。总面积 135.6 平方千米，全镇辖 7 个行政村，130 个村民组，总人口 5525 户 21847 人。镇政府驻三界。

三界镇地处江淮分水岭，是安徽省江淮分水岭综合治理重点乡镇。地形为低山丘陵。气候属北亚热带与温暖带过渡地带的半湿润气候。年平均气温 15 度，无霜期 219 天。三界距滁州市 30 千米，离蚌埠、合肥、南京均不到 1 个小时的路程。京沪铁路、104 国道穿境而过，南洛高速公路在三界设站，交通十分便捷。

三界为皖东地区最大的花生种植基地，年种植面积达 18000 亩，年销售总量达 1000 余万斤。镇内林业资源也十分丰富，山场面积 3 万多亩，有 2 个国有林场，1 个种牛场，有 3300 亩的经果林基地、6000 亩意杨栽植面积。

号称亚洲第二大的军事训练基地——南京军区三界军事训练基地坐落在三界境内。境内还有其他驻军 4 家。境内的老三界曾经是明光市的前身——1932 年建县的嘉山县县政府所在地。从老三界到新三界之间、三界梅郢村所在地，新开发了“三界外生态旅游景区”，目前已初具规模，2016 年 3 月 27 日举行了盛大的开园仪式。

该镇碾城村严集有一座“严集烈士陵园”，陵园有烈士墓 120 座，无名烈士墓 1 座。陵园占地 30 亩，建有大门楼、八角亭、陈列室、长廊、喷泉池等，是我市“爱国主义教育基地”之一。

三界镇曾经先后被省、市评为“江淮分水岭综合治理先进乡镇”“计划生育先进乡镇”“双拥模范乡镇”，已经成为明光市南部山区的重点乡镇之一。因特殊的地理环境和军事重地的优势，未来将受到越来越多人的关注，知名度将大大提高。

丰厚的土地

藏在深闺的凡山

凡山位于明光市三界镇南端的丘陵地带，与滁州大柳、定远等地相邻，是一处尚未开发的处女地。

远眺凡山，整道山岭犹如一位沉睡中的少妇，仰天而卧，头南脚北，长发披拂，胸脯隆起，两腿并拢，整山造型优雅，浑然天成。特别是其中两个山丘，高耸挺立，似女人凸起的乳房，后人称之为双乳山。据说，这里还流传着一段神话故事。传说当年王母娘娘一觉醒来，纵观天界，惊见凡山这块风水宝地，有两道红光直冲云霄，掐指一算，竟是大自然给予凡山血肉与灵魂，使其吸收天地日月之精华，后慢慢修炼成形，蜕变成大地精灵，形似女性化身，将来一旦成精，势必会威胁自己娘娘的地位。于是请求西天如来佛祖，派大鹏鸟下凡，看住双乳山，山长一分，大鹏鸟用嘴啄取一分，不让其增长，耗尽其精血……不知不觉上千年过去，双乳山依旧，而大鹏鸟却坐化人间，化作顽石，头微微向西倾，似乎在等待如来佛祖的召唤。这动人的故事和神奇的传说，吸引了许多人前往凡山探究求证。我也曾两次探寻凡山，寻找传说中的精灵，体验追寻的快乐。第一次是春暖花开的时节，当我顺着蜿蜒崎岖的山路走向凡山，感觉凡山并不高大险峻，属丘陵地势，整个山体连绵不断，丛林郁葱，山花烂漫，草木丰美；山中遍布很多奇形怪状的石头，大者圆棱各异，小者形态万千，远远地看着，神形皆具怪、巧、奇、美的特点，使我感到山中有一种仙气和灵性。特别是亲眼一睹如鹰嘴般巨石的芳容时，心中震颤跳动，这造化精灵的奇石很形象、逼真。尖尖带沟的鹰嘴，经过岁月的风化，已化为坚硬的岩石，变成了鹰嘴石，傲然昂首，栩栩如生。鹰嘴石两旁各有一块石头，似乎是鹰的两只翅膀展开牢牢护住山顶，巧夺天工的神奇，令人叹为观止。遗憾的是意犹未尽，因事匆匆，恋恋而归。第二次，我带着对这片纯净自然的渴望，也是为满足第一次未能

凡山鹰嘴石

踏遍凡山的好奇心，约上几个影友于春夏之交的清晨时分进山，山野中青草葱翠，雾气弥漫，特别美。到达凡山时，太阳已升起很高，山凹处已云消雾散，在半山腰处拍了几张照片，便从另一条小径往山顶攀爬，不经意间走到一处树冠相叠、枝柯交错、景色幽深的地方，也就是山岭犹如美少妇大腿的一端绝壁下，发现屹立着几块灰褐色的巨石，巨石中间，有一个能容纳单人进入的洞穴，洞内面积五六平方米，虽然洞纵深仅仅几米，却有一种神秘莫测的感觉，令人情不自禁地要一探虚实。此洞当地人称通天洞，洞口直通山上，与双乳山自然结合，浑然一体。从洞中爬出，洞外风景秀丽，丛林中遍布野生金银花和很多叫不出名的植物。这里通往鹰嘴石，沿路的景色清幽，树林茂密，引人入胜，当我们攀爬到鹰嘴石上，极目俯视，脚下大地广袤、壮阔，迷人的景色尽收眼底；弯弯曲曲的山路穿行在无边无际的绿色林海中，七八十年代建造的红瓦房错落有致，至今仍保存完好。让人印象深刻的视觉享受是坐到鹰嘴石上观光赏景，山谷中雾腾腾的，真有一种“腾云驾石”的感觉，让人好不惬意……

凡山滴水洞

凡山不算高，平淡无奇。虽名不见经传，但“横看成岭侧成峰，远近高低各不同”，她集天地之秀，纳日月之灵，是明光大地一朵原汁原味的风景奇葩。她灵秀、俊逸，像母亲一样温柔；她豪迈，雄壮，不失父亲一样刚劲。凡山是日月的精灵，大地的骄子，神仙赋予她美丽的传说，后人赋予了她更多的传奇。如今，凡山仍静静地守候在那里，等待着有缘人去揭开她温柔的面纱，发掘她身上凝聚着人类物质与精神的宝贵财富——旅游资源。用理智和智慧，一点一点雕琢这块秀美的凡山，让大自然的造化不再神秘，让原始的神韵飘逸在明光，展示在世人面前。

王绪波／文

管店镇

1958年，管店曾经出土一尊重达144斤的铁香炉，铁香炉上刻有这样一行字：“南瞻部洲大清国江南凤阳府泗州盱眙县灵蹟乡第五都舘店四散不一居住”，据此，管店镇形成于清朝末年。相传早年有管姓人家在此开设店铺而得名。

管店位于明光市南部，东与石坝镇接壤，西与明南街道相连，南与三界镇交界，北与明东街道毗邻。总面积70.9平方千米，辖5个行政村，134个村民组，总人口2.2万人。

管店镇物产丰富。种植业有“中国甜叶菊第一镇”之称，甜叶菊育苗量占全国育苗量的三分之一，占全市的三分之二，种植面积10000亩，可产干叶200多吨。矿产业有蕴藏着1.2亿立方米的花岗岩矿，岩体南北约20千米、东西宽2至5千米、裸露面积42.5平方千米。D级储量1900多万立方米，质量好，品位高，极具开采价值。黄沙储量约为800万吨，黄金储量经初步勘探约为2吨。

辖区内有栖凤湖和管店林业总场，旅游开发潜力很大。栖凤湖集水面积57.3平方公里，库容量4802万立方米，湖岸周长约60千米，那里群山环绕，林木繁茂，鸟语花香，碧水蓝天，上游与南洛高速公路相连，下游与104国道相接，交通便捷，得天独厚。境内还有小（一）型水库1座、小（二）型水库5座，周边山水相连，岗峦起伏，环境优雅。林业总场有20多万亩森林资源，生态环境良好，区位优势独特，是开发旅游业的处女地。

今后发展的方向是：发展以特色甜叶菊和苗木为代表的现代农业园，依托罗岭工业区推动工农业联动发展，大力发展乡村旅游的服务产业和特色产业，成为“特色产业镇，乡村旅游地”。

栖凤湖风光

金风送爽乐丰年

山水清丽鹭鸟归

104 国道管店段风光

欢乐敬老院

罗后冲水库全景

走近罗后冲水库

假日里，我终于能够摆脱工作的约束，放逐心情，到野外去与大自然亲密接触，去体会、去观察、去享受假日带来的乐趣。听影友说郊外不远的罗后冲水库自然风光优美且距离近，是游玩的首选地方。下午 3 时，我们几个影友结伴而行，来到了罗后冲水库。

罗后冲水库位于明光市南部山区管店镇境内，距明光市区 20 千米，属江淮分水岭边缘，地理区位优越，交通便捷，104 国道、宁洛高速贯穿而过，水库总库容 213.6 万立方米，来水面积 3.97 平方千米，坝高 13.8 米，灌溉面积 0.27 万亩。2011 年经过除险加固和维修改造，水库面积有所增大，面貌焕然一新，碧波万顷的罗后冲水库依偎于峰峦起伏的山脉腹地，四周山明水秀、林木茂密，具有得天独厚的旅游资源优势。

我们沿着曲折的岸线向远处望去，水面宽广、平静，静得像一面镜子，天空中一朵朵白云一不小心就跌落在水里。一阵微风吹来，库面泛起了鱼鳞似的波纹，在阳光照射下波光粼粼，仿若冲浪的仙女在遨游。

漫步在水库岸边的湿地上，阵阵清香夹着泥土芬芳扑面而来，沁人心脾。脚下“绿色地毯”上，随处可见叫不出名的野花争奇斗艳。这里有自由觅食的动物，婉转歌唱的鸟儿，静静的放牧人，还有瞬间冒出水面的漩涡，那是鱼儿在水中快活地追逐嬉戏游动的水波……徜徉其中，感受着这里的一切，独有一种说不出的美!

岁月静好。面对着美丽的大自然风景，生活像这片广阔的碧波，不管是苦、是甜、是咸、是淡，看着眼前山清水秀、迷人的大自然，我情不自禁地敞开情怀，想象着把生活的情感播种在这片原生态的沃土里，多少惆怅都可以无声无息地消失，沮丧与疲惫也会逃遁的无影无踪；只留下心灵的蓝天，任思绪飞翔……

走近罗后冲水库，也就走进了一处山水神秀融为一体的人间仙境。虽然水库上没有游艇如梭、渔帆点点的美丽画面，但是这里空气清新，水草丰美，静谧安宁，无纤尘污染，无乱声纷扰，自然风光美不胜收。

傍晚时分，虫鸣鸟啼，天空呈现出奇幻的景象，满天的霞光洒在水面上，绚烂无比、相映生辉，让这里的一切都格外的美丽、和谐、生动。明光山水平缓流，游人徜徉碧波幽，慌闻鱼鸟轻私语，落霞归来一醉休，感受到了这里充满生机的生态旅游发展潜力，是都市人回归自然的绝佳境地，到此一游无悔矣。

罗后冲水库如含苞待放的少女，娇羞地藏在山中，如今随着明光市旅游宣传力度加大，许多投资公司前来考察，意向开发生态旅游、农业观光、休闲度假项目。随着旅游业迅猛发展的步伐，围绕旅游业“食、住、行、游、购、娱”的六大要素，罗后冲水库具有很强的潜在发展机遇，将会大有作为。

王绪波／文

石坝镇

石坝镇位于明光市中部。东与涧溪镇接壤，南与管店镇、自来桥镇、三界镇交界，西与明东街道、明光街道相连，北与苏巷镇毗邻。总面积 266 平方千米，辖 13 个村民委员会，246 个自然村庄，4 个街道，总人口 5.1 万人。镇政府驻石坝。

石坝镇又名十坝集，其北一里许有城隍庙，相传为古精城遗址。春秋时又称藩篱国。距明光市区 13 千米。南依小横山，北临七里湖。位于跃龙湖（分水岭水库）、栖凤湖（林东水库）上游。境内教育、医疗、集市贸易功能完善。镇区距南洛高速公路入口仅 4 千米，309 省道穿镇而过，地理环境优越，交通便捷。

石坝镇原包集乡汪郢村（现为包集村）境内，朱元璋大姐——太原长公主和其夫汪清合葬于此，现有保存完好的墓穴。

始建于 1965 年的曾经是明光市最大的革命烈士陵园坐落在石坝镇镇东，是明光市爱国主义教育基地。

石坝镇境内有老嘉山、中嘉山、小嘉山和小横山，植被茂盛，生态环境优越，是旅游休闲的好去处。小横山蕴藏着大量的玄武岩石料，老、中、小嘉山中草药资源丰富，是珍贵的中药材宝库。石坝水库在正常蓄水位情况下拥有 7000 多亩水面，盛产鱼、虾、蟹、芡实、莲子等。随着“跃龙湖、栖凤湖”（简称“两湖”）的开发建设，老嘉山风景区和黄寨草场的逐步开发，石坝镇的位置将越来越重要，前景不可限量。

石坝革命烈士陵园

位于石坝镇东 1000 米处，原名石坝烈士墓（也称石坝烈士纪念碑）。此陵园初建于 1965 年 5 月，是为了纪念 1941 年 8 月间新四军二师某连政治指导员赵跃祖等数人赴津浦路西执行任务，途经鲁山候郢与地主武装保安队相遇，经过激烈战斗，终因敌众我寡，弹尽被俘，后被杀害。2006 年拨款扩建，扩建后占地 4 亩，新立碑高 13.5 米，碑基宽 8.2 米，墓高 1.7 米，宽 0.8 米。2007 年 7 月更名为陵园。碑前广场为水泥花砖铺面，碑体和碑座均为红色花岗岩饰面。

石坝镇浮太三桥风光

金色的土地

涧溪镇

涧溪镇地处明光市东部。东、东北与江苏省盱眙县仇集镇接壤，南与自来桥镇交界，西、西南与石坝镇相连。总面积 230 平方千米，辖 12 个行政村，318 个村民组，总人口 5.5 万。涧溪镇是 2007 年 5 月前经省政府批准由原涧溪镇、白沙王乡、官山乡、鲁山乡合并而成。镇政府驻涧溪。

涧溪镇有耕地面积 6.6 万亩，其中水田 3.5 万亩。境内有新河、朝阳河、向阳河、红旗沟、白沙河等 5 条河流。有小（二）型水库 8 座，小（一）型水库 1 座，中型水库（分水岭水库）1 座，总库容为 8000 多万立方米。境内有鲁山、清明山、官山、毛山等山场，总面积 3.9 万亩，最大的鲁南草场有 6000 亩。农业已形成以祝岗、鲁南为中心的水蜜桃、油桃生产基地，以石岩、涧溪为中心的蔬菜生产基地，以白沙王、陡山、祝岗为中心的西瓜生产基地。镇内还盛产花生、明绿、芝麻、籽瓜等。以养猪、养鸡、养牛为主的养殖业分布较广。世行加灌农业 8 个综合开发项目已落户涧溪。

涧溪境内矿产资源丰富，凹凸棒粘土资源近亿吨，乡镇工业以凹凸棒粘土开采加工、木材板材加工和玄武岩加工为主，被列入省级产业集群专业镇。

跃龙湖桃花岛风光

山村新景入画图

跃龙湖晨雾

湖光山色

跃龙湖晨曦

山乡人家

涧溪老街

唐朝贞观年间，社会太平，经济发展，南北商贸来往剧增。由于依山傍水的自然条件，上接皖、苏之间南北大通道，下连七里湖、直通淮河，涧溪很快成为交通枢纽，成为南北商贸的集散地。

南北大通道是从南京、来安而来，经涧溪向东北方向通往盱眙、苏北一带，水路由七里湖通向淮河、洪泽湖一带。由于交通方便，商贾过往停留较多，涧溪经济得到迅速发展，人口逐渐增多，生活水平不断提高。有着水旱码头得天独厚条件的涧溪老街就是在这样的背景下发展起来的。

涧溪老街三面环水，一面临岸，位置独特，风光旖旎。东、西、北三面有河流，河上有桥梁。东街有虹桥，西街有太平桥，两座桥都是拱形石桥，桥孔高大，可以穿行三条桅杆的大船。虹桥神龛两旁的一副对联流传至今，曰："渔歌曲唱三篙水，舟转虹桥一片云。"

南街和西街建有两座牌坊，高大宏伟，据传是明清时奉旨建造的，牌坊由巨石扣接而成。老人们回忆说，牌坊上面刻有四个苍劲有力的大字，很远就能看到。涧溪老街曾发现一块长丈余的条石匾额，上面刻着"江苏会馆"四个字。老街槽坊尚遗留巨石雕刻的大马。

古代的运输工具，主要是手推独轮车，街道的条石板上还留下一道道深深的车辙，成为了人们过往的记忆。街道两旁现在还保留着一些商业门点。宽阔的门面、高大的建筑，代表着这里曾经的门庭若市。

抗战时期涧溪尚有圩子，四方有圩门，门楼上有题匾，皆书有四字。南门是"春色南都"，北门是"北斗锁月"，东门是"紫气东来"，西门是"庚星西耀"。

新中国成立以后，由于老街地势低洼，再加上下游河流淤塞严重，原来可以通三条桅杆大船的桥梁已经基本上淤平了，所以老街经常被淹。随着陆路交通的大发展，老街已经失去了昨日的繁华。20 世纪 60 年代末，建在清明山脚下的新街逐渐代替了老街。当时的涧溪公社和后来的涧溪区也设在了新街。

老街成了历史，成了涧溪人美好的回忆。

在那桃花盛开的地方

涧溪镇有个桃花坞，今天是我第二次去那里。20多年前，我去过说不清多少次，但那里没有桃花。桃花坞，也是我给它取的名字。在一个背山向水的山凹处，由低向高，层层叠叠、贯穿东西，纵横南北，开满了数千亩桃花。桃花盛开的季节，成群结队的游客蜂拥而至，每个人都被它的美和艳震撼了。

鲜艳的、粉红色的花朵密密匝匝地开满枝头，簇拥着竞相绽放，有的在高处，有的在低处，一朵朵、一簇簇，张开俏丽的脸，伸开粉嫩的手，向着阳光，向着雨露，展现它们诱人的身姿。外向的，大胆地向你微笑，羞得你满脸通红；内敛的，羞羞答答地向你颔首，窘得你无言以对。花瓣像是引诱你探寻它的秘密，浅白色的外沿，渐渐地变成粉色，深处，耀眼的红，从那里，伸出一丝丝花蕊，每一丝都撑着一个小小的红伞，生怕被阳光灼伤它们那娇嫩的身体。争奇斗艳的小蝴蝶亲吻着它们的脸，扇着翅膀，像是给它们带来些许微风，也像是给它们扇去身上的微尘，抑或，被它们的婀娜多姿所迷惑，一个个流连忘返、不愿离去。

较之于楚楚动人的桃花，其实，我更喜欢桃树的枝干。高大挺拔、傲然挺立，这样美丽的句子都与它们无缘，它们不高大，更谈不上挺拔，但是，它们墩墩实实地拔地而起，一米多高便张开虬劲的臂膀，撑起了一片灿烂的天空，它们用它那强韧的筋骨，铁枝盘曲、宛转腾挪，众星捧月般举起一朵朵粉蕾娇娇的桃花，让人们去观赏，它们默默地看守着花开花落，又承担起支撑果实的任务。它们之于桃花和那些沉甸甸的果实，是父亲，是母亲，它们用它们的无私奉献，用乳汁哺育它们的儿女成长，让它们去姹紫嫣红，去崭露头角。

山坞的四周，是一望无际的、五彩缤纷的世界，苍翠的树木、白色的棠梨、黄色的油菜、绿色的小麦，或点缀其间，或错落有致，在朦朦胧胧的薄雾中铺展在我们的眼前。有人说，像水墨画；有人说，像油画，其实，再高明的画家，谁也画不出这样的绝色。是春天的使者，给我们带来了这仙境一样的美景。

越过桃园，我大步流星地向山上走去，当过野战军团长的、身体健硕的市人大副主任王允山也被我甩在了后面。他说："我们往回走吧。"我不理他，径直走向山顶。其实，他不懂我，我是想去看看山上的树，去看看原来官山乡的村落。去看看远处的七里湖，因为，那里，有我太多、太多的眷念。

那一年，夏天。骄阳似火，酷暑难当，我带领官山乡干部群众在这个山上挖树穴，每人一个镢头，每人背一个大大的包，包里装的是各种各样的杯、瓶装满的水。一橛头刨下去，汗水浸湿了眼前的泥土，一个树穴没挖好，一杯水喝得净光。

那一年，汛期。涧溪镇、官山乡数千群众奋战在涧溪河旁、七里湖畔，分不清晴天、雨天；记不住时间、地点，不知道有多少个夜晚没睡；不知道有多少顿饭没吃。泥水伴着汗水，汗水伴着雨水……

那一年，冬天。三个乡镇团结治水，共同在广粮圩复堤，那千军万马、震撼人心的场面，至今历历在目，记忆犹新。

曾经的荒山恶水，曾经的一穷二白，曾经的贫穷落后，经过一任又一任乡镇领导带领群众的不懈努力，终于，桃花盛开，硕果累累，湖水驯服，麦浪滚滚。此时此刻，站在山上的我、江家海、马殿勇，曾经的涧溪镇三任书记、镇长，我们的眼睛湿润了……

桃红又见一年春

明光明媚花盛开

满树和娇烂漫红　万枝丹彩灼春融

自来桥镇

自来桥镇，因其南部有一座“自来桥”而得名。该镇位于明光市东南部。东与来安县杨郢乡接壤，南与来安县舜山镇、南谯区黄泥岗镇交界，西与张八岭镇和石坝镇相连，北与涧溪镇毗邻。旧时的自来桥民间有“自来桥苦又苦，出门九个四十五（里）”的说法，即自来桥到来安县城、半塔镇、张山镇、黄泥岗镇、张八岭镇、老三界、涧溪镇、盱眙的仇集镇、王殿集镇都是45里。全镇总面积192.4平方千米，辖11个村民委员会，198个自然村庄，206个村民小组，总人口3.1万人，其中非农业人口2000人。镇政府驻自来桥。

自来桥镇古有“小南京”之称。街道面积3平方千米，人口5000多人。老街宽8米，长千余米，南北两头原来建有城门、牌坊，街面全由条石铺成，由于长年行走独轮车，石沟清晰可见（现在路面已经铺设水泥路面），街道两面青砖小瓦，建筑别致优雅，店铺林立，曾经设有粮行、盐行、烟行、造纸作坊、织布作坊、油坊、酒坊、澡堂、客栈等。新中国成立前后，数十年自来桥均为镇、区、县政府所在地。

抗日战争时期，刘少奇、谭震林、方毅、徐海东、罗炳辉、汪道涵等都曾在自来桥战斗或工作过。嘉山县抗日民主政府设在自来桥。1938年2月至1941年元月，日寇曾经3次轰炸、5次侵扰过自来桥，给自来桥人民带来深重的灾难。2013年，嘉山县抗日民主政府旧址恢复，并同时建有“汪道涵纪念馆”。老街道原来的“青年讲习所”等旧址得到保护，规划在今后逐步恢复。1940年至1945年间，自来桥的抗日力量（民兵、游击队、青抗、农抗、妇抗）在中共党组织和抗日民主政府的领导下，积极开展抗日活动，先后牺牲了14位烈士，遗骨运回庙山安葬。1962年，自来桥公社在庙山建立“自来桥烈士公墓”。

自来桥的人文资源和自然资源丰富，具有很大的开发前景。自然天成、独具魅力的“自来桥”“飞来庙”；风景秀丽、风车林立的杏山、乌山、宝塔山；云深不知处、疑是仙人居的美丽山村尖山村……目前，自来桥镇政府正在利用这些红色遗址和人文、自然资源积极打造旅游基地，吸引八方游客前来旅游。

自来桥镇属低山丘陵地貌，江淮分水岭脊背地区。气候属亚热带和暖温带过渡地带，年平均气温15.6℃，年平均降水量940毫米，无霜期为219天。镇内四周环山，属小盆地地形，中部平坦开阔，土地肥沃。全镇有耕地面积34535亩，其中旱田面积20285亩，水田面积14250亩。镇内宜林山场面积近10万亩。有小（一）型水库1座，小（二）型水库13座，塘坝485面，总蓄水量为800多万方。

自来桥镇农业产业化已经形成以山芋为特色的“一村一品”“一镇一业”，公司+基地+农户的发展模式。全镇种植山芋面积达2.5万亩，占耕地面积72%，种植农户4200余户，占农户数的56%。全镇储藏山芋户达554家，其中10万斤

以上的储藏户49家、30万斤以上的16家、100万斤储藏户4家。明光市兆星农特产品有限公司所属的储藏量达1200万斤的特大型储藏窖更为省内所仅有。在山芋深加工方面已建有一座年加工能力达600吨的山芋淀粉加工厂。

自来桥镇各种矿石资源十分丰富。大理石、花岗岩、钾长石分布在镇南部，范围约4平方千米。大理石经国家地质矿产部南京矿产中心实验室化验，质量全国领先。钾长石贮量大，质量好，经安徽省地质部门和南京大学化验均属稀有矿产资源，是加工各种玻璃等产品的必不可少的原料。

自来桥

自来桥，位于自来桥镇老街的南部。根据《盱眙县志》记载："自来桥为滁县、来安大路，桥石系大水流至，故名。"早在元代以前，自来桥就是著名的两淮赴六合的古道。古道经过一条河涧湾，河上无桥，枯水季节来往行人只能从几块"石头步"上行走，车马只能淌水过河。如遇山洪暴发，来往行人只能望河兴叹了。元至正元年(1341年)，古镇人民慷慨解囊，踊跃捐款，计划在河道上建一座石桥。他们觅工匠，购石料，于年初开工，几个月后，石桥基本建成，桥面上缺一块石料未能完工。当年6月23日，天空突然乌云密布，电闪雷鸣，大雨倾盆，山洪暴发，急流中有一块长方形的巨大石块顺流而下，漂至桥面上戛然而止，天造地设，正好吻合，成为自然桥面，"天人合一"！自来桥的奇迹就这样在山区小镇上诞生了。后来，人们为了永远纪念这段奇事，就在桥头立"自来桥"石碑，并撰写《重建古自来桥碑记》以记永志。

古自来桥

该桥始建于元至正元年(1341年)，清雍正五年（1727年）重修。现桥基和桥面基本完整，桥栏杆损毁，两端石狮子已不存。单孔石拱桥长12米，宽4米，矢高6米，券跨5米，采用顺丁式券门砌法，并有券门。桥面由石块铺成，其中一巨石长3.88米，宽1.6米，考其碑文记载和筑桥手法，该桥仍保留元代风格。

飞来庙

飞来庙即自来桥旧时的南大庙，位于自来桥古街的南面，现只有遗址。据说该庙始建于明朝，庙堂有前后两重，庙前有广场，南端建有戏台。庙的山门是三卷门，正门上刻有“东岳行宫”四个大字。大庙前殿的正中是弥勒佛，背后是韦陀菩萨的站像，两侧有四大金刚。后正殿是五开门，正面供奉的是东岳大帝，两侧禅房里分别供奉着观音娘娘和子孙娘娘。正殿的西首还有一个院落，院内古树参天，典雅清幽，坐北朝南的大殿正面有一幅关公画像，两侧的偏房里是庙里的僧人居住的地方。庙的后院较大，建有碑亭，西北方向有一株银杏树，主干有3丈多高，树径粗达两人合抱，枝繁叶茂，林荫蔽日。南大庙的住持人称周二和尚，带有两个徒弟。大庙每年要举行很多次庙会，周围四乡八镇百姓纷纷前来赶庙会，殿前的香炉里终日香火缭绕，从早到晚，热闹非凡。

寨山风景美如画

南大庙为什么叫飞来庙？有两种说法。一种说法和“自来桥”相似，据说南大庙大殿行将竣工的一个晚上，正巧建房的瓦用完了，还有几片瓦没有盖上。瓦工们准备第二天再来补上。第二天一早，庙里的老和尚早起打坐，无意中往房子上看去，发现竟然片瓦不缺，老和尚以为是瓦工夜里来补上的，一问瓦工，他们都说不知道，大家回忆说，夜里有一阵大风，莫非是大风刮来的瓦片？众人百思不得其解，只得相信是大风刮来瓦片之说。另一种说法比较贴近事实。南大庙原来在河的东岸，一次夜间山洪暴发，河水猛涨，原来在南大庙西边的河道因常年淤积，难以泄洪，洪水夺路而行，从南大庙东边低洼处漫过，一夜之间形成了一条新的河道。早晨人们醒来一看，大庙突然座落到了河的西岸，如同飞来一般。从此，“飞来庙”成了人们津津乐道的话题。

晚归

苏巷镇

苏巷镇位于明光市东北部。东北、西北与女山湖镇接壤，南与明东街道、石坝镇交界，西与明西街道毗邻。面积 109 平方千米，辖 6 个行政村，87 个村民组，总人口 2.47 万人。镇政府驻苏巷。随着明光市区的北扩东移，苏巷距离市区将越来越近，南部已经融入市区范围。

苏巷镇属丘陵地带，西靠女山湖，东临七里湖，境内有石坝河贯穿 5 千米。距南洛高速 13 千米，新的 104 国道将穿境而过。水陆交通便捷。全镇有耕地面积 50893 亩。有戴巷、涧东两大国营电站，小型水库 6 座，塘坝 948 面。有中学 2 所，中心小学 2 所，完小 5 所。综合农贸市场 2 处。

苏巷是汪道涵夫人、抗日女英雄戴锡可的故里。戴巷村曾经有清末的戴家祠堂，还有元末清初的桑家祠堂和清朝的太和桥。桑家祠堂位于明光市苏巷镇老大郢村民组，为三进祠堂，门外是老大郢的老街，南北走向。四周是居民居住房屋。后有杂院，种植有槐树、桑树等各种树木。院内有井一口。东为丘姓住户，后为原老大郢粮站。桑家祠堂现存两进，前进有轩，后进五间，该建筑一直由桑姓后人使用，2007 年 9 月毁于火灾，目前，该建筑的椽梁保存尚好。

太和桥位于明光市苏巷镇戴巷村阎桥村民组南、约 1.5 千米处，呈南北走向，桥的四周均为农田，桥下水流自东向西，流向女山湖。桥面宽 4 米，长 3.5 米，上有“太和桥”和“道光二十年四月建”字样。相传是一名何姓官员荣归故里而建。

在原焦城圩旧址，据传是宋朝孟良、焦赞的点兵场。20 世纪 70 年代在“农业学大寨”的高潮中拦湖造田，建成焦城圩，后又放水入圩，以养鱼和养螃蟹为主，上游仍保留部分农田。

苏巷是农业大镇。种植业主要是水稻、小麦、玉米等，经济作物主要是瓜类、豆类、花生、芝麻、甜叶菊、山芋等。水产业、畜牧业发展较快，已形成以焦城圩为龙头的万亩渔业生产基地、以大郢养猪场为龙头的“三元”杂交猪生产基地。苏巷工业集中区建成以后，招商引资企业纷纷落户，工业经济得到长足发展。

在新农村建设中，苏巷镇高标准地建设了大罗郢和大郢两个新农村点，随着女山大道的开通，这两个点上整齐的楼房、漂亮的农家小院、优雅的环境将成为苏巷镇又一个亮点。

满湖荷叶映晚霞

七里湖荷花

美好乡村大罗郢新貌

鸟类天堂——七里湖

女山湖镇

女山湖镇是安徽省首批“扩权强镇”试点镇，省级“环境优美乡镇”“省级特色产业镇”“全国重点镇”，是国家重要的商品鱼生产基地，被誉为“安徽渔业第一镇”和“中国螃蟹之乡”。

镇名因辖区有安徽省著名湖泊女山湖而得名，是皖东地区著名的水乡古镇。北邻淮河，与江苏盱眙县隔河湖相望，南临七里湖，与石坝、涧溪镇相邻，西与苏巷镇相接。

女山湖镇历史悠久。汉代，汉武帝在今女山湖镇及女山东南分别置赘其县和淮陵县；东晋大兴三年(320年)侨置淮陵郡；南北朝时侨置睢陵县；五代十国和北宋时期，设招义县；宋朝太平兴国元年为招信县，元朝至元二十年（1283年）撤销招信县，县治废，时称旧县。之后的旧县一直是镇制，属盱眙县，1932年划属嘉山县，1986年5月更名为女山湖镇。2007年区划调整，将原邵岗乡和太平乡的4个村并入。辖旧县、荷花、冯郢、安淮、对龙、赤塘、光明、山南、山东9个村民委员会和女山湖渔场、旧县、邵岗2个街道居委会，总人口4.3万人，其中城镇常住人口2.5万人，流动人口13000余人。辖区总面积278.7平方千米，其中水面面积为173.4平方千米，占总面积的一半以上，耕地面积6.8万亩。

女山湖交通便捷。距京沪铁路、南洛高速、104国道仅30千米，县道女山大道横贯全境。水上交通十分便利，到江苏盱眙开通了省际水运班船，货运船只入淮河，进运河，达长江，兴建了年吞吐量达20万吨的水运码头，日通航量达5000吨位。

女山湖水系纵横。有26万亩水面，正常年蓄水量2亿立方。分别是：女山湖16万亩，七里湖9万亩，花园湖，为明光、凤阳共有，共5万亩，其中女山湖镇

女山湖大闸

2 万亩，猫耳湖 0.8 万亩（和盱眙县有争议，目前属盱眙管理）。七里湖距淮河仅 7 千米，经洪山头入淮，与江苏盱眙县接壤。

女山湖旅游资源丰富。有安徽省地质公园——女山，有千年古镇内的众多古建筑，有新、旧十景的遗址和美丽的传说，有烟波浩渺的大水面，有味道鲜美的水鲜、螃蟹，有新农村建设的靓丽风情……

女山湖，热忱欢迎八方游客来水乡古镇做客。

马沉涧捕捞

女山湖湿地风光

她从九百年前走来

她从九百年前走来，一路风雨，一路坎坷，一路精彩；她从九百年前走来，一声叹息，一声感慨，一声喝彩。女山湖，千年古镇的风采，她经历了太多太多的风雨和坎坷，如今，她迎来了高歌猛进的新时代！

美好乡村光明村村口风景

也许你不会相信，我感觉女山湖的变化，不是在鳞次栉比的集镇中，不是在平坦笔直的马路上，不是在帆樯林立的湖面上，不是在风景如画的女山旁，而是在一次赴天长采风的途中，一位刚刚从女山湖归来的天长文友激动地说：“女山湖，变化太大了！古老的火山，温情的湖水，靓丽的小镇，羞涩而又漂亮的女书记，都给我留下了太深的印象，我还会再去，住下来，好好体会它的美丽所在。”他的一番感慨，让我忽然感觉到，女山湖真的是变化很大，可能是因为经常去那里的原因，竟然没有一个外地朋友感触之深。前几日文联组织的新农村采风之旅，让我再一次领略了女山湖的风采。

车行女山大道，穿苏巷、过大郢，我们来到一片世外桃源人家，这里是女山湖镇的光明村。一幢幢宽敞明亮的楼房，一条条整齐划一的道路，现代化的办公设施，人性化的生活广场，公园化的周边环境，生态化的山水绿化，小桥流水人家，绿荫倒影如画，古色古香的廊台亭阁，诗情画意的墙壁文化，正是：好一处优雅天地，又一番别样潇洒。同行的诗词学会的八旬老人感慨万千，由衷地说：“这样的新农村可与城市媲美。”另一位马上插言：“不对，应该比城市更美！”摄影家协会的大师们一个个到处奔忙，“长枪短炮”频频“射击”，他们要在这山村旷野之中去寻觅那远去尘嚣的繁华。

说起光明村，其实我并不生疏。那是20年前，我在当时的邵岗任党委书记，因为那个村紧靠公路边上，所以给我留下了很深的印象。当时的光明村，领导班子不强，农民收入不高，基础设施较弱，为了改变那里的状况，我数次去那里调研，并且把市委组织部一名下派的干部派去任第一书记。但是，在国家经济困难的大环境下，我们的努力都收效甚微。如今，那位第一书记已经上调到滁州市药监局任职，如果有机会，我一定把他请来，让他故地重游，再看看光明村巨大的变化，届时，我和他都会为之欣慰的。

女山湖，岂止是一个光明村的变化？在街道，在农村，在女山，在湖面，处处都在发生着质的变化，那些厚重的历史底蕴和超前的现代文明让今日的女山湖更加迷人。新区的跨越性开发，老区的历史性沉淀；神秘、深邃的女山奇观、古老、沧桑的宋、清建筑、烟波浩渺的湖面、野渡无人的渡口，还有“一镇、两山、三湖、四水”的发展思路，打造生态秀美水乡的战略目标等，这一切，我曾经无数次感受，也曾经无数次感动、着迷，但它们依然每时每刻地在吸引着我、感动着我。

女山湖，她从九百年前走来，正在走进辉煌和未来，我愿和她们一起，走进历史，走进现代，走向未来！

归

桥头镇

桥头镇位于明光市西北部。东临女山湖，南与明西街道接壤，西与凤阳县大溪河镇交界，北与古沛镇相邻。总面积 156 平方千米，辖 9 个行政村，124 个村民组，总人口 8032 户 32587 人。镇政府驻桥头。

桥头镇因镇东头小溪上有座三孔长 20 多米，宽 5 米左右石桥而得名。相传这座古桥建于明代洪武年间。据记载，宋朝从招信县到濠州之间开辟的驿道，其间有 5 座驿站、17 座烽火台，俗称烟墩、大墩。经桥头镇镜内有记载尚有遗址的烽火台 4 座，东起查渡村魏岗大墩、经井王村爱塘集大墩、石门山林区内十里墩、西至宝龙村梅城寺七里墩，全长约 11 千米。驿道遗迹多已成为乡间小道，有的地段修成村村通水泥路。

桥头镇与五河县交接处，有一座据传是朱元璋“初恋情人”的严小姐墓，原有遗址，现由五河县投入资金修复，保存完好。

桥头镇南距明光市区 16 千米，南洛高速公路入口 7 千米。104 国道和明徐高速公路穿镇而过，交通十分便利、快捷。全镇耕地面积约 8 万亩，林地面积 1.4 万亩。农作物盛产水稻、小麦、玉米、黑豆，经济作物有黑瓜子、花生、甜叶菊等农副产品。

桥头镇集镇上现有东西走向街道两条，即中心街、北大街；南北走向街道两条，即南北大街和专业户街。有五条巷道：即中心校巷、敬老院巷、南新农巷、养春巷、和谐巷。集镇常住人口 3000 多人，镇辖单位有卫生院，中、小学，工商，税务，派出所，法庭，交管站，水利站，畜牧站等。

桥头镇境内环境优美，连绵起伏的石门山，林海浩瀚，是国家保护的自然生态林。女山湖、花园湖两大淡水湖像珍珠镶嵌在桥头大地上。另有小（一）、小（二）型水库 26 座，像点点繁星，装饰着桥头这块沃土。独特的地理优势和丰富的水利资源，为水产业、现代化农业的发展打下坚实基础。桥头地下蕴藏着铁矿石，凹凸棒粘土等多种矿产资源。有 40 家以农产品加工、板材加工和新型建材为主的民营企业，其中规模企业 6 家，被列入省级产业集群专业镇。

扬

五彩洒金

生态沙庄

古沛镇

古沛镇，因远泽之地得名。位于明光市西北部，104国道971千米处。东、南临女山湖，西与桥头镇接壤，北与潘村镇和五河县小溪河镇毗邻。总面积126.1平方千米，辖6个行政村，196个村民组，人口3.1万。镇政府驻古沛。

古沛镇有沿湖水面10万多亩和1万多亩滩涂，是水产养殖的绝佳之处。全镇有耕地面积5.3万亩，其中1.6万亩种植无籽西瓜和“沛丰牌”西瓜，闻名皖东，远销江浙沪;甜叶菊育苗和种植位列全市四大基地之一。

古沛境内黄沙资源储量丰富，黄沙质地优良，素以“清水沙”著称。年出产优质清水沙500万吨，作为建筑材料，行销华东地区。境内有明清时期就开采的明光市唯一的铁矿矿区，现两家大型矿业落户古沛镇进行开采，年开采量56万吨。

桃园春风

牧归

采桑葚的小女孩

湖畔

雏

潘村镇

林荫大道

潘村镇位于明光市东北部。东临淮河、南接女山湖，西与五河县朱顶镇交界，北与柳巷镇相连。总面积 210 平方千米，辖 13 个行政村，115 个村民组，总人口 6.8 万。镇政府驻潘村。

潘村镇是由原紫阳乡、潘村镇、太平乡三个乡镇合并而成。距南洛高速公路入口 35 千米，为明光市北部重镇。集镇是国有潘村湖农场场部所在地。镇区面积 2.5 平方千米，常住人口 1.1 万，有中学 3 所，中心小学 3 所，卫生院 3 所，教育、医疗功能完善。境内县乡公路四通八达，主路与 104 国道相通，淮河水运近在咫尺，交通十分便利。水、电、路、无线数字电视、电信等基础设施日趋完善。

潘村镇是农业大镇。淮河沿岸万倾良田一马平川，土地肥沃，气候湿润，是小麦、大豆、西瓜、甜叶菊、花生种植基地。南面女山湖碧波万倾，是鱼、蟹养殖基地。农业产业化龙头企业——永言水产养殖基地位于该镇的丰收圩内，在其带动和影响下，区域内有很多水产养殖大户，为繁荣明光水产品市场做出了很大贡献。

潘村镇按照新农村建设总体思路，结合明光市政府批准的潘村镇移民迁建工作中长期规划，把移民安置区建设成为集居住、商贸、服务为一体的新农村建设示范区。潘村新区建设规划有序，房屋、道路整齐划一，潘村广场宽广、清洁、健身设备齐全。潘村街道干净整洁、两侧绿树成荫，城镇化水平显著提高。目前，被列入全国重点镇，享受一定的政策待遇。

潘村紫阳双龙表演

建设中的新潘村

潘村蟠龙花园一瞥

柳巷镇

柳巷镇位于明光市北部，淮河南岸。东与江苏省盱眙县鲍集镇隔河相望，南与潘村镇交界，西与五河朱顶镇相邻，北与泊岗乡和江苏泗洪、盱眙两县毗邻。总面积 59.6 平方千米，辖 8 个行政村，30 个村民组，总人口 8303 户 31412 人。镇政府驻大柳巷。

柳巷镇历史上是盱眙县的属地。抗日战争时期隶属于盱凤嘉县领导。新中国成立以后划归嘉山县潘村区。1992 年 2 月撤区并乡，2007 年 5 月撤乡设镇。镇政府距明光 55 千米，本镇公路里程 64 千米，水陆交通方便。

柳巷镇物华天宝，人杰地灵，杨柳依依，岸柳成行。广袤的淮河冲积平原，土壤肥沃，物产丰富，盛产优质小麦、水稻、花生、大豆，是农业部万亩小麦高产攻关核心示范区。东西涧盛产芦苇，是出名的苇编之乡，水面养殖鱼肥水美，是明光市重点小龙虾养殖基地。淮河特产“淮王鱼”享誉海内外。浮山“八大景”令人神往，有待于进一步开发。南北朝时期的浮山堰是世界上第一条拦河大坝，遗址正在申报省级重点文物保护单位。

浮山脚下人家

淮河边小景

淮河浣衣女

清晨，东方还未露白，淮河沿岸的村庄尚在睡梦中，妇女们便已起床，简单地洗漱后，把家中大人小孩头天换下来的脏衣服，装入柳篮里，三三两两，脚步急促地从村庄聚到淮河边，将脏衣服一股脑儿倾倒在河岸石头上，开始洗涮起来……

岸边洗衣服的妇女，大多数都是丈夫在外面打拼，她们留在家中看守家园，既要忙田里的农活，又要应付外面人情往来，还要照顾家中老小，克服诸多困难，执着地撑起家里面整个天空，让在外面打天下的男人们无后顾之忧。

沉睡的淮河未来得及打个哈欠，便早早地被这些勤劳的妇女们唤醒，河水告别夜的缠绵，不急不慢地在晨风吹拂下，轻摇摆荡，哼着节拍，从眼帘缓缓流过。河面上弥漫着飘飘渺渺的水蒸气，如蝉翼的薄纱，使河水与天色混而为一了。远处，若隐若现的小船在薄雾笼罩的河面上穿行，晨起的捕鱼人身姿倒影在水中隐约可见，让人感觉仿若置身于仙境……

漂移在河面上的微风，就像这些留守妇女一样善解人意：触摸着妇女们流汗的肌肤，吹干了身上劳作的汗珠儿，吹散了妇女们心中千丝万缕的愁云，迷惘的情绪在风的轻吻下活跃了起来。妇女们放开话匣子，开始张家长、李家短地聊孩子，聊老人，谈家庭，说社会。叽叽喳喳声不停，偶尔还开起了闺蜜之间的玩笑，激起对方抄起河水，抬手扬了过去，溅起的水花好似无数条银鱼，追逐在波浪起伏的河面上，飘落下一阵阵爽朗的笑声。

妇女们洗衣服的动作，不论是蹲着搓揉，还是弯腰漂洗，无不勾起我童年时的记忆，熟悉得无法忘却。朴实、粗犷、奔放、有力，似乎将平时所压抑的力量全都释放出来，浑厚的双臂利索地将衣服不停地挥、摆、搓、捶、漂，最后将衣服洗净后，麻利地拧干水分，码放在柳篮里。那甩动的节奏，搅得水面波纹激荡，不停地向四周蔓延开来，形成了一圈圈美妙灵动的画面，影现出淮河水乡妇女最纯真、最朴素的美，让我看到一处久违的水乡劳动画面和淮河边的一道亮丽风景。

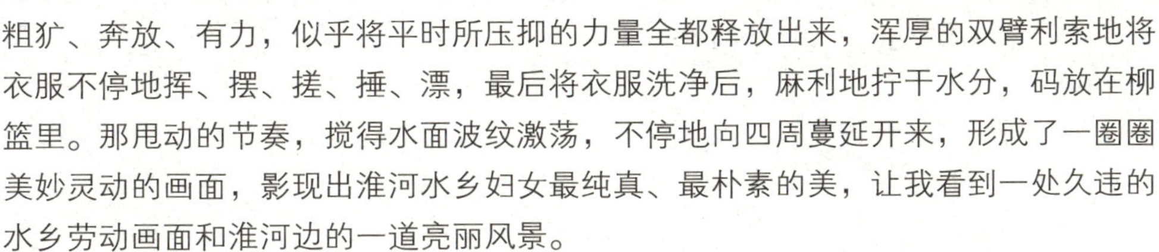

随着天色越来越亮、岸边的人也越聚越多，有的妇女还将睡眼惺忪的小孩也带到河边，此刻，长长的河岸，人声嘈杂，来来往往，热闹非凡。河面上水鸟也来凑热闹了，围绕着洗衣妇女兴奋地飞来飞去，尽情嬉戏，清脆的鸣叫声，似一首悦耳动听的水乡晨曲，在耳畔回旋荡漾着。

端详着岸边忙碌的妇女们，遐思悠悠：她们日复一日重复这项劳动，苦，自己

品尝；累，独自支撑。别，是长期的；聚，是短暂的。可这些妇女们没有在留守的生活中迷失了自我，感情从没有被滚滚红尘所消磨，更没有因留守而改变生活方式和态度，始终含辛茹苦，不屈不挠地坚守家园，不论等待的岁月何等漫长，依然无怨无悔。多么可爱可敬的乡亲们！

此时，阳光透过云层的缝隙钻了出来，余光流洒在河面上，波光粼粼；岸边碧绿的青草，葱郁的树林，更加生机勃勃了。洗完衣服提前返回的妇女已让村庄里冒出了袅袅炊烟，灰白色的烟雾漂浮在村庄上空的晨曦中，冉冉升起，也燃起了留守妇女们对每一天美好生活的无限憧憬。

王绪波 / 文

淮河岸边“百灵鸟”

前不久，我参加《滁州日报》《明光报》联合举行的一次魅力柳巷采风活动，在淮河岸边的柳巷镇浮山堰上，有幸偶遇到被人们称赞为“淮河岸边百灵鸟”的农民歌手——王芹。这位乡下妹子在丈夫陪伴下，正在练歌。据介绍，王芹土生土长在淮河岸边，从小就爱唱歌，练就一副好嗓子，现在还担任村计生专干，唱歌是她的业余爱好和追求。2001 年，凭她那天生的才智和甜美的音质，以一首民歌《闯绣楼》，第一次登上了文化部门举办的民歌大奖赛演唱舞台，获得演唱三等奖。从那以后，她为了弘扬地方民歌，无论是国家级还是省、市级举办的民歌演唱大赛，她总要参加，并多次摘取了大赛桂冠。

一个土生土长的农家女，在没有任何专业老师的指导下，一次次获得了奖项。2008 年 5 月，她应邀参加了中央电视台《民歌·中国》栏目拍摄活动。2009 年 3 月，又被应邀做客中央电视台《民歌·中国》栏目，先后录制了《五只小船》《打菜苔》《大米好吃要把秧栽》等近 10 首民歌，在中央电视台“音乐频道”播放。2011 年 8 月 28 日，王芹再次应邀参加中央电视台《欢乐中国行·魅力滁州》节目录制，她与著名歌唱家尹相杰、于文华同台演唱的《布谷声声唱插秧》这首民歌乡土气息浓厚，旋律优美，情感真切；并于 11 月 1 日晚 7 时 30 分在中央电视台文艺频道播放，博得了观众们的一致好评。凭着对民歌的热爱、追求，从家门口一路唱进了中央电视台。

王芹是安徽省级非遗民歌传承人，最近，她又被申报国家级第二批非遗民歌传承人。并即将参加在韩国举行的中韩民间艺术交流会，面对我们的镜头，王芹表情自然大方，扮相靓丽，穿着富有鲜明的地方特色。当她放开歌喉，甜润、优美的音质在浮山堰上空响起、随风飘扬在淮河两岸时，大家陶醉在她的歌声中，摄影同行们用相机的快门声代替掌声，祝贺不停……

王芹在接受采访时笑着说，作为一位农民歌手她梦想着能有朝一日走上央视“星光大道”，为全国观众表演，展现一个当代农民的风采，为家乡争得荣誉。

衷心祝愿王芹在追求民歌演唱的事业中取得更大的成绩。

王绪波 / 文

泊岗乡

泊岗乡位于苏皖两省三县（泗洪、五河、盱眙）交界处，四周被淮河与怀洪新河所环绕，四面环水，是滁州市唯一的淮北乡，有淮河“宝岛”之称。总面积22平方千米，辖4个行政村，31个村民组，人口20000人。乡政府驻泊岗。

泊岗乡东距宁宿徐高速入口3千米，西距104国道20千米；南临黄金运输水道淮河；北与苏北“白酒之乡”双沟镇隔河相望；与全国五大淡水湖之一的洪泽湖相距仅2千米，区位优越，交通便捷。

泊岗乡耕地面积2.01万亩，为淮河冲积平原。这里田园秀美，生态宜人，土壤肥沃，水源充足，物产丰富。目前，全乡已形成银杏、蔬菜、水产及花生加工运输四大特色支柱产业。全乡种植银杏1.1万亩，是省级森林乡镇。农业上，种植马铃薯、花生、蔬菜，大葱、小工棚西瓜等6000多亩。

“金泊岗，银代阳，万年穷不了大柳巷”，民谣中的金泊岗，就是今天被誉为“安徽银杏第一乡”的泊岗乡。这首从古代流传至今、脍炙人口的民谣，形象地表明这几个临淮乡镇是美丽而又富饶的鱼米之乡。

优越的地理环境和得天独厚的宝岛优势为泊岗乡发展旅游业和休闲农业提供了条件。近年来，泊岗乡聘请南京农业大学为其制定了《明光泊岗休闲农业发展规划》，全乡围绕规划目标，正在加快实施步伐。基础设施建设有了新的进展；银杏种植扩大了面积，优化了品种；保护旅游遗址，加大对外宣传力度，为进一步开发旅游业打下基础。随着大柳巷船闸的建成通航、沿淮道路东向连接江苏121省道、新的淮河大桥项目的投入建设，泊岗正在走向新的发展快车道，休闲农业和旅游乡镇的发展目标将得以尽快实现。

泊岗淮河古道

银杏林拾趣

女山湖
风物闲美

风物闲美女山湖

女山湖，一个令人难忘的地方，一个令人向往的地方。没去过，终生遗憾；去过，流连忘返；去后，念念不忘！如果你远在他乡，如果你已经踏上了那片土地，如果你离开了，总觉得意犹未尽，请您继续一睹她的芳容。

难忘“旧十景”

女山湖镇的旧县街是古招信县遗址。据《盱眙县志》载：“明设巡检司驻此，旧有街市、城隍、谓之旧县。”传说招信为方城，径七里，故而有跑马关三门之说。后来，由于洪水泛滥，招信镇大部被淹，只剩下现在的一角。如今的旧县，虽说只是古城一角，失却昨天的繁华，但是，古旧县十景依旧是人们津津乐道的话题。

一、嘉祐院钟韵

嘉祐院原名“大寺”，北宋嘉祐年间，宋仁宗赵祯沿淮河南下巡察，临行时带了一些他平时喜爱的字画，其中有唐代的名家吴道子所画的《水陆》和《藏经》。入夏，大船行至招信城附近，宋仁宗住进大寺避暑，同时在寺内超度战争亡灵。临走

嘉祐院

时，他把《水陆》和《藏经》赠给了大寺的主持。据当地汤策安老先生回忆，他幼时听长辈说，不少人看过这些画。不久改大寺为“嘉祐禅院”以示纪念。当时的嘉祐院有铜钟两口，每口重约三千斤，音质高低有别，当僧人敲起铜钟时，钟声此起彼落，音韵飞出古城外五六里方圆，惊起飞鸟满天，煞是动听、壮观。嘉祐院原址在招信城中，后被水淹，迁址于原粮站院内，2003年，再建于招信寺内。

二、佛慧庵落照

佛慧庵距古城约5里，在招信至濠州的驿道边，是招信县名寺之一。鼎盛时期，每日香火不绝，善男信女烧香还愿者纷至沓来。寺庙外墙粉刷得光洁如镜，每逢日落之际，夕阳返照在墙上，金光闪烁，仿佛佛光降临。有诗赞曰：向晚西看佛慧庵，夕阳返照护灵山。佛光无量法无时，定有高僧住此间。

三、红杏村春昼

红杏村紧傍招信西城门外，有大片杏林，年年冰消雪融之后，千树万树杏花红透半片云天，花香四溢，引得游玩踏青者流连忘返。他们坐进村头的小酒馆，品香茗，咂美酒，看人面杏花相映成趣。古人描之云：“酒帘高挂唤游人，红杏花开闹满村。最是昨霄新雨后，晴空春昼十分明。”现在的红杏村，易名曰“杏花园”。地名虽大同小异，但随着岁月的更迭，已没有了昔日满目的杏林，代之而起的是杏花园四季飘香、碧绿满畦的瓜果蔬菜。

四、碧崖坡垂钓

百里女山湖，碧波浩渺，鹤鸥翔集，碧崖坡便居于这如诗如画的女山湖南岸，即在今天的罗郢、西郢、窑厂之间的三角坡上，女山湖绵延西去，有岸坡数十里，而碧崖坡犹如女山湖的一个触角，有闲者骑坡而钓，看水中鱼游莲动，蝶弄垂杆；听远处渔歌互答，轻风拍浪，恰成一幅清新优雅的垂钓图。

五、玉带河环绕

女山湖从女山脚下往东二十余里的水面称为荷花池，因女山的前身名曰玉环山，故也被称之为玉带河，这里有渡口名曰王摆渡，古为女山湖以北商旅赴六合之要津。相传五代后梁大将王彦章在此摆渡而得名。女山湖到此逐渐变窄，向东蜿蜒曲折而行，玉带河发女山、走龟山、终旧县，成一大半圆把女山搂在怀中。登高俯视，仿佛是帝王将相腰中所佩的玉带，玉带河的名字因此也就叫开了。

也有人称，招信镇为洪水浸漫，旧县街四周临水，镇居其中，湖水环绕四周，恰如玉带缠腰。

六、义渡舟往来

义渡原名河口古渡，在旧县东，系小河头至丁嘴必由之路，是这一带往盱眙去的唯一旱途。据《盱眙县志》记载："在旧县镇，本县士绅汪庆楷置大船，轮流渡运，并有安寓客商处。"无论是布衣百姓，还是商贾官差，只要从此过河，分文不取。冬天供姜汤，夏日供茶水，天晚不能赶脚的，还可以在河边的客栈免费食宿。久而久之，"义渡"的名字也就传开了，"义渡舟往来"，因此而成为旧县十景之一。

清末，汪氏因家道中落，"义渡"将停，时有旧县举人江秀芝置船两只，以继"义渡"。河对岸以旗为号，双船对开，民国九年"义渡"废。

七、天鹅荡群鸪

天鹅荡在现今的杨沟头，荷花池东首，夹淮河与女山湖之间。这里是一马平川的河滩草地，每到岁末春至，万木复苏之时，大雁、天鹅、鹭鸶、鸨鸟等数十种鸟类纷纷飞临，在这里生息、繁殖，一时间，方园十多里的天鹅荡，成了鸟类的天堂。在绿草碧水的背景中，鸟的鸣叫清新悦耳，鸟的舞姿翩跹优雅。秋天来了，候鸟蹿出草丛苇荡，直上云天，开始了一年一度的迁徙。它们唱着欢歌，排着整齐的队伍，向南方逍遥而去。

迎着太阳出发

八、狮龙桥玩月

狮龙桥是一座造型别致的石拱桥，栏杆立柱上，一边雕刻石狮，一边雕着石龙，故名狮龙桥。狮龙桥在旧县西城下，是进出古镇的要冲，现在的桥头村就因桥而得名。晨开暮合时分，站在桥头放眼望去，但见云遮平湖，炊烟袅袅，舟楫朦胧，恰似一幅南国水乡的水墨画。当月朗星稀，风静树止之时，流水载着明月，明月伴着流水，人们偎依着桥栏，抬头看明月，低头观月影，诗情画意尽收眼底，令人遐思不断。

九、球儿墩星火

球儿墩距旧县街西两里许，坐落于招濠古道边，在今天的二里半墩庄子附近。初始，系一大土堆，高丈二，呈半球状，顶部为青砖砌筑的烽火台。它和许许多多的烽火台一样，在战争中起着瞭望放哨与传递情报作用，被当地人称作球儿墩。球儿墩的夜色煞是美丽诱人。深夜，万籁俱寂，苍穹如洗，一天星斗，璀璨闪烁，仿佛近在咫尺，伸手可摘，与那满湖渔火，交相辉映。夜色更浓，星光更近，整个球儿墩笼罩在星光和渔火之中，若隐若现，恍若梦幻。

玉环池风光

十、东莱祠书声

东莱祠在现女山湖供销社院内，地方百姓称之为吕公祠，它是吕氏后代为纪念北宋名臣吕东莱所建；也有说，东莱祠的动工是吕东莱任职期间，由皇帝亲自撰写《铁卷丹书》而敕建，后又重修。

东莱祠有庭院三进，共十多间房屋。正堂供奉至圣先师孔子的雕像，前进堂间供有吕东莱的木雕像。东莱祠不仅是吕氏宗族祭祀、集会等众人活动的场所，也是官宦人家和富裕子弟求学读书的学堂。每至晨开霜旦，东莱祠诵读之声，抑扬顿挫，不绝于耳。地方饱学之士多出于此，故而名声大振，古镇周围稍微殷实人家，以把子女送此熏陶而骄傲。寒来暑往，莘莘学子，走了一批批，来了一茬茬，书声经久不息。学堂日盛一日，东莱祠因导学有方，才俊辈出而闻名乡里。

再续“新十景”

古有“旧十景”，今有“新十景”，新旧十景的口口相传，让这个水乡古镇变得更加神奇和美丽。

一、西桥头新姿

位于该镇西桥头一片建筑群是女山湖新区，由哈尔滨建筑工程学院设计、1991 年洪灾之后投资兴建，历经数年，现在已是一派新姿。新区建筑群，风格各异，错落有致；街道整齐划一，线条流畅；座座建筑临街而立，色彩不一，柔和协调，再加上陆续栽植的风景树，整齐排列在大街两旁，更增添了几分妩媚。2003 年大水之后，太平乡四个村 3000 多户集体搬迁到新区内。2016 年，渔民上岸项目新建的高楼陆续拔地而起。进入女山湖镇，这便是映入眼帘的第一景致。

二、古旧县闹市

旧县古镇是一个面积 0.45 平方千米的岛镇，四面环水，有两桥一闸与外界相通。岛镇内有纵横四条主街道，十多个巷道，常住人口约 4000 人（岛内）。古镇水陆交通便捷，向来是苏皖两省十多个乡镇的商品集散地。新中国成立前，这里曾一度萧条，被人们戏称为“远看是旧县，近看破猪圈，九家推旱磨，十家捻麻线。”新中国成立后，特别是十一届三中全会以来，古镇焕发了新春。每天上午，大街小巷人流如织，熙熙攘攘，商品琳琅满目。岛镇四周，水边岸旁，桥上桥下，渔船来来往往，商贩络绎不绝，其情其景，不是江南，胜似江南。尤其是旧县的鱼市，更是以品种多、上市量大、价格便宜而远近闻名。常规品种有四大家鱼，珍稀品种有虾、蟹、蚌、鳖。春有泥鳅、黄鳝，夏有青虾，银鱼，秋有螃蟹、甲鱼，冬有青、草、鲢、鳙。远至上海、南京，近到滁州、明光，四方客商慕名而来，满意而归，无不交口称赞古旧县别具一格的闹市。

三、封闭堤漫步

女山湖、七里湖的圩堤，北连潘村苏拐电站，南接淮河大堤，全长 31.5 千米，保护农田面积 6.5 万亩。整个圩堤在女山湖镇封闭，故称为封闭堤。以翻水站为界，往北为上封闭堤，往南为下封闭堤。当你漫步封闭堤时，向东看，近处，女山湖渔场像一块晶莹的翡翠镶嵌在绿浪滚滚的田园中。远处，辽阔的丰收圩，沃野千顷，坦荡无际。向西看，湖面上碧波荡漾，渔帆点点，簖桩林立，围网成片。尤其是 9

万亩的七里湖，首先映入眼帘的是被称为江滩的、方园数十亩的柳树林，每到春天，但见枝垂花缀，绿意葱郁。极目远眺，蜿蜒的青山，从东向南，把七里湖围了半边。真可谓：山连水，水连山，山水一色，美不胜收。

四、大湖面“三网”

20世纪90年代以来，历届女山湖镇党委、政府按照“大湖抓流放，局部抓‘三网’，滩涂挖鱼塘，陆地建工厂，流通抓市场”的总体思路，水陆并进，总体开发，分年实施，逐步发展。目前，已开发围网、拦网、网箱5万亩。特别是从女山湖大闸到钱西圩长达20千米的湖面上，面积大，投种多，精养程度高，经济效益好。如果你乘船从南向北驶去或者驱车在丰收圩大堤上从北向南驶来，举目可见，网接网，网连网，一眼望不到边，家家户户的生产船、生活船，沿围网两侧一字排开，气势宏伟，蔚为壮观。

五、明旧线新路

1993年，为了进一步开发女山湖，彻底改变明旧线面貌，市委、市政府和有关部门投资700多万元，兴建明旧线新路。并按照“交通起步、主攻水产、开发四荒、配套发展”的指导思想，对明旧线进行综合开发治理。整个项目建成后，明旧线大为改观。配套建设的有：明旧路两旁的万亩精养鱼池、万亩中低产田改造、万亩经济田、5个新企业，改建、扩建4个中型机电站，改造3个集镇、9个自然村。

2014年以来，打造美好新明光的总体思路给女山湖带来了新的发展机遇，市里投入巨资重新改造更名为“女山大道”的明旧线，起点从高速路东面明东街道开始。明东到新的明光中学为双向六车道一级公路，明光中学到女山湖镇为三级沥青路面。路两旁的风景树呈三层阶梯式，靠近路边的是丛生的常绿冬青，中间是红叶石楠，外面是银杏和梧桐。最特别的是那些红叶石楠，春天，它们长出红艳艳的嫩芽，贪婪地吮吸着雨露；夏天，在炽热的阳光下，它们变成了绿色，给人以清新凉爽的感觉；秋天和冬天，霜愈重，红愈浓，它们迎寒风而立，像火把一样，给人带来温暖。行走在女山路上，放眼望去，黑色的路、绿色的灌木、红色的石楠、金黄色的银杏，色彩缤纷，错落有致，令人赏心悦目。

六、新农村美景

走进女山湖镇的光明村和赤塘村，犹如走进城市公园，犹如走进游园、花园，犹如走进大观园。美丽乡村建设让昔日“两多一差”（草房多、破旧房屋多、环境差）的明旧线靓起来，让周边环境美起来，让农民生活俏起来。

在光明、赤塘村，映入你眼帘的是一幢幢整齐划一的乡村别墅，是一排排绿色常青的风景树，是一条条弯弯曲曲的硬化小道，是一面面五彩缤纷的展示墙，是一个个形式不同的活动场所，是一张张欢快愉悦的笑脸。

与城市公园相比，它们少了点大气、豪气，多了点乡土气息；少了点历史底蕴，多了点实用价值；少了点奢华，多了点朴实无华。请看，这里的每个村都具备了“一场（综合文体广场）、两堂（礼堂和讲堂）、三室（图书、电子阅览室、文化活动室）、四墙（村史村情、民风民俗、崇德尚贤、美好家园展示墙）”的标准条件。每个村都是粉墙黛瓦，绿树成荫，环境优美；每个村都是欢歌笑语，歌舞升平，都是农民的文化乐园、精神家园。

来女山湖旅游，请你们走进新农村，请你们到农家做客。

七、马沉涧夕照

马沉涧传说与瓦岗寨起义名将罗成有关。据传，隋朝末年，他在同隋军交战中，兵败南逃至此，因为慌不择路，连人带马陷入涧中，幸亏其结拜兄长——二哥秦琼及时赶到，挡住追兵，才幸免于难。人虽未死，但战马却陷入涧中，马沉涧因此得名。1957—1958 年，当时的旧县公社组织劳力在此处修建一条长 750 米，顶宽 4 米的圩堤，围湖 2300 亩。50 多年来，马沉涧年年养鱼、养蟹，取得了明显的经济效益，现已成为女山湖镇三大渔场之一。从马沉涧圩堤向西望去，湖面上波光粼粼，金光闪闪，如串串珍珠洒在碧波之上，令人心旷神怡，流连忘返。

八、东大闸启闭

位于女山湖镇东的女山湖大闸，总长 143 米，闸孔 18 门，每孔闸高 3.8 米，闸宽 7 米，安装有顶开式油压启闭机 18 台套，启闭能力 30 吨。1978 年 11 月 25 日动工兴建，1981 年 8 月建成。枢纽工程由节制闸、翻水站、船闸三项主要建筑物组成。该闸的建成，可保持女山湖正常蓄水位达到 13.5 米，相应库容量 1.78 亿立方米。当淮河水位低于女山湖水位时，可控制上游径流，保证女山湖沿岸 29 个机电站正常运作，灌溉 18 万亩农田；当淮河水位高于女山湖水位时，可以引淮入湖，弥补当地径流之不足，保证抗旱抽水。

每到大汛期，女山湖大闸 18 门同时开启，以每秒 2750 立方米的流量向淮河泄洪。特别是闸上和闸下落差较大时，如同 18 条巨龙吞云吐雾，又如同百米瀑布，飞流直下，气势磅礴，十分壮观。

2004 年，安徽省又投资 1494 万元，把顶开式启闭机全部更换为卷扬式启闭机，大大提高了防洪能力，一个焕然一新的大闸呈现在人们面前。

九、古火山新貌

火山即女山湖岸边的女山，古往今来，许许多多美丽动人的传说，为她增添了神奇的色彩。她位于女山湖南岸，距明光，陆路25千米，水路15千米。该山是我国保存完好的古火山之一，据《盱眙县志》记载："渐新世末至中新世初喜马拉雅运动时期，女山——古城断陷带的断裂承性活动，伴有多次玄武岩岩浆喷发。"由于火山的喷发使女山形成了许多奇特的自然景观，如龙躺沟、瓢儿井、神仙洞、玉女池等。

古老的传说，奇特的火山，交织的新老景观，一望无际的湖光山色，定会让你如入仙境，浮想联翩。你想忘却烦恼吗？你想怡情养性吗？女山是你最佳选择。

十、荷花池看龟

从女山湖大闸到钱西圩大约40平方千米的范围内，因过去湖内长满荷花而被称为荷花池。荷花池西岸，有一座状似一尊卧龟的小山丘，而此山只有在荷花池内观看，才极似卧龟，故曰"荷花池看龟"。

龟山的来历，亦有一段美丽动人的神话传说。据说玉女的未婚夫庞龟死后，尸体顺流而下，在盱眙县城边长成一座山，即现在的"上龟山"。龟山对玉女旧情难忘，每日通过洪山，游往女山湖与女山幽会，暮出晨归，如胶如漆，久而久之，女山怀孕了，但感情不专一的龟山却喜新厌旧，另有所爱，不再到女山来了，悲痛欲绝的女山气得大哭一场，泪水流入湖中，淹没了旧县古城。不久，女山生下小龟山，含辛茹苦将它养到十多岁，有一天，小龟山向女山提出，要去盱眙找父亲，女山苦劝不住，便允许小龟山前往盱眙。谁知，小龟山途经荷花池，却被荷花美丽的景色吸引住了，恋恋不舍，流连忘返，于是便住在荷花池岸边，荷花池岸边从此有了小龟山。

荷花池

女山湖水上游

“孤零零抹山高，风习习柳丝摇，弯曲曲水迢迢，轻袅袅渔户烟飘，旷心神湖光山色，广传闻尿布荆条。”王立言先生的一首《鹊踏枝》，把女山湖上游的景色描写得美不胜收。如果你乘船从明光出发，顺流而下，用一天时间即可到达女山湖镇，沿途湖岸上的自然景观和人文景观着实令人意醉神迷。

二郎庙怀古

从明光公路桥上船，顺流而下，船行 8 里地之遥，就到了女山湖一日游的第一景——明太祖朱元璋的出生地赵府二郎庙。赵府原名赵郢，朱元璋称帝后，赐赵郢为赵府。这里面临池河，背靠抹山，山清水秀。赵府的东头有一座二郎庙。公元 1328 年，昏君无道，民不聊生，朱元璋的母亲陈氏身怀六甲，要饭要到赵府，因为就要临产了，无处可去，遂住到二郎庙中。据说朱元璋降生时，当地见有“五色云气”，明光也因此而得名。当时，母子俩，衣不遮体，食不果腹，度日如年，赵

龙吟古寺

府有一赵姓老人，见朱元璋母子可怜，经常让老伴送吃、送穿，陈氏无以报答，让朱元璋拜赵老头夫妻为义父义母。

公元1368年，朱元璋在南京做了皇帝，他不忘旧恩，差人到赵府找赵老头夫妇，谁知夫妻俩早已过世，只留有一个憨儿子，名赵三。来人让赵三到南京面见皇上，赵三不知何故，邻居告诉他来龙去脉，赵三想，走亲戚总不能空手而去吧，但家中一贫如洗，就把家里放养的老鹅逮了一只跟来人赶往南京，谁知过长江遇上一阵狂风暴雨，老鹅被风浪卷走，赵三只拽了几根鹅毛带在身上。参见皇上时，赵三诚惶诚恐地把鹅毛献上，朱元璋一见，哈哈大笑，说："千里送鹅毛，礼轻情义重。"令手下人拿下鹅毛。从那以后，这句话便流传下来。朱元璋问："义弟，你愿意做几品官？"赵三问："县令几品？"答曰：七品。赵三想，品越大，官越大，我干脆做到顶算了，说："我做十品官。"朱元璋说："好嘛，你就做十品官。"朱元璋又问："我这里这么多官袍，你想穿哪一件？"赵三端详了一会，说："我要那件大红袍。"朱元璋一看，是件普通的员外袍。叹曰：可惜憨子无才，不可大用。赵三留在南京，终日好酒好菜。他在家劳动惯了，哪享受得了这等清福，不几日，就感到头昏脑胀身上疼，于是，向皇上辞别要回赵府。朱元璋见状，对左右说，送他回吧，划给他一马之地种田。回到赵府，赵三不知一马之地是多少，派去的差官说，你骑着马跑，马到哪里停下来，地界就在哪里。赵三一听大喜，骑上马，猛抽三鞭，马头朝西，狂奔而去，谁知没跑多远就到了池河岸边，差官便把赵府的地划给了赵三，赵三当上了赵员外。

王摆渡旧址

远眺女山湖

如今，二郎庙已荡然无存，遗址处尚有部分瓦砾埋在土中，但原来放在庙中的公元 1603 年（明万历 30 年）立的一块“跃龙冈碑”现在仍在赵府一村民门前。只可惜此碑只有下半部分，但“龙冈”两个字清晰可见。“跃龙冈”意思是此处就是神龙腾飞的地方。我省著名明史专家、滁州市文化局局长俞凤斌经实地考察，以“龙去风犹在”为题撰写文章，以大量的史实断言：朱元璋出生地就在我市明光镇赵府村。

尿布滩荆条

在二郎庙的东北方向，有一座兀立的土墩，这就是朱元璋母亲为朱元璋晒尿布的地方——尿布滩。尿布滩三面环水，一面靠岸，面积 3 亩余，四周长满荆棘，地上有许多瓦砾，据李汪晴所著《嘉山县文物志》记载：“尿布滩遗址……，1985 年 10 月，实地调查中，采集标本十多件，主要有夹沙鬲足三件；泥质陶鬲足一件；灰陶盆、罐等器物的口沿和底部残片。纹饰主要有细绳纹、凸方格纹、弦纹等。还发现一件断残石铲，中有圆孔，长 6 厘米，宽 5.8 厘米……，烧黑的兽骨一件。该遗址未经挖掘，面貌基本完整。根据采集标本判断，定为商代遗址。”相传朱元璋从小尿多，他母亲常把尿布拿到尿布滩的荆棘上晒，荆棘上的刺多，老是划破尿布，当时，朱元璋的母亲靠要饭为生，做一块尿布也非常不易。一日，他母亲边晒尿布边叹气说：“唉，这刺要是朝下长，该有多好！”话音来落，荆棘上的刺尖真的往下长了。直到现在，虽然大多数的荆棘被农民开荒砍掉了，但四周的荆棘仍有数棵的刺头是朝下长的。

古抹山传闻

过了尿布滩，再往北看，就是女山湖岸边有名的抹山了。抹山，海拔 81.6 米，长约 5 千米，南北走向，地势平缓。此山为什么叫抹山？这里有两段与朱元璋有关的传说。

原来的抹山是个起伏不平、有峰有岭的无名山。公元 1328 年 9 月，朱元璋母亲陈氏在女山湖沿岸要饭，抹山的土地神得知，尚在母腹中的真龙天子 9 月 17 日路过抹山，而这一天将有大暴雨，为此他向玉帝做了报告，玉帝令太白金星查一查朱元璋的身世，得知此人将在 40 岁登基，在位 31 年，其后人继位，统治可达 277 年之久。玉帝想，此人大福大贵，不可在降生时遇到灾难，遂令当时正在下界享受人间香火的二郎神杨戬处理此事。二郎神正在颐养天年，哪有心思去细问，接令后，甩起一鞭，将抹山拦腰截断，上半截打到老嘉山上，原来比较平坦的老嘉山从此变成了起伏不平的山峰，成为海拔 332 米的明光最高峰。后来，朱元璋的母亲在一个大风雨的夜里，在地势平坦的山上摸爬到二郎庙内，生下了朱元璋。好端端的一座山，被二郎神抹去了半截，人们就称此山为抹山，山脚下的一座庙，也因此叫作“二郎庙”。还有一种说法是，朱元璋母亲黑夜摸着石头一步一步地来到庙里，此山得名为“摸山”，按其谐音，流传到现在，称为“抹山”。

大湖面泛舟

沿着逶迤的抹山往北，就进入女山湖的大湖面了。这里水面宽阔，湖水清澈，烟波浩渺，一望无际。湖面平均宽在 8 千米左右，最宽的地方有 15 千米。整个女山湖海拔 13.5 米，面积 100 平方千米，相应库容 1.78 亿立方米，80% 都在大湖面内。船行至此，你可以在湖中心抛锚，游客们可以自己划小船尽情地嬉戏玩耍。如果你想听一听岸边的故事，那更是说不尽、道不完。西岸有晾驴山（现名亮山）的传说、紫阳山的故事；东岸有陈堆（现戴巷与陈庄交界处）轶闻、焦城（焦城圩所在地）奇观。

船上午餐则另具风味。你可以要一瓶酒，买几样菜，凭窗而坐，或同家人，或同朋友，品美酒，尝水鲜，近看鱼虾嬉戏，远眺湖光山色。此时此刻，你才能真正体会到“白发渔樵江渚上……，一壶浊酒喜相逢”“晚风吹行舟，愿为持杆叟”的意境。

王彦章摆渡

女山往东约 3 里路左右，有一个渡口，这就是有名的“王摆渡”。此渡口南头是女山湖镇山东村王嘴村民组，北头是丰收圩大堤，旧时是古泗州道的必经之地，现在仍是邵岗乡和潘村镇相连的唯一水上通道。此处之所以叫“王摆渡”，据说是因为后梁大将王彦章在此摆渡。王彦章，字贤明，号王铁枪，今山东省梁山县人。公元 906 年，因家乡闹水灾，王彦章流落到此，在女山湖王嘴摆渡谋生。有一天，后梁王朱全忠带着随从路过此地，见王彦章身材魁梧，气度不凡，遂起惜慕之心。

为了试一试王彦章，梁王故意对他说："我到过很多渡口，只有你这个渡口摆得慢，你摆我过去，我也不给你船钱。"王彦章一听火冒三丈，拿起手中的船篙，"嗖"的一声，扎进水中数尺，说："我让所有跟着你的人一起拔我的船篙，要是拔起来了，我不仅不要船钱，上岸还要摆酒招待你们。"后梁王遂令四个随从一齐去拔篙，由于四人在船上站立不稳，累得满头大汗，船篙纹丝不动。后梁王见状，十分高兴，就收留了他。第二年，后梁王推翻了唐昭宗，当上了皇帝，史称后梁太祖。据《资治通鉴》记载：王彦章打造了一条上百斤重的长枪，转战南北，屡立战功，公元 909 年，当上了左龙骧军使。公元 923 年，王彦章官拜上将军。在一次战斗中，王彦章被后唐王李存勖擒获，唐王劝他投降，他正色曰："我本一匹夫，蒙太祖知遇之恩，位居上将，今兵败力竭，岂可朝为梁将，暮作唐臣矣？"唐王见劝降无效，遂令左右将其推去斩首，一代名将就这样离开了人世，但王彦章的名字和宁死不事二主的故事一直流传至今。

招信城遗址

过王摆渡，经荷花池，游船靠岸的地方便是女山湖镇政府所在地。女山湖，过去叫"旧县"，所谓"旧县"，是旧时县城的意思。宋朝是县治，名为"招信县"。后来被大水掩没，只有 0.45 平方千米的一个小岛。现在岛镇的特点是：四面环水，三桥出入，二龙戏珠（明旧公路和潘旧公路形似两条巨龙同戏旧县一珠），一岛称奇。

招信寺

古镇原有寺庙九十九间半，有周、何、吕、范四大宗祠。由于寺庙多，香火盛，加上水陆交通便捷，向来是苏皖两省十多个乡镇商品集散地。

岛镇目前还保留的几处古建筑，游客们千万不要错过。其一是古戏台和火神庙，它们同在一个院落，同是清代建筑。古戏台，清同治年间建，青砖墙体，七架先抬梁式木结构，台面有四个立柱，明间是戏台，两次间分别是文武场和化妆室。戏台里面高 10 米，其中台面高 2 米，通面阔 11 米，通进深 6.5 米。整体建筑坐南朝北，庄重雄伟。其正面有 500 平方米的院落，供观戏使用。火神庙坐北朝南，主题式样是砖瓦抬梁式结构。它始建于宋朝，“清咸丰末年延至穆宗载淳同治年间”即建古戏台时重修。该庙现存两进，前进 3 间，有走廊，后进 3 间。原庙内有佛、观音、十八罗汉等塑像。“文革”期间被毁，该庙前进西山墙左下方有捐款碑一块（现已移至院内），长 1.2 米，宽 0.8 米，题为“山河并寿”四字，于乾隆十八年立。

其二是招信寺。招信寺，原为宋朝的“城隍庙”遗址。2002 年，觉慧师傅从滁州琅琊寺来到女山湖，经过千辛万苦的努力，在原庙址的基础上修建了招信寺。

招信寺前面是天王殿，中间是放生池，过放生池，拾级而上，是毗卢宝殿。宝殿由安徽九华山的主持慧庆大和尚题写殿名。殿内雍容典雅，富丽堂皇。迎面正中供奉一尊释迦牟尼佛祖雕像，他金箔贴身，庄严端坐，栩栩如生。佛像高约 3 米，左边是大梵天王，右边是玉皇大帝，大殿两旁，分列 20 座诸天王雕像，个个点金妆彩，光泽耀眼，造型生动，神态各异。大殿的右前方有一个万年幽灵钟，该钟由滁州琅琊寺捐赠。大殿两边的两根龙柱，由一块整石头雕成，高 8 米、直径 0.4 米。

毗卢宝殿的南侧是一座观音阁，此阁里有 32 尊木雕观音，形态各异，雍容华贵，从容自若，中间的观音座像两旁，有一副对联，上联是：苦海常作苦人舟，下联是：千处祈求千人应。

寺庙的东北角，有两座保存完好的清朝建筑。坐东朝西的一座为“子孙殿”，中间供奉的是三霄娘娘（也称三圣娘娘）。三霄娘娘是神话传说中的三位仙女，分别是云霄、琼霄、碧霄，她们执掌混元金斗，凡是神、仙、人、圣、天子、诸侯等，不论贵贱贫富，降生都要从金斗转动，所以也称送子娘娘或送子奶奶。她们头戴饰宝凤冠，身着华丽服饰，面容丰润慈祥，各持宝物，文雅端坐。

子孙殿的右室里保存了一尊镇寺之宝，他是一尊文殊菩萨的玉雕像，这尊佛像高 0.73 米，由一块整的和田玉雕琢而成，他质地细腻，圆润饱满，洁白无瑕，浑然一体，美轮美奂。

另一座建筑原为“城隍庙”，现为“三圣殿”。三圣殿的正面是“西方三圣”的雕像，中间是阿弥陀佛，左边是南无大势至菩萨，右面是南海观音菩萨。

值得一提的是，招信寺院内还保存了几件宋朝的器物，分别是一根拴马桩和一对上马蹬。栓马桩和上马蹬的上方有石雕花纹，雕刻精细，惟妙惟肖。

其三是现在招信寺院内于 2003 年重建的嘉祐院。嘉祐院原名“大寺”。因北

女山脚下风光美

宋嘉祐年间，宋仁宗住进大寺避暑，改大寺为“嘉祐院”以示纪念。该院始建于宋朝，后建于清朝，再建于当今，再建时保留了清建筑的房梁、立柱和部分木椽、砖瓦。嘉祐院原有三进庭院，现仅存最后一进大殿。大殿左右山墙上有 10 副女山湖旧十景的石雕（浮雕），浮雕有文字，有配图，功法细腻，山水人物栩栩如生，值得一览。

女山湖一日游至此结束了，有兴趣，你可留住古镇，再领略一下夜幕降临后的岛镇神韵。否则，你可乘方便快捷的客车返回明光。带着满足，带着惊喜，带着无限的回味和遐想，每个人都会觉得，难忘的一天，真是不虚此行。

远眺女山

爱情之山——女山

女山，这座爱情之山，曾经有十多个美丽的爱情传说证明了这座山是爱之山、恋之山、情之山、福之山、缘之山、寿之山。你要爱情之花常开吗？你要有福有缘吗？你要健康长寿吗？请您到女山一游。

女山的蝴蝶谷

金庸先生的武侠小说“射雕三部曲”的第三部《倚天屠龙记》，用三个章回详细描写了“凤阳以东的明光”“皖北女山湖畔”蝴蝶谷的地理环境、风土人情以及神医胡青牛、明朝大将常遇春的侠肝义胆、明教教主张无忌少年时的聪明宽厚、慷慨仁侠。

金庸先生在《倚天屠龙记》中第十一回中写道：“到得集庆（南京）下游的瓜埠，常遇春舍舟登岸，雇了辆大车，向北进发，数日间到了凤阳以东的明光。常遇春知道胡师伯不喜旁人得知他隐居所在，待行到离女山湖畔的蝴蝶谷尚有二十余里地，便打发大车回去，将张无忌负在背上，大踏步而行。”“转了几个弯，却见迎面一块山壁，路途已尽。正没理会处，只见几只蝴蝶从一排花丛中钻了进去。张无忌道：‘那地方既叫蝴蝶谷，咱们且跟着蝴蝶进去瞧瞧。’常遇春道：‘好！’也从花丛中钻了进去。”女山蝴蝶谷的位置在火山口上方、现在的观湖亭以东的山谷里。此处纵向约 300 米，宽 1000 多米，地势平坦，背山向水，正如民间所说：前有照，后有靠，左青龙，右白虎，正适合“神清骨秀”的蝶谷医仙胡青牛所住。

说来巧合，蝴蝶谷与出生在明光的朱元璋还有着一定的关系。在《倚天屠龙记》中，朱元璋是打着明教的旗号，依靠明教的力量而夺取天下的，张无忌是明教的教主，朱元璋和朱元璋旗下的大将，都是明教中人。如果没有蝴蝶谷和胡青牛，张无忌可能就无法活下来。在第十章中，张无忌遭到阴毒无比的“玄冥神掌”致命一击，他父亲张翠山的师傅——武当派宗师张三丰教他“九阳神功”修炼两年有余不见好

龙躺沟

转，生命垂危。身负重伤的朱元璋手下大将常遇春，为感谢张三丰的救命之恩，带着张无忌来到蝴蝶谷求医，但蝶谷医仙胡青牛“脾气怪癖无比，只要是魔教中人患病，他必尽心竭力医治，分文不取，教外之人求他，便黄金万两堆在面前，他也不屑一顾”。当时的张无忌还不是明教教主，是名门正教张三丰的徒孙，若不是常遇春的关系，胡青牛绝不会收留他。张无忌在蝴蝶谷的数月中，虽然没有完全治好自己的伤病，但是却学会了一些医术。张无忌离开蝴蝶谷那年，凤阳府数月不雨，赤地千里，饿殍遍野，饥人相食，张在路上遇到崆峒派的几位高手要取他性命，煮食充饥，幸亏是朱元璋手下的第一员大将、后来成为中山王的徐达出手相救，张无忌才免遭其难，徐达带着他见到了朱元璋、汤和、邓愈等人，这也是张无忌和朱元璋第一次见面。

多年以后，张无忌当上了明教教主，明教麾下的各路兵马浴血奋战，节节胜利，韩三童战死，韩林儿在南京称帝。朱元璋因战功卓著，官居平章政事，封吴国公。一日，他奉韩林儿之命，带领汤和、邓愈等人来到河南登封，向总坛主张无忌禀告战事，在宴请朱元璋等人的席间，张无忌表达了自己想退隐山林、专研武学之意，也动起了想让位于朱元璋的念头，朱元璋的外甥李文忠在席间也称朱元璋是众望所归。后因张无忌手下数人的极力反对，才未让位。据吴晗先生的《朱元璋传》：“他们（朱的将领）大多数起自淮西，受了彭莹玉的教化，其余的不是郭子兴的部曲，就是小明王的故将，或天元和汉的降将，总之，都是明教徒。”“大明的意义出于明教。”《倚天屠龙记》最后一回写道：“其后朱元璋起了异心，迭施奸谋而登帝位，但他图谋明教教主之位，终不得逞，不过，助他打下江山的主要是明教中人，是以国号不得不称个‘明’字。明朝自洪武元年戊申至崇祯十七年甲申、二百七十七年的天下，均得明教之助而来。”其实，我分析，朱元璋本人根本不想当什么教主，因为明教教规规定，教主“不得为官做君……不得自立为君主，据地称帝”。当然，如果他当了教主，也许有修改教规的权利。因为有了蝴蝶谷和胡青牛，张无忌才认识朱元璋、常遇春、徐达等一干人等，因为有了蝴蝶谷，张无忌才有了第二次生命，才有了明教教主之位，才能协助朱元璋夺取了天下。

来女山，蝴蝶谷是一定要去的地方。身临其境、置身于那个仙气氤氲的谷中，你会飘飘然、悠悠然，仿佛成了一个仙人……

蝶谷医仙胡青牛与爱妻生死相爱

蝴蝶谷的蝶谷医仙胡青牛仙风道骨，侠肝义胆，长期住在仙气缭绕的女山湖畔的女山上，一只只美丽的蝴蝶出双入对，翩翩起舞，终日厮守在他的身旁，他与他的爱妻王难姑的爱情也像那一双双蝴蝶一样，情深意切，生死相依。

元朝末年，武当派宗师张三丰的徒孙张无忌身受玄冥神掌之毒，生命危在旦夕，但性情执拗的胡青牛却有一个“见死不救”的称号，但凡以明教为主的各教派的魔教中人，他精心治疗，分文不取，名门正教来求，即便黄金万两也不为所动，其妻王难姑更是嫉恶如仇，坚决支持丈夫的所作所为。当时的张无忌还不是明教教主，只是名门正教之后，所以任凭常遇春怎样相求，胡青牛不为所动，后来，胡青牛了解到玄冥神掌之毒乃世所罕见，一种想要攻克天下疑难伤病的冲动促使他对张无忌进行了施救，为此，夫妻俩心生芥蒂。张无忌生性聪明好学，在治病的同时，苦学蝴蝶谷所藏医书，后来在胡青牛生病期间医治了非魔教的纪晓芙等十多人的伤病，王难姑更加对丈夫耿耿于怀。

鹭鸟观赏点

王难姑一生研究毒药，精通各种剧毒，江湖人称“毒仙”，但她每次下毒，胡青牛总能治好，并且瞧不起她的毒术，争强好胜的王难姑为此愤愤不平。一日，王难姑和胡青牛斗气，乘其不备，将胡青牛绑缚起来，对他说：“师哥，我和你做了二十多年夫妻，海枯石烂，此情不渝。可是你总是瞧不起我的毒术，不论我下了什么毒，你必定救得活。这一次我自己服了剧毒，你再救得活我，我才真服了你。”只吓得胡青牛魂飞天外，连声服输，不断哀求，让其罢手。谁知王难姑一意孤行，将几包五色斑斓的剧毒吞入肚中。张无忌闻讯赶来，解了胡青牛绑缚，让他赶快救人。胡青牛先点了妻子穴道，让毒药暂缓发作，但却无法化解剧毒，胡青牛哭着对张无忌说：“你师母近年来使毒的本事出神入化，我猜想她一定是服了三虫三草的剧毒，这六种毒物相配，我是无能为力了！”说着伸手到她怀中，取出几包药来，果然不出所料，是三种毒虫和三种毒草焙干碾末而成。胡青牛对妻子说：“师妹，你丈夫无能，实在治不好你的剧毒，你我相爱一生，相濡以沫，如今你走了，我不能独生，让我们在阴曹地府做黄泉夫妻吧。”王难姑身子不能动弹，嘴里还能言语，叫道：“师哥，你不可轻生！”胡青牛不加理会，将所剩的几包毒粉倒入口中，和津液咽入肚中。王难姑大声哭道：“师哥，师哥，都是我不好，你可不能死啊……我再也不跟你比试了。”胡青牛淡淡一笑，说：“能和师妹同生共死是我的幸福，师妹，你慢些走，让我们手牵手共赴黄泉。”王难姑哭喊着指导张无忌用解药给他俩服下，并用金针刺入穴道解毒，经过数日调理，夫妻俩才渐渐恢复。

就这样，他们用自己的真爱在黄泉路上走了一遭，用真情践行了他们相爱一生、相守一生的诺言，他们的爱像火山喷发一样，爱得轰轰烈烈、惊天动地！

女山有座情人桥

女山公园雕塑的右侧、进入女山的入口处，有一个葫芦池，葫芦池上有一座小桥，叫情人桥。这座桥是 20 世纪 90 年代修建的。但是据说在很久很久之前，这里就有一座小桥，桥不大，但传说这是小玉龙和珍珠姑娘 7 月 7 日约会的地方，那个时候就被称为情人桥。当年，小玉龙和珍珠在东海相识、相知、相恋，由于东海龙王百般阻挠，终未成婚。后来，他们求助于牛郎织女，来到了女山，走过情人桥，由蟠龙树做媒，举行盛大婚礼。从那以后，每年 7 月 7 日，他们都要到这里聚会。凡是走过情人桥的人，千里姻缘一线牵，有情人终成眷属，婚姻美满幸福。

2013 年农历 7 月 7 日，由明光市旅游局和安徽女山湖文化旅游发展有限公司共同打造的女山浪漫七夕爱情节在女山举办。由明光市妇联和共青团明光市委牵头组织的数十位未婚男女青年冒着炎热酷暑齐聚女山，数十家有关单位和企业积极参与，踊跃参加。时任市委常委、宣传部长、常务副市长杨文萍，副市长王政，时任市政协副主席王允山，副主席陶幸亲自参加活动。数十位男女青年纷纷走过情人桥，据说成功率很高。我真心希望这样的活动每年都要举办一次，并且要跨市甚至跨省举办。毕竟中国只有一个女山，一个充满了爱情传说的女山。情人桥只是一个美好的祝福，真正的意义在于，它能够宣传女山，宣传女山湖，宣传明光，让女山和明光走出安徽，走出中国，走向世界。

“持续二百多万年的喷发，持续二百多万年炽热的爱，持续二百多万年的蔚然胜境，哪一片云不感动落泪，哪一缕风不酝酿狂飙，哪一块石不融化身心。”诗人这样赞美女山的真爱无限。女山和情人桥一定会给我们带来真爱，带来无限的美好和机遇！

情人桥

张无忌、殷离女山上一见钟情

秀美的女山演绎了一个个爱的故事，奔腾的火焰点燃了一波波爱的激情。元朝末年，明教教主张无忌和灵蛇岛女侠殷离在女山上初次相见，一见钟情，他们用他们坎坷的爱情为女山这座爱情之山增添了更加浪漫的色彩。

张无忌在女山上请蝶谷医仙胡青牛医治玄冥神掌之伤毒两年多时间，一心研读医书，心无旁骛，随母亲纪晓芙前来治病的杨不悔虽然聪明伶俐，清新可人，张无忌只把她当作小妹妹看待。殷离随师傅金花婆婆来女山寻胡青牛报仇，见张无忌长得英俊文秀，潇洒侠义，顿生爱意，后来听说他是武当宗师张三丰大徒弟张翠山之子，金花婆婆意欲带他去灵蛇岛，张无忌因伤病未愈，不愿离开蝴蝶谷，两人才失之交臂。正值青春年少的殷离，身材苗条纤秀，两眼脉脉传神，语音娇柔，举止轻盈，宛如晓风中一朵荷蕖，给张无忌留下了深刻印象。

五年之后，他们再次相遇，但因张无忌改名换姓，乔装打扮，殷离因练“千蛛万毒手”而改变了容颜，俩人互不相识，殷离毫不隐瞒自己的感情，且看金庸在《倚天屠龙记》中描述：“张无忌道：‘姑娘，你心里为什么这般难受？说给我听听成不成？’那少女听了他如此温柔的说话，再也无法矜持，蓦地里坐倒在他的身旁，手抱着头，呜呜咽咽地哭了起来。张无忌见她肩头起伏，纤腰如蜂，楚楚可怜，低声道：‘姑娘，是谁欺负你了？等我腿伤好了之后，我去给你出气。’那少女一时止不住哭，过了一会才道：‘没人欺负我，是我生来命苦，我自己又不好，心里想着一个人，总放他不下……他生得很英俊，可是骄傲得很。我要他跟了我去，一辈子跟我在一起，他不肯。’”后来，张无忌的舅舅、殷离的父亲——天鹰教天微堂堂主殷野王于他们相遇，张无忌才知道眼前的少女是自己的表妹殷离，才知道她日思夜想的情人竟然是他自己，至此，张无忌虽没有暴露身份，但对表妹更加爱怜，处处保护表妹。殷离被青翼蝠王韦一笑掳走，张无忌在烈日之下、黄沙之中，奔跑三天三夜拼命追赶，虽然口干唇裂，汗如雨下，但他爱表妹心切，全然不顾，直至表妹被金花婆婆救走，他才停下。

观湖亭

殷离对表哥更是情深意重。在去灵蛇岛的船上，金花婆婆授意小昭毒死张无忌，殷离提醒张防备小昭，千方百计保护无忌；在灵蛇岛上，她爱屋及乌，为保护张无忌义父金毛狮王谢逊，她不顾自己的生命危险不惜背叛金花婆婆，被金花婆婆打伤。在昏迷中，她万般柔情地喊着张无忌的名字，说："我要一辈子爱你，服侍你，体贴你，即使废除我全身武功，不练'千蛛万毒手'也在所不惜。"

在《倚天屠龙记》中，有四个女孩喜欢张无忌，一个是周芷若，她和张无忌相识最早，也曾经有过婚约，但她是峨眉派弟子，后来又做了峨眉派的掌门人，和明教教主的张无忌中间隔着一堵墙。一个是小昭，虽然始终爱着张无忌，但为了保护为自己受尽千辛万苦的母亲，不得不做了波斯明教的圣女教主，和张无忌洒泪而别。一个是赵敏，她工于心计，刁蛮妩媚，为了张无忌背叛元朝，背叛父兄，最后决定回到蒙古，张无忌能否跟她而去，到全书大结局，张尚在犹豫之中。唯有殷离，她爱张无忌爱得刻骨铭心，张无忌对她情深意真，在六大门派围攻光明顶的战斗中，周芷若在师傅的严令之下刺了张无忌一剑，张无忌以为自己要死了，当着小昭的面，深情地说："有了蛛儿（殷离的别名）和你，我一生足矣！"在灵蛇岛，殷离呼吸暂停，众人都以为她死了，用树枝将她掩埋，张无忌一边痛哭，一边用匕首在树干上刻道："爱妻蛛儿之墓、张无忌谨立。"他们最终是否能够结为夫妻，《倚天屠龙记》未作交待，留下一个悬念给读者思考，也许和蛛儿，也许和别人……

这是一段没有结果的爱情，这又是一段美丽的传说，女山，正是一个个美丽而又浪漫的传说让她更加妩媚动人。

女山地质公园雕塑

女山景区导游词

各位游客，大家好！首先，请允许我代表旅游公司的全体员工对各位游客到安徽省地质公园——明光市的女山旅游观光表示热忱的欢迎！

何老坟

各位游客，我们眼前的这座郁郁葱葱、风景秀丽的小山峰就是安徽省地质公园之一的明光市女山。她坐落于女山湖南岸，规划面积22平方千米，海拔101.5米。她虽然面积不大，海拔不高，但是她在安徽省和江淮之间却享有盛名。她是我国保存最为完好的古火山之一，也是著名的爱情之山。为什么称她为爱情之山？下山以后，我给大家揭晓。

女山有十景，分别是仙人洞、无蚊处、龙躺沟、玉女池、二娘庙、瓢儿井、蝴蝶谷、珍珠泉、蟠龙树、情人桥（过去记载的十景曾经有“仙家楼”和“何老坟”，现在只有遗址）。今天，我要带着大家一一游览。

女山，这个听其名字就让人向往的地方，她为什么叫女山呢？有一段传奇的故事。很久很久以前，湖上有一摆渡老人，因叉鳖十拿九稳，被称为鳖爷。鳖爷有一女儿，名为玉女，生得如花似玉，与渔人庞龟相恋。正当两人择日准备成亲的时候，下湖巡湖的恶霸王爷看中了玉女，要娶她为妾。一天，王爷带人上门抢亲，与庞龟打了起来，庞龟力大无比，无人能够近身，王爷令手下开弓射箭，当箭穿庞龟胸膛之际，庞龟将手中鱼叉掷去，正中王爷心窝，王爷死了。庞龟倒毙在船板上，鳖爷也气死了，玉女见状，悲痛万分，投湖自尽身亡，尸体漂浮到湖边，变成了一座山，人们把她叫作玉女山，时间长了，便简称为女山。另外，在女山北面的湖面上观看，女山像一个仰卧的少女。在空中看女山，山形像一个“凹”字，如同一个玉环，故也称玉环山。清康熙《泗州志》载：“玉环山，县西八十里唐兴乡内，又名女山。”

游客们，现在我们来到了女山地质公园的雕塑前。这座雕塑设计为红色，取女山是座火山之意。雕塑的背后有女山的简介，四周有四块碑，上面的文字是对火山的喷发时间和喷发背景的介绍，文章是由我省著名地质专家王心源先生撰写。感兴趣的朋友可以去研究一下，雕塑前是合影留念的好地方，大家可以在这里合影留念。

照完相的朋友随我向左拐，进入女山的主景区。

游客们，唐朝著名诗人常建有两句名诗，叫作："曲径通幽处，禅房花木深"，现在我们沿着蜿蜒的小路走进女山，应该叫作"曲径通幽处，山路花木深"，你们看，我们的眼前、身旁、路边，到处都是绿色的的小树和五颜六色的野花。

请大家往左面看，现在我们到了火山喷发的剖面。据《盱眙县志》记载："渐新世末至中新世初喜马拉雅运动时期，女山——古城断陷带的断裂承性活动，伴有多次玄武岩岩浆喷发。"刚才大家看到王心源教授的文章写的是150万年前。据我们多方考证，女山的喷发不止一次、两次，最早的喷发时间应该是渐新世末至中新世初喜马拉雅运动时期，即2300万年前，最晚的喷发时间应该是150万年前。这个剖面保存完好，没有人工痕迹，剖面的石头都被火山喷发烧成了"蜂窝石"，这种石头放在水里可以浮在水面不沉，因此也叫它"浮石"，蜂窝石还可以放在冰箱里用来吸去冰箱异味。只可惜，我们景区有规定，不允许随便采集蜂窝石。所以，大家只有望石兴叹，无福享用了。剖面的右上方有一个洞口，这就是女山十大景观之一的"仙人洞"。此洞在很早以前曾经深不可测，而且它是往下走，曾经有好奇者进去过，但是因为太深，所以只能半途而返。由于长时间的地壳变迁，现在的仙人洞已经不深了，留给我们的只是向往和遗憾了。

在仙人洞的上方的山上有一方800平方米左右的开阔地。那里夏季的晚上是周边百姓休闲纳凉的好去处，因为那里长年没有蚊子。同时周边鲜花盛开，青草萋萋，树木茂盛，旧时，人们都说那里是神仙居住的地方，后据专家考证，是因为地下有硫磺，所以蚊子才不敢近前。有兴趣的朋友待会可以从火山口走过去看看，但是要尽快地赶回来跟上队伍。

请大家往右面看，我们的右边就是女山十景之一的"龙躺沟"。龙躺

蟠龙树

远眺玉女池

沟顾名思义就是一条龙躺在沟里。其实这是火山喷发给我们带来的奇观。上面不远处就是火山口，当年火山喷发时，滚滚的岩浆带着火焰奔流而下，待火山停止喷发以后，岩浆冷却、凝固了，形成了像鱼鳞一样的凹凸不平的山坡，因为它面积大，所以就像一条巨龙躺在那里。后来因为长时间的水土流失，龙躺沟失去了它当年的面目，现在我们在这里栽上了杨树，以保护这里的水土不再流失。

各位游客，现在我们往上走，去看看令人向往的火山口。

这里就是火山喷发形成的火山口，也就是“天池”，在我们这里也叫“玉女池”。天池的水因为都是泉水汇集而来，因此既便是遇上百日不雨的大旱，这里的水也不会枯竭。大家往前面看，到了这里是不是感到眼前豁然开朗。环形的山谷，绿色的绸帐，满园的果木，清澈的泉水，一只只白鹭在绿色的“海洋”中飞来飞去，一条条小鱼儿在水里跳跃。真是“惊飞远映碧山去，一树梨花落晚风”（杜牧）。

请大家往天池的上方看，那里是一片长 500 多米、宽 300 多米的山谷，这里就是金庸先生在《倚天屠龙记》写到的蝴蝶谷的所在地。他在第十一回中写道：“到得集庆（南京）下游的瓜埠，常遇春舍舟登岸，雇了辆大车，向北进发，数日间到

了凤阳以东的明光。常遇春知道胡师伯不喜旁人得知他隐居所在，待行到离女山湖畔的蝴蝶谷尚有二十余里地，便打发大车回去……”金庸先生的武侠小说妇孺皆知，影响力极大。张无忌在女山上住了两年多时间，金庸先生的《倚天屠龙记》写了四十回，其中有三回写的是女山，小说中的人物如常遇春、胡青牛、王难姑、金花婆婆、灭绝师太、纪晓芙、杨不悔、丁敏君、殷离、华山派的薛公远、崆峒派的简捷，包括朱元璋、徐达等都到过女山，因此，蝴蝶谷具有无限的开发价值，目前这里还是一块处女地，为了保护蝴蝶谷，我们在这里种植了100多亩水蜜桃。女山水蜜桃是引进著名桃乡江苏无锡阳山水蜜桃的优质品种精心栽植培育而成。它独享女山得天独厚的自然气候和火山地质条件，以其果形大、色泽美、香气浓郁、汁多味甜、皮韧易剥、入口即化等特点而驰名。该品种曾荣获“中国驰名商标”“中国名牌农产品”“中国十大名桃”等称号。如果我们能够遇上水蜜桃成熟的季节。欢迎大家到桃园里去品尝。

游客们，现在跟着我上山。在我们的左侧有一片开阔地，这里是“二娘庙”的遗址。它为什么叫“二娘庙”？有一段令人叹息的传说。相传有一年泗州发大水，有一个老汉带着两个女儿讨荒要饭，途中，地方有一有权有势的恶少看中了两个如花似玉的少女，硬是要强暴两个少女。老汉上前论理，被恶少打伤，一病不起，死在荒野。两个姑娘走投无路，为了不让父亲暴尸野外，就向那个恶少提出条件，要那个恶少披麻戴孝、在灵前守孝七七四十九天，把父亲安葬后同意下嫁给那个恶少，恶少被迫应允。七七四十九天后，两个少女无法逃脱，便双双自尽在父亲的坟前。当地老百姓十分敬仰两个少女的孝行和贞节，自发捐资安葬了两个少女，并在女山捐建了一个庙宇，取名叫“二娘庙”。

大家随我循石阶而上，走入了茂密的山林之中。这一片的树木以野板栗为主。野板栗不可食用，但它属乔木科，树型美观，并且没有病虫害，非常适合做风景树。

现在我们到了女山十景之一的“瓢儿井”的地方了。这是一个泉水集聚处，它常年不枯不溢，舀一瓢马上溢满，始终保持一瓢水。其形状又似一水瓢，故称之为“瓢儿井”。瓢儿井地处二娘庙附近，是庙里的僧人和上山的游人、放牛的孩子们取水和饮水的好地方。

瓢儿井往上有一片空旷地，这里可以看到女山湖的部分水面。同时这里还是金庸先生《倚天屠龙记》写到的灭绝师太用她的神掌打死她的爱徒纪晓芙的地方。书中写道："灭绝师太道：'你随我来。'拉住纪晓芙的手腕，翩然出了茅舍，直往谷左的山坡上奔去，到了一处极空旷的所在，这才停下。""谷左""极空旷的所在"讲的就是这个地方。纪晓芙外刚内柔，千娇百媚，灭绝师太本来有意传她掌门衣钵，却为什么一反常态打死她，请大家去看《倚天屠龙记》第十三回。

各位游客，现在我们继续前行。女山本来就不高，大家不要担心，前面不远就是山顶了。

现在我们到了女山的最高峰。眼前的这个亭子就是"观湖亭"，也有人叫它"望夫亭"，说它是玉女眺望庞龟的地方。观湖亭，顾名思义，这里就是观湖的最佳位置。该亭始建于21世纪初，它踞立在山巅陡壁之处，飞檐翘首，六角凌空，下有六根红柱支撑，很是壮观。登亭远望，女山湖大水面尽收眼底、一览无余。远处天水相接，水天一色；近处碧波荡漾，波光粼粼；动时百舸争流，渔歌互答；静时渔火点点，若有若无。大家顺着我手指的方向往下看，在绿树掩映之下，有一个半月形的湖岸，这里风平浪静，微波荡漾，借着微风，湖水轻轻地拍打着湖岸，白色的小贝壳在金色的阳光下闪闪发光，小鱼儿在岸边的水草旁流连忘返，看见游人一甩尾巴惊愕地逃向深水，激起了朵朵浪花……

听了我的介绍，大家是不是很想走下去看个究竟呢？如果大家下去，还有更大的惊喜哦！请大家随我循着台阶逐级而下。台阶很陡，请各位一定要注意安全。年龄大点的游客可以在观湖亭休息等待。

这里就是女山著名的景点之一"珍珠泉"。她像珍珠一样，由小到大、整齐地排列在女山脚下。有山必有水，有火山必有泉水，珍珠泉就是最好的见证。这里的泉水清澈见底，绵柔甘甜，矿物质含量超过普通矿泉水标准，大家可以捧起泉水尝一尝，也可以用纯净水瓶带走。喝了这里的矿泉水，不仅对我们的健康有利，晚上做梦还可以梦见珍珠姑娘。

各位游客，现在我们上山回到观湖亭。

大家跟着我往左侧走，开始下山。

游客们，我们穿行在林海之中，可以尽情地欣赏一下路两边的树木。女山因为地处江淮之间，气候温和，阳光充沛，四季分明，年降雨量在800到1000毫米，因此非常适合树木的生长。女山的树主要是槐、栎、樟、榆等树种，还有一部分次生林。女山的最大的一棵树就在我们的左边山下。它是女山的十景之一，叫蟠龙树，树种是珍贵的黄连木（俗称黄连头），此树胸径约1.5米，两人合抱，树高近20米，树冠有400平方米，树龄在500年以上。这棵黄连木历尽数百年沧桑，树干苍劲斑驳，树根盘根错节，树枝盘曲遒劲，树冠遮天蔽日，是女山的保护神，也是爱情的保护神。

为什么说它是爱情的保护神呢，到了情人桥，我给大家介绍。

我们即将通过的这座小桥就是女山的情人桥。现在我也应该给大家揭晓女山是爱情之山的秘密了。

这座桥是 20 世纪 90 年代修建的。但是据说在很久之前，这里就有一座小桥，桥不大，但传说这是小玉龙和珍珠姑娘 7 月 7 日约会的地方，那个时候就被称为情人桥。女山的景观中，有珍珠泉，也有龙躺沟，相传，他们分别是珍珠姑娘和东海龙王的第十五子小玉龙的化身。

珍珠姑娘的母亲是一个千年的河蚌精，生在东海，长在东海。珍珠姑娘离开母体以后，喜欢独立生活，锤炼了敢爱敢恨的性格。18 岁那年，她因为美丽大方、聪明伶俐而被选入龙宫做小龙女的侍女。有一天，小玉龙的前身十五小龙到妹妹小龙女家做客，珍珠姑娘在端茶杯时不小心弄湿了小龙的龙袍，吓得小珍珠连忙跪下求饶，小龙很是生气，正想发火，谁知胆大的珍珠却抬头看了一眼小龙王，四目相对，小龙竟然被珍珠的美貌震住了。此时的小珍珠半娇半嗔，一双乌黑的大眼睛怯生生地望着小龙王，清秀的脸庞上透着羞涩的红晕，小龙王怒气全消，端着的茶杯也忘了放下，装着一本正经地说：“起来吧。”珍珠站了起来，但见她身材苗条，清雅妩媚，面朝着小龙王退了几步，转过身低着头飘然而去。回到府中，小龙怎么也忘不掉珍珠，于是，经常找理由去妹妹家找珍珠姑娘，珍珠姑娘也被小龙的英武

无蚊处

女山火山熔岩地貌

气质所吸引，两个人偷偷跑出龙宫，在海洋里游泳，在珊瑚岛玩耍，在水面上踏浪，好不快活。

然而好景不长，东海龙王敖广终于知道了这件事，他绝不能允许自己的儿子和一个下人成婚，他把儿子叫到宫中痛骂了一通，但性格倔强的小龙执意不从，依然我行我素。老龙王恼羞成怒，把儿子关在冷宫，命人日夜看守，谁知小龙买通两名蟹将，毫不费力地逃了出来。老龙王严令两名蟹将把小龙带回冷宫，再一次关押，并且换了心腹随从值班，珍珠姑娘乔装改扮，深夜潜入冷宫救走小龙，老龙王大怒，要把珍珠斩首问罪，小龙拔出宝剑，要与珍珠同归于尽，小龙女和众大臣一起下跪求情，老龙王只有放了珍珠。万般无奈之下，老龙王求计于乌龟精，老奸巨猾的乌龟精向龙王献了一计，老龙王喜出望外，连声说："好计！好计！"他把儿子叫到宫里，跟儿子说："你们要成亲可以，但必须要做到三点：第一是成亲后要永远离开江河湖海；第二是婚礼要在火山上举办，并在那里长期住下来；第三是要有龙来做媒。"小龙一听就惊呆了，这几乎是不可能的事，龙本来就是水中之物，离开江河湖海如何生存？自古水火不相容，我一个水龙怎么能在火山长住？四海大小龙王都听你的，我又怎么能找到龙来做媒？小龙苦求老龙，老龙毫不让步，小龙只有悻悻地离开龙宫，去找珍珠姑娘商量对策。聪明、机敏的珍珠姑娘说："听说人间有牛郎织女，他们战胜邪恶，追求爱情，终成善果，我们找他们问问吧。”7月7日那天，小龙和珍珠早早来到鹊桥，向牛郎织女求助。那织女深知追求爱情的苦衷，和牛郎结婚以后就利用自己身为仙女的条件经常为人间青年男女指点迷津。他们听说小龙和珍珠的遭遇后，非常同情，织女说：“你们等等，我去去就来。”她飞身返回天宫，找到河伯与天蓬元帅，他们翻开地图，指着一处小山说：“就让他们去那里吧，去了就知道了。”织女把消息告诉小龙、珍珠，他们俩向牛郎织女道了谢，来到了女山湖畔的女山上，但见女山虽然不大，却是山清水秀，绿草成茵，仙气缭绕，白鹭成群。女山上的土地神早已奉命等候在山口，土地神说：“此山虽是火山，但她是一个如花似玉的女孩变的，山的形状也神似少女身体的一部分，天下的火山都是阳性的，而女山是阴性的，这里，既有火山的阳刚之气，也有女人的阴柔之美，水火可以相容，刚柔可以相济，小龙，你可以在这里生存。”珍珠姑娘说：“那我们到哪里去找龙做媒呢？”土地神哈哈大笑，说：“不难，不难，且跟我来。”他带着小龙和珍珠来到了蟠龙树下，指着蟠龙树说：“就让它来为你们做媒吧。”小龙和珍珠高兴得相拥而泣。

几天后，由蟠龙树做媒，土地爷证婚，二娘做伴娘，小龙拜玉女做义母，取名叫玉龙，在女山上举行了隆重的婚礼。老龙王听说后，气得大骂乌龟精，盛怒之下，来到女山上空，兴风作浪，想用洪水淹没女山，小玉龙施法相救，水涨山也涨，始终浮在水面上，老龙王只好作罢，但这场无情的大水却掩没了泗州城。

玉龙化自己为“龙躺沟”，让山上的水不断地从身上流过；珍珠姑娘把自己变成了“珍珠泉”，给人们提供源源不竭的泉水。每年7月7日，他们还要去感谢蟠龙树，他们把每个树枝上都挂上了红彩绸，把它装扮得漂漂亮亮，四里八乡都能看得见。

我们说女山是爱情之山，因为这里流传着许许多多的动人的爱情故事。这些故事都与这座情人桥有关。小玉龙和珍珠姑娘走过情人桥，他们的爱如胶似漆，坚贞不渝，胡青牛和王难姑走过情人桥，他们的爱轰轰烈烈，感天动地；张无忌和殷离走过情人桥，他们的爱缠缠绵绵，波澜起伏；纪晓芙和杨逍走过情人桥，因为纪晓芙情愿死在师傅的掌下，也不愿意背叛杨逍。

凡是走过情人桥的人，千里姻缘一线牵，有情人终成眷属，婚姻美满幸福。请大家跟我一起走过神奇的情人桥。

各位游客，女山的游览到这里结束了，谢谢各位的配合，欢迎大家再来女山。

风姿绰约

三界外

风姿绰约三界外

三界外，位于安徽省明光市三界镇的梅郢村境内，104国道老三界村西侧。它是一片正在开发的处女地。它已经建成的景区足以让您惊叹，即将建成的景区将要打造成安徽省最具特色的乡村田园度假村、江淮地区首选的养生养老度假基地。

三界外　一个让人心醉的地方

五年前，滁州市文联主席路传新先生告诉我，他的一个朋友——中国美术院常务副院长、中国美术家协会河山画会秘书长沉浮先生正在谋划一个画展，题目叫“三界外”。路主席告诉我：沉浮先生曾经无数次路过三界那个地方，曾经无数次被那里的田园风光、自然景物所吸引，曾经无数次驻足那里，享受着，陶醉着，一个强烈的愿望在心中生成，他要用手里的画笔把她记录下来，让她走出明光、走出安徽、走向全国，走向世界。好一个超凡脱俗“三界外”！我立刻被感染了，被震憾了，在这个物欲横流的世界里，那里，三界外，不正是我们朝思暮想的一方净土吗？

五年后的今天，一帮向往大自然、倾心大自然的实干家终于在沉浮先生心醉的地方打造了一个5000亩超大体量的综合性生态旅游度假区——三界外生态旅游度假区。2016年3月27日，三界外景区开园暨“疯狂的油菜花”节举行了隆重的开园仪式。

三界外的今天是绿色的，一望无际的松林在层层叠叠的山峦间起伏、流动，像是三界的保护神，把三界外包围其中；三界外的今天是金色的，疯狂怒放的油菜花组成金黄色的海洋，波涛滚滚，花香怡人；三界外的今天是彩色的，2000平米的3D画跳动在山村的墙壁上、田野里，孩子们欢快地穿流其间，构成了另一个彩色跳动；三界外的今天是动感的，川流不息的人群、缓缓流动的小河、欢唱的小鸟、戏水的小鱼，游船的轻波、飞马的奔腾、轻歌曼舞的表演、狮子舞的惊羡；三界外的今天是静谧的，晨露点点、沁香弥漫、小伙子翘首以待，姑娘们情意绵绵，爱的丝语在山谷间流连。

你一定游览过高山大川，越过悬崖峭壁，看过急流飞瀑；你一定去过五星级酒店，品尝过那里的饕餮大餐，享受过那里的灯红酒绿。但是，你不一定到过三界外，那里的山水、那里的农家小院则是别有一番韵味。

三界外的山缓缓而立，没有突兀和陡俏，她是低丘缓坡、重峦叠嶂；三界的水潺潺涓涓，静静地流淌，诉说着无尽的情话。三界外的农家饭菜更是风味独特，绿色的野菜、绿色的家禽、绿色的鸡鱼肉蛋，让你唇齿留香，回味无穷。不信，你可以前往品尝，那里的八珍玉食，一定会让你垂涎欲滴。三界外的农家小院如果你住上一晚，则会永远难忘。草庐结舍的房屋、宽大的木板床、带着田野香味的被褥；入夜，繁星点点，万籁俱寂，山谷里偶尔的几声犬吠伴你入睡；清晨，你在一声声动听的鸟鸣声中醒来，走出小院，你会情不自禁地迫切地吸上几口空气，三界外早晨的空气带着泥土和芳草的清新，像是被洗过一般，没有一点混浊，没有一丝尘埃，沁入心脾，令人神清气爽；小兔为你引路，山鸡为你歌唱，漫步田间小路，你走入万花丛中……

“很多人没有到过这个地方，一个在世界上唯一在山涧河流中依然有桃花水母歌唱的地方。伫立三界，神游三界外，倾听心灵深处的纯净歌声。”——诗人这样赞美三界外；“旷野中的彩色板块和绵延起伏的丘陵、天地之间的线条穿插，星星点点的农家小院和田里耕作的农民，农具和水牛，还有水天一色散布其中的个个小湖已构成了一副天然的美术圣景。”——画家这样描绘三界外。我想，这才是三界外最高的境界和最终的追求。

心无旁骛地、静静地在三界外的乡间小路上行走；站在山巅，远远向彩色的山村田野眺望；驻足在夜色朦胧的星空下，轻风带动松叶微微声响……

那里的点点滴滴，那里的一切一切，你离开了，她仍然深深地留在你的脑海里，挥之不去，刻骨铭心。

三界外，一个让人心醉的地方！

休闲梅郢村　养生三界外

梅郢的由来

清朝封疆大吏、明光三界人吴棠在任四川总督时，与成都将军、满人崇实关系不好，处处受其掣肘。为此，吴棠曾致函家人，希望能不为五斗米折腰，告老还乡，归隐田园。一贯孝顺的吴棠长女吴述仙就在三界土城之南约 1 千米处购置 300 亩荒山野岭，雇觅工匠，遍植梅花，饲养野鹤，建成精致的房屋，仿造陶渊明世外桃源的意境、林和靖孤山庄园的韵致，将这里辟成景致怡人的山野私家花园，取名“招隐山房”，恭候老父辞官归隐，清风明月相随，疏梅子鹤相伴，颐养天年。但到同治十年（1871 年），朝廷将崇实召回京城，任命吴棠兼署成都将军。吴棠为报答朝廷特达之知，放弃了归隐念头。后来吴棠因病休假，回到家乡没几天就病逝了，一直没有住进招隐山房。但吴棠女儿一直没有放弃经营招隐山房。吴棠病逝后，吴述仙守孝三年，后随夫杨士燮入浙迁居杭州。离开前，吴述仙将这里的屋舍、田地分给了长期管护招隐山房的工匠们，他们从此定居这里，开荒种地，繁衍生息。渐渐的，这里发展成为一个山野村庄，但没有名字。因这里当年遍植梅花，到处是梅树，于是称其为梅郢，称梅郢村庄所在地为梅岭。

贡发芹 / 文

独具特色的入口大门

从南洛高速公路三界出口经老三界进入三界外景区，首先看到的就是景区大门。此门横跨道路，高 8 米，宽约 30 米。一侧为陆地，一侧为水体，形成了独具特色的“水门 + 旱门”的入口大门。在高大宽阔的大门上面，从左至右，阶梯式的空中木制走廊、仿古式的了望塔楼、高悬空中的水上吊桥组成了一个独特的标志性景观（吊桥待建）。登上塔楼，俯瞰三界外，群山环抱的山间峡谷尽收眼底。

4A 级标准的游客服务中心

在入口处西侧，整体建筑面积约为 3000 平方米。按照 4A 级旅游景区标准设置一处旅游综合服务中心，打造含咨询、休憩、售票、交通集散等功能于一体的综合旅游服务中心，游客到达此处可乘坐电瓶车（班车）、租赁自行车、休憩、旅游咨询等。

生态绿色的游客停车场

位于游客中心周围，规划30亩地建设生态停车场，设置1000个小车车位和100个大巴车位。按照生态停车场要求进行打造，铺设生态植草砖，加强树木绿化和景观美化。近期建设200个小车车位，20个大巴车车位，同时设置景区内部电瓶车停车场，游客可在此进行换乘。

融入三界文化元素的旅游集散广场

位于游客中心前方，打造3000平方米的旅游集散广场。在主入口处打造交通环岛，并在游客中心前方设置宽阔的广场，是游客进入景区的第一站和离开景区的最后一站。进行三界文化元素地融入，打造文化景观小品、绿化景观，设置休憩座椅，供游客在此停留、集散、休憩。

陆地停船的梅舫商业街

打造4~5个船舫风格的建筑，形成陆地停船的特色，作为旅游商贸休闲场所，提供休闲茶歇、简餐、购物等功能，一方面补充和丰富旅游综合服务中心的功能，另一方面也是滨水文化主题景观，成为一道靓丽景观吸引游客。

功能多用的梅溪源

梅溪，因梅郢而得名，发源于明光境内的老嘉山，经崔家湾和祝郢水库，过104国道，流经梅郢境内。它常年水流潺潺、清澈纯净，成为三界外的一道靓丽彩虹。在梅溪上游设置的拦水坝，形成一处豁然开阔的水面。沿着水中栈道走进其中，伸手可亲水，俯首可觅影，仿佛走入仙境。设置水榭凉亭的主坝不仅本身就是一道风景线，而且还拦截了梅溪上游的来水，为下游提供水源，为开辟滨水生态休闲、水上游乐等项目提供了有利条件。

古典园林风格的清源汀步

在横跨梅溪水面上打造约50米长的汀步。采取中国古典园林造园艺术，以零散的叠石点缀于水面上，方便游客行走通过。现在已经打造的汀步利用了原梅溪桥的桥墩作为原料，勾起了人们对历史的回忆，非常有特色。

回归自然的乡野田园

位于旅游区西侧谷地，占地面积约100亩。以体现中国传统农耕文化为主题，打造梯田、水田传统农业景观，并设置如稻草人、水车、耕牛等小景穿插其间。在体验农耕文明中回归原生态，成为都市人返璞归真、回归自然生态休闲旅游的新方式。

灼灼其华桃花园

“桃之夭妖，灼灼其华”，《诗经》赋予了桃花以无限赞美。桃花园里一树树，一蔟蔟姹紫嫣红、绚烂无比的桃花，粉得似霞，白得似雪，红得似火，让人目不暇接。朵朵风情万种的桃花，含情脉脉地向我们招手。穿行于桃林间，只见彩蝶在枝上飞舞，蜜蜂在花丛间穿梭，嗡嗡吟唱，微风过后，一阵阵花香沁人心脾。在这里春季可赏花观光、夏季可摘果体验，摄影爱好者更是趋之若骛，流连忘返。

田园水景的曲水流觞

位于旅游区西侧谷地，从南至北全长约 500 米。以现有的灌溉水渠为基础，打造一个曲水流觞的田园水景，在上游设置一个抽水设备，保证全天水流顺畅。为游客在沿山路拾级而上时体验到旅游的乐趣。游客们可能都看过醉翁亭里诗人们饮酒赋诗的曲水流觞，田园里的曲水流觞可以让游客们想象力更加丰富，会让他们浮想联翩，诗兴大发。

结草为庐的半山草庐

在旅游区西侧半山腰处打造一个茅草亭式的休憩场所，供游客行走过程中在此停留歇息，并提供茶水供应。此处是整个乡野田园片我观赏风景绝佳位置，是一个回归田园、品位隐逸生活的休憩地点。

山谷田野的梅溪画舫

在梅溪源西侧临近商业街区处，打造滨水码头，停靠 5~8 艘小船、竹筏等，游客可在此荡舟湖上，并可以在此乘坐梅溪画舫，沿九曲梅溪漂流而下，欣赏生态美景。西湖有画舫、秦淮河有画舫，瘦西湖有画舫，三界外的画舫却是在山谷里、田野中。沿岸欣赏到的是翠绿的山林、四季变换的花海、如织的游人、奔腾的俊马、水天一色的彩云倒影，不一样的水上游乐一定会给你带来不一样的心情。

梅溪沿岸的亲水栈道

梅溪水系的东侧，全长约 1800 米沿梅溪河流进行岸线、植物等梳理，设置栈道、休憩亭、景观桥等多种设施，丰富沿河景观和休憩功能，游客可沿着栈道溯溪而上，或是漫步而下，并深入溪水东侧山林深入，体验各种特色旅游产品和服务。

别具一格的松林越野车运动

在梅溪东侧的山林深处，占地面积约 100 亩，地形相对比较复杂，且处于原始未开发状态，并且临近部队基地所在地，对地形和植物稍加整理，适宜开展户外越野车运动基地。可吸引一批对户外休闲、竞技运动爱好者来此集会和运动休闲。

得天独厚的军事拓展训练基地

在梅溪东侧的山林深处，占地面积约6500平方米，这里地势平坦，和部队驻地相隔不远，是开辟户外军事拓宽训练基地的最佳位置，可设置各种训练设施，并联合或邀请部队基地的教练，参与训练基地日常训练活动中，打造真正专业级军事拓展训练基地。

梅溪大地金色花海

在梅溪两侧南北向的狭长谷地里，营造农业大地景观，春季种植油菜花，秋季种植向日葵，形成大规模的大地农业盛景。并在花海中穿插各种休闲农业旅游项目，例如各种蔬果采摘、户外摄影、农业科普等。

四季尝鲜的蔬果园

梅溪水系的西侧，占地面积约45亩。大力发展绿色种植，扩大瓜果种植面积，增加蔬菜种植种类，保证四季有瓜，长年供应。从世界各地引进、栽种可供游人观赏、采摘的珍奇异果，如栽种形状各异的南瓜、迷你黄瓜、鲜食玉米、彩色蔬菜、航天有机蔬菜等。根据不同季节推出农产品采摘项目，使游客亲自到田间采摘草莓、南瓜、西瓜、绿叶蔬菜等农特产品。

全过程体验的特色葡萄园

梅溪水系的西侧，在目前的葡萄园基础上，进行环境改造，引进著名葡萄品种，打造精品葡萄种植采摘园，并结合梅郢村村情，开展葡萄酿酒作坊的工艺制作、参观，以及葡萄酒售卖，打造一条完整的产业链，让游客参与其中，体味更多乐趣。

乡村野趣的水趣园

梅溪水系下游，占地面积约15亩。辟出一块水面，打造以水产养殖、垂钓、渔业文化展示、摸鱼捉虾趣味游乐多功能合一的水趣园。进行水系的疏通和整理，设有家禽（鸭、鹅）、鱼虾养殖饲养基地，提供喂养、垂钓等休闲体验。

曲径通幽的梅花谷

梅郢、梅溪、梅谷、梅山，三界外离不开一个“梅”字。梅溪水系的东侧山谷（占地面积约30亩），这里花木深深，曲径通幽，可以营造梅花山谷的优美意境，打造一个凸显和支持现代梅郢的特色主题景观，可成为梅郢标志性吸引的旅游景点。

生态植物的石楠迷谷

迷谷，一般是指山谷之迷。石楠迷谷，要重点打造绿色的生态植物迷谷。在梅溪水系的东侧山谷，占地面积约30亩。择山林树木相对比较丰富，地势比较闭合的区域，打造石楠生态迷宫。利用石楠的植物特性：常绿灌木或小乔木，进行合理规划种植以及修建，成为游客休闲娱乐活动的重点景点，特别是广泛地吸引亲子旅游市场。

清新淡雅的樱花谷

樱花，虽然花期较短，但是她花色鲜艳，不浓不淡，妩媚淡雅，略带几分娇气，在梅溪水系的东侧山谷，占地面积约20亩，打造一处以樱花为主题景观的山谷，与其他几个山谷一起形成一条生态观光、休闲娱乐的主题游线。

悠然休闲的跑马场

奔腾的俊马，广阔的草原，洁白的羊群，那是腾格尔歌声中对大草原的赞美。在这里，虽然没有草原，没有羊群，但是，它有四季花海，有山峦起伏，有松海连绵，有溪水长流，在这样的环境中，悠闲自得、信马由缰地任凭马儿漫游，它将给你带来不一样的心情，不一样的放松，不一样的乐趣。

无限童趣的儿童游乐园

“月亮船呀月亮船，载着妈妈的歌谣，飘进了我的摇篮，淡淡清辉滢滢照，好像妈妈，望着我笑眼。弯弯月亮船呀月亮船，载着童年的神秘，飘进了我的梦乡，悄悄带走无忧夜，不知不觉靠近了青春岸。月亮船呀月亮船，载着一个小小心愿，停泊在枕边。”杨钰莹甜美的歌声把我们带进了那个月亮船的童话世界。在歌声中，我们在三界外也找到了一艘月亮船。她位于梅溪中游，一处半月形的小岛。这里四周环山，四面环水，在空中俯视，像是漂流在松涛溪水中的月亮船。这个月亮船就是三界外景区的儿童游乐园。在这里，在“月亮船”的歌声中，孩子们可以尽享各种儿童游乐设施。迷路的蒲公英姑娘、快嘴的蟋蟀、会跳舞的螳螂、漂亮的仙女、小白兔、老蜗牛，月亮船故事中的主人公也要在这里和孩子们见面。

爱护动物的萌宠园

位于儿童乐园西北侧，占地面积约18亩。设置专门的场所，养殖各种小羊、小猪、小狗、小兔子等幼小萌萌的动物，特别受儿童市场以及女性市场的欢迎。游客可以在此喂养小动物，和小动物一起拍照，一起运动，一起参加活动，定期组织一些如小动物运动会等节庆活动，体验回归乡野的快乐生活，接受爱护动物的教育。

宁静致远的松香温泉山庄

温泉山庄坐落于河畔丘陵，背靠黑松林山坡，地势风水绝佳。依山势而建，打造一个以中高端接待为主的酒店，兼具极致优雅舒适及现代建筑风尚艺术多样空间设计。特色的房型，令人沉浸于悠闲自在、宁静致远的山居度假情怀。主体酒店的建筑面积约 7500 平方米，共计 10 间客房，150~200 个床位。酒店内部客房舒适温馨功能齐全，部分客房引入地下温泉，打造养生休闲度假、特色鲜明的主题。

融入自然的乡村木屋客栈

以“开门大自然，闭门现代化”的方式打造一个中等规模的乡村木屋客栈，规划床位数 10~20 个。客栈满足了游客食宿、娱乐、购物等多样化需要，是一个提供食、宿、购、娱综合型的乡村旅馆。

梅郢民俗文化展示馆

以梅郢村农家小院为基础，将梅郢村的村庄历史、民俗文化、非物质文化遗产等在此集中展示。展馆内采用文字、图片、实物、实景微缩等传统展示手段的电子多媒体投影等高科技展览形式，生动地描述梅郢地方文化，同时介绍梅郢现代发展成就，折射着梅郢翻天覆地的变化。

加拿大客商考察梅郢美好乡村

青少年军事科普馆

对目前梅郢村庄现有的军械展览馆进行改造升级，外观进行整体改造，内部展陈以青少年的军事科普教育为主要目的，通过深度挖掘三界地区的军事文化，打造一个展示军队、武器、国防等相关内容的主题展示馆，并用比较通俗、漫画、动画视频等多样形式进行展览，进而打造成明光市青少年爱国主义教育基地和国防教育基地。

梅郢农家乐集群

已经完成和正在打造的农家乐集群，为游客提供三界地区的农家美食、特色餐饮、有机健康饮食，如菱角、龙虾、花生、土鸡蛋、黑猪肉、玉米饼等。将农家乐美食打造成为梅郢村特色旅游产品。配套跟进的是别具特色的农家乐旅馆，前院后园的家庭庭院，典型的农家装修风格，大方桌、长条凳、木板床，让游客回归自然，找回本真，把小旅馆办成体验农家生活的一个特色居所。

返璞归真的非遗七坊

在梅郢村内选择 7 户农家。用于非物质文化遗产展示、商贸休闲、互动体验。在农村，制作花生油、豆腐、磨坊、面条坊、酿酒、制作糕点、酿制酱料等都是地方宝贵的非物质文化遗产，是地方民俗文化的集中体现。为了保护梅郢制作工艺和文化传统，采取前店后坊的开发形式，让游客不但能参观体验制作过程，还可以购买各种旅游商品。

西式乡村教堂与婚礼广场

目前教堂所在地，建筑面积约 800 平方米。对目前的教堂进行外立面的改造，保持与景观风貌相协调。内部按照西方歌德式教堂的方式，装饰以彩色玻璃、西方油画等装饰品。每周定期举办礼拜，并组织唱诗班进行演唱演出。同时开发教堂式婚礼，承办婚礼，开拓婚礼产业市场。同时在与教堂隔路相对的空地，打造一个 3000 平方米左右的草坪。与教堂联动发展，可作为举办户外婚礼的场所，搭建各种婚礼坐席、爱情景观小品等，可承接目前比较流行的户外草坪婚礼，可组织户外冷餐会。同时此区域也可作为婚纱摄影基地，满足新人市场的需求。

依山傍水的乡村驿站

村委会办公楼，依山傍水，位于南入口的要冲。设计在建筑外打造一个 100 平方米左右的次级游客服务中心，作为乡村驿站，向游客提供旅游信息咨询、购票、电瓶车乘坐等功能，满足从次入口进行景区的游客的需求。同时可以参观村委会的办公设施、办事程序，一个中国最基层的农民自治组织，他们是怎样运行的，相信您一定感兴趣。

水街相融的秀水街

在梅溪下游引水进街，打造一个 15000 平方米左右的商业街。按照水路纵横交错的商业街区格局，营造“水中有街，街中有水”的环境。整体建筑风格为明清徽派，青山绿水白墙黛瓦，形成独特的水街景观景貌。进行业态的综合规划，规划若干条主题街区，打造以梅郢美食为特色的美食街；以酒吧休闲为特色的酒吧街；以民宿客栈为主题的养生度假街等，促进梅郢实现由观光向休闲的转型升级。

仁者智者乐山亭

在东南方山坡上的制高点打造一座木亭，孔子曰："仁者乐山，智者乐水"，因而命名为乐山亭。这里是观赏整个三界外全景风貌的最佳场所，在亭中设望远镜，可在此凭栏眺望整个梅郢。

战友之家俱乐部

三界地区有四五家驻军，每年都有一批干部、战士依依不舍地离开三界，有的是调防，有的是退伍、转业，每个人都想再回到三界找到当年的感觉，鉴于此，在三界外建设战友之家俱乐部，使其成为三界老战友感情交流和文化交流的重要场所，吸引与三界有渊源的军人来此观光、休闲、集会，共叙战友情缘。按照年代，打造历史记忆回顾展，进行军事文化的展示。同时设置室内运动室，如乒乓球室、保龄球馆、排球馆、攀岩馆、棋牌室、电影室等，可进行室内娱乐活动。同时也设置数个有部队营房特色的宿舍（客房），既是住宿场所，又可营造怀旧的氛围。

梅郢全貌

敬老养老的森林养老庄园

现在的敬老院和敬老院附近的山地，近期保持不变，远期对敬老院进行改造升级，在此基础上打造一个森林养老庄园，配套增加养老设施，使之具备养老服务、医疗健康服务等功能。同时服务于部队家属市场，成为配套于部队的后勤保障基地。

松韵、竹幽、梅影小院

位于黑松林片区，占地面积约 150 亩。以松林景观为特色，建设 30 栋联排木屋别墅，分别命名为松韵、竹幽、梅影小院，形成木屋群，每栋建筑面积 100 平方米。打造养生养老、休闲度假的别墅区。

山水交融的月亮湖

位于旅游区西北侧水库，占地面积约 30 亩。整理地形和水系，形成一处月牙形状的湖泊，从坡顶流下的雨水汇集此湖，山水交融，景色宜人。同时月亮湖也作为度假村的防火安全储备用水，满足度假村日常安全管理的需要。湖边连接一处观景亭廊，游客可沿湖畔亭廊观赏湖光山色，亭中设置休闲座椅，可品茶，可对弈。

如梦如幻的半岛度假中心

月亮湖西侧形成半岛地形，度假中心坐落于湖畔半岛之上，坐拥湖光山色，建筑依地形而建，兼具古典风格及现代建筑风尚艺术，营造一个如梦如幻的优雅环境，令人沉浸于悠闲自在、宁静致远的山居度假情怀。酒店内部客房设计舒适温馨、功能齐全，主题特色鲜明.

爱情山庄山楂苑

月亮湖东侧现有山楂林处，占地面积 18 亩，依托山楂林的生态自然环境，进行景观改造提升，配置各种蔷薇科植物景观。山楂适应性强，即使在山岭薄地，生长发育也比其他果树为好。因小说和电影《山楂树之恋》，山楂树成了纯洁爱情的代名词。在山楂林中形成一组度假木屋群，打造生态健康居所和纯洁爱情的特色主题。

健康长寿的松风苑

月亮湖东南侧临近松林处，占地面积约 20 亩。以松林景观为特色，松树树姿雄伟、苍劲，树体高大、长寿，还具有重要的观赏价值。中国人把松树作为坚定、贞洁、长寿的象征。松、竹、梅世称“岁寒三友”，喻不畏逆境、战胜困难的坚韧精神。在松林中形成一组度假木屋群，并配置松树盆景等景观，打造养生养老居所的特色主题。

月亮湾温泉疗养中心

月亮湖东北方向，打造一个2500平方米左右的疗养中心。因月亮湖而取名“月亮湾”。依地形而建，引入地下温泉，以温泉养生休闲为主题特色，建设简洁舒适的房型，配套康体疗养、SPA等设施，针对家庭市场、中老年市场以及部队家属市场，打造一个中高端疗养中心。

老三界

“望得见山，看得见水，记得住乡愁。”这是当今城里人的企盼和梦想。为了实现这个梦想，越来越多的人开始关注农村的传统村落。传统村落有美妙的自然风光，有凝固的历史痕迹，有民族生存的智慧，它融入了社会伦理、建造技艺和审美观念等传统的文化要素，是不可再生的珍贵文化遗产。安徽省明光市的老三界，它不仅是农村的传统村落，还是一个民国时期的旧县城，如今的老三界已经和三界外融为一体，成为三界外景区的一部分。

老三界，位于南洛高速公路三界出口向西 3 千米处，104 国道穿境而过。原为盱眙、定远、滁州三县界岭。《中国古今地名大辞典》：“三界在定远县东，池水南岸，定远与滁州、盱眙交界处之冲，故名。”元明时兴集，名为三界市，又称三界镇，古名三界集，年代无考。晚清到民国，三界曾经一度繁华。六合举人汪达钧掌三界芝生书院时在《芝生书院咏》诗中有“万山深处小桃源”之句。清乾、嘉、道、咸年间，三界人才辈出，晚清四川总督吴棠就诞生在这里。清同治初年，“吴勤惠公（吴棠谥号）督漕时，附片奏准建筑土圩”。当地百姓回忆，后来的三界已经建成了南北长约 3 千米、东西宽约 2 千米的小城，城四周都有进出的城门，双门对开，晨启暮合。民国二十年（1931 年），三界士绅邵树谷、吴孝业等呈文安徽省政府及国民政府内政部请求变更行政区划，设县分治。民国二十一年（1932 年）11 月 15 日批准在三界设县，因靠近境内的嘉山，又隶于定远县的嘉山保而取名嘉山县。县政府设在三界老街的吴勤惠公祠内办公。旧时的三界，曾经有三庙一寺一祠十阁。三庙（地方人称为三庵），即西庵、南庵、北庵（现只有西庵尚存）；一寺，为清河寺，现有遗址；一祠，即西庵所在地，现为忠烈祠，是供奉唐朝大将张巡的祠堂；十阁，都是观音阁（现保留了在遗址上重建的一处），分布在三界的四周。抗战爆发不久，日寇分别于 1937 年 12 月、1938 年 2 月、3 月三次侵犯三界，纵火焚烧民房 3000 多间（吴家祠堂也同时被焚烧），杀死数人。抗战胜利后，县城迁至明光，三界从此凋敝成一个不足千人但在乡间仍属少有的大村落。新中国成立后为别于 8 千米外新置的三界镇所在地，称原三界为老三界。

吴家祠堂和县政府

三界曾经有程、吴、万、邵四大家族，在他们之前据说还有卢、闵、汪、王四大家，人们记忆深刻的就是程、吴、万、邵，尤其是吴家。吴家有南吴北吴之分，吴棠的家族属于南吴，吴棠中举做官后，北吴主动和南吴认成一家。在清朝，由于吴家大都是读书较多，所以走出了很多名人。甚至在他家的佣人中，也派生了几个有钱人，老三界人回忆，邵家的前辈曾经是吴家的管家，万家的前辈曾经是吴家的保镖。他们在开明的吴家人的支持下，积累了资金，开始买田置地、做生意，渐渐地富裕起来，成了三界大户。吴家的排辈从吴棠的祖上起，分别"金、水、木、火、土"为偏旁的字，吴棠的儿子是"炳"字辈（女儿为"述"字辈）、往下是增、克、绍、志、德、继、祖、杨、芳……老三界这一支是吴棠的次子吴炳祥、孙子吴增香，到了吴增香的儿子吴克春这一辈因恰逢乱世才逐渐衰落。南吴北吴除吴棠之外，还有抗日名将吴绍麟（后因崇敬抗倭名将戚继光而改为吴继光）；玉米遗传育种专家吴绍骙；清拔贡，后任福建、南靖、宁德等地知县的吴淮；清拔贡，任直隶解知州、百色同知、泗城府知府的吴楷；任过江西候补知县的吴炳辉；任福建寿宁知县创立三界芝生书院和芝生义学的吴炳庭；历任指导员、嘉山支队政治处主任，自来桥区委书记兼区长、支队参谋长、团参谋长、团长、副师长，军后勤部长，福州军区空军后勤部部长等职务的吴少同；知名人士吴克辉、吴克威、吴克春、吴绍绿、吴绍铜，等等。

吴家祠堂位于现在老三界十字街口的东北角，占地面积约 20 亩。坐北朝南，前后有三进四合院、12 间大厅，南面大门前有一对威风凛凛的石狮镇守，门口的石柱上双龙盘绕，栩栩如生。南门只有县令以上的官员可以入内，门口设有下马石，到此，文官要下轿，武官要下马。面朝北大街的是西偏门，普通百姓可以进入。吴家的前院宽大通畅，过年三界人在他家的前院子玩灯，这头玩花灯，那头玩旱船，围观的群众人山人海。1932 年，国民党在三界设县后，借用吴家祠堂的部分房间作为办公室，因此吴家祠堂也就是县政府所在地。设县后，从 1932 年 10 月到 1948 年 10 月，曾经有 11 任县长在这里执政，分别是李蔚唐、马馨亭、卢正芳、杨杼、李蒸、周少藩、石裕鼎、莫万章、洪世泰、冯治安、麦震涛。在当地老百姓的印象中，马县长是最好的县长，据说马馨亭是安徽宿州人，行伍出身，为人豪爽，为官清明。上任伊始，他整顿地方治安，大力剿匪，修建城墙，整治环境，并且身体力行，亲力亲为，深受百姓欢迎。他调离三界那天，三界人每户在南北大街上摆上桌子，放上一盆水、一面镜子，意为清如水、明如镜。马县长十分感动，让手下人在穷人的桌子上放两块大洋、富人的桌子上放一块大洋表示感谢。

清河寺

清河寺位于老三界东南方向、梅溪源上游，清朝和民国时期香火鼎盛。现在只有遗址，三界外景区已经做出规划，计划近期建设清河寺遗址公园，利用遗存砖石、景观标示牌等展示和说明清河寺历史文化。远期则恢复和建设清河寺，恢复清河寺道场，开发宗教朝拜、禅修体验等旅游产品。

据老三界老人们回忆，清河寺供奉的是三霄娘娘。三霄娘娘为云霄、琼霄、碧霄的合称，是道教神话传说中的三位仙女。她们手持采天地灵气、受日月精华所化的混元金斗、金绞剪和缚龙索，打败无数敌手，甚至姜子牙也难以战胜她们，只有求助于她们的师傅——元始天尊。后来她们被姜子牙斩将封神后，执掌混元金斗，世间的神、仙、人等，不论地位高低、贵贱贫富，都要从金斗转世。所以，老百姓求子、生育都叩拜三霄娘娘，故又被民间称为送子娘娘或送子奶奶。

在老三界也有一段求子的传说。据说国民党的马县长为了在三界防土匪，想要修筑土围墙，但是缺乏资金，于是他微服私访，遍访有钱人家。在一个大雪纷飞的晚上，马县长扮成一个要饭的来到明光一个姓邵的地主家，夜里，马县长睡在马棚里，饥寒交迫，难以入睡，姓邵的给他送来一件大衣御寒，马县长看他很有善心，于是就和他交谈起来，原来这个姓邵的地主快50岁了仍然膝下无子，终日郁郁寡欢。马县长心生一计，于是跟那个地主说:“三界有一个清河寺，那里的三霄娘娘可以送子，但必须是行善之人方能有求必应。如今三界防土匪需要修筑围墙，你如果能够捐出一笔资金就是行了大善。”邵姓地主看到马县长气宇轩昂，并非行骗小人，于是第二天就到三界县政府捐了500大洋，然后和妻子一起去清河寺求子。数日后，妻子正在午睡，梦中出现一个仙女，手抱一个小男孩，说你们夫妻命中并无子，得知你夫妻二人一心向善，便赐予一个孩子。说后，仙女便消失不见。一个月后，妻子身体有恙，请来郎中把脉，郎中直言说夫人已身怀六甲，夫妻二人好不欢喜。九个月后，妻子产下一名男婴。后来很多名声不好的强权也想叩拜三霄娘娘求子，但都未能成功。马县长借机到处宣传三霄娘娘只救助与人为善的人，有权有势但不行善心的人三霄娘娘是绝对不会救助的。于是很多人主动上县政府捐款，从而解决了建土围墙资金不足的问题。清河寺的香火也从此更加鼎盛起来。

忠烈祠

忠烈祠，位于老三界西部，通往三界外的公路右侧。占地面积约2000平方米，面向东南方向，基本成四方形院落，前面有门楼，上书“忠烈祠”三个大字。后排为主祠堂，正面供奉唐朝御史中丞张巡的雕像。左面镶挂一幅张巡画像，画像逼真自然，毫无美化粉饰之笔。画中的张巡坚毅、威严，他头戴官帽，身披战袍，双目微睁，眼眶深陷，黑色脸膛，长髯及胸。画中的形象应该是张巡在坚守睢阳期间的形象。画像的两旁有一副对联，上联：笑贺兰不如雀鼠捐躯留遗恨千秋灵爽慰斯民；下联：兴许远同捍鲸鲵报国竭精忠百代江淮蒙厚福；横批：泽被江淮。画像的下面有一段介绍张巡死守睢阳、以身报国的文字。文曰：“唐玄宗天宝年间，安禄山叛变，张公起兵征讨，连战皆捷。后至睢阳，与太守许远合。贼将尹子奇率众十万围城数月，搜粮尽绝，待救无援，张壮志轩昂，决心固守，罗雀掘鼠以食，杀爱妾以励士。使南齐云至临淮告急，贺兰进明不肯出兵。终因粮尽援绝，城陷被执。首询以每交战时何以紧其齿，巡骂曰：恨不吞贼耳！遂就义于唐肃宗至德二年，享年49岁。随张公殉难者有南齐云、雷万春等36将。忠烈正气，天地同感！”（原文多为繁体字且没有标点符号）。

张巡（708—757年），今山西永济人（一说邓州南阳人）。唐玄宗开元末年，张巡中进士，历任太子通事舍人、清河县令、真源县令。安史之乱时，起兵守雍丘，抵抗叛军，连战皆捷。

至德二载（757年），安禄山之子安庆绪派部将尹子琦率军13万南侵江淮屏障睢阳，张巡与许远等只有数千人，在内无粮草、外无援兵的情况下死守睢阳，前后交战400余次，令叛军损失惨重。期间，朝廷拜张巡为御史中丞。7月，城中粮绝，将士们把麻雀、老鼠及铠甲弓箭上的皮子都找来吃了。

御史大夫贺兰进明任节度使，驻军临淮，张巡派部将南霁云至临淮告急。贺兰进明妒忌张巡的声名威望，不愿出兵。他想留下南霁云，于是设酒宴招待，南霁云哭着说：“昨天冲出睢阳时，将士已整月吃不到粮食了。现在您不出兵，而设宴奏乐，我不忍心独自享受，虽然吃了，也咽不下去。现在主将交给我的任务没完成，我请求留下一个指头已示信用，回去向中丞报告吧。”说罢就拔佩刀砍断一根手指，满座大惊，为之流泪。南霁云最后不吃离开。抽箭回头射佛寺的宝塔，箭射进砖中，说：“我破灭叛贼回来，定要消灭贺兰进明，这支箭就是我誓言的标志！”

十月初九，叛军攻城，将士因伤病无法作战。睢阳城陷，张巡被俘。尹子琦对张巡说：“听说您督战时，大声呼喊，往往眼眶破裂血流满面，牙也咬碎，何至于这样呢？”张巡答道：“我为君父而死，你投靠叛贼，乃是猪狗，怎能长久！”尹子琦发怒，用刀撬开他的嘴，发现只剩三四颗牙齿。尹子琦于是以刀胁迫张巡投降，张巡不屈服。尹子琦又逼南霁云投降，南霁云也不肯投降，于是，张巡与南霁云、雷万春等36人一同遇害，终年49岁。张巡在睢阳的坚守，有效阻遏了叛军南犯之势，遮蔽江淮地区，保障了唐朝东南的安全，为唐朝立下了汗马功劳。

张巡就义后，唐肃宗追赠张巡为扬州大都督、邓国公，并授其子官职。当朝的名人和后人对张巡作出了很高的评价。其中包括柳宗元、杜牧、韩愈、司马光等，唐朝的文学家、思想家、哲学家、政治家韩愈在《张中丞传后叙》中感叹："守一城，捍天下，以千百就尽之卒，战百万日滋之师，蔽遮江淮，沮遏其势。天下之不亡，其谁之功也？"

忠烈祠是出生于老三界的台湾商人杨家兴、邵成厚等20多人于1997年捐资48000元在原西庵的遗址上修建的。祠堂前院的东围墙有捐款碑一块，上面记载了捐款的时间、金额和捐款人名单。

老三界并非张巡的家乡，为什么要在这里设他的祠堂。据老三界人介绍，传说张巡的外婆家住在老三界附近，有一年，江淮之间大旱，张巡在战斗间隙路过老三界，便前往外婆家看望。巧遇外婆家门口的一眼水井被安禄山的部下投毒，周边老百姓不相信有毒，非要在井里取水。张巡为了鉴定水里有没有毒，便喝了井里的水而中毒身亡。死后脸上发黑、眼珠凹出（也有人说，忠烈祠里的那张画像就是张巡中毒后的形象）。周边的老百姓为了感谢张巡的大恩，便在老三界修建了纪念张巡的忠烈祠。虽然这个传说可信度不高，但是这里的老百姓敬仰张巡的心情是可以理解的。

观音阁的传说

老三界原来有 10 个观音阁，现在只保留了 1 个。此阁位于老南街的南头，是老三界老百姓在原来观音阁的基础上于 2005 年 8 月重建的。观音阁跨街而立，高 7 米、宽 3.8 米、跨街长 5 米，下面可行人、可通车，5 米到 7 米之间是阁楼，里面供奉着观音菩萨，观音的面前设有香案，每逢观音生日或民间节日，周围百姓都要上阁焚香。老三界人为什么对观音如此敬重？当地老人向我们讲述了由来。

在老三界的神话传说中，关于观音显灵的故事很多，特别是民国期间土匪猖獗的那些年代，有人说，土匪抢的多的是观音阁外面的人家，里面的有观音保护，土匪不敢进来。还有人说，观音给积德行善的人家送过儿子，给仗义疏财的人家送过平安。所以，老三界的观音阁建了左一个右一个，并且香火不断，一直延续至今。传的最玄乎的是日本鬼子在老三界的奇遇。民国二十七年（1938 年）2 月中旬，住在新三界的日寇窜到老三界，纵火焚烧了 6 条街，整个县城仅剩下一条南小街，烧毁民房 3000 多间，枪杀 7 人。数日后的一天夜里，从新街车站（即现在的三界车站）来了两个鬼子，一个手持指挥刀，一个扛着步枪来找“花姑娘”。未找到，他们就迫使未逃走的老百姓出来在西岗头集合排队。刚排好队，拿枪的那个日本兵就把枪口抵在排头的一个老百姓的胸口开了一枪，一枪穿倒了几个人。剩下的几个人吓得拔腿就跑，两个日军跟后追赶，眼看就要追上，几个人跑到了观音阁下，不知道什么原因，两个鬼子忽然停下来不追了，几个人死里逃生，捡回了一条性命。事后有人说，是观音显灵了，两个鬼子吓得不敢再追了，还有人说，观音阁下出现了天兵天将，把鬼子堵在了阁外。不管是真是假，老三界人从此更加信奉观音，对观音阁也更加情有独钟。

富饶的土地

风流人物
数百年

风流人物数百年

以出生时间为序，这里记载了明光本土的11位名人。这其中有帝王将相，有封疆大吏，有科技精英，也有抗日和抗美援朝的英雄；有这一方热土的老领导，也有明光教育的奠基人。他们是风流人物，更是风云人物，没有他们，明光的历史将要改写。所以，为了不忘记他们，写明光的书总是要反复出现他们的名字……

朱元璋维护统治的滥杀无辜

朱元璋，明朝开国皇帝。原名重八，后名兴宗，字国瑞。元朝文宗天历元年九月十八日（1328 年 10 月 21 日），朱元璋出生于泗州盱眙县太平乡木场里，即今明光市城北约 5 里处明光街道办事处赵府村。

朱元璋自小给富人家放牛，聪明机灵，颇具心计。元至正四年（1344 年），17 岁的朱元璋到凤阳的皇觉寺当了小和尚，并外出云游，化缘度日。至正十二年（1352 年）二月，朱元璋结束寺庙生活，投奔濠州郭子兴，参加了红巾军。自此，他开始了长达 16 年的南征北战，并且捷报频传，官位连连攀升，最后统一江南。洪武元年（1368 年）正月，即皇帝位，立国号大明，建都应天。同年，相继克通州、大都（北京），元朝灭亡。洪武三十一年闰五月初十 (1398 年 6 月 24 日)，朱元璋病卒，终年 71 岁。

朱元璋一生文韬武略、叱咤风云，可圈可点的很多，在研究明史的过程中，给我印象最深的还是他维护统治的滥杀无辜。

李善长是开国第一功臣，曾被朱元璋比作萧何。建立明朝以后，朱元璋先是一点一点地削弱他的权利，罢了他的相位，最后还是抓住把柄把他杀了。中书左丞相胡惟庸一案，受株连而被杀的达 3 万多人，甚至连 77 岁的老太师李善长全家都被杀害。大将军蓝玉案，不仅蓝玉被抄斩三族，而且株连 15000 多人，蓝玉案发生在朱元璋的晚年，到那个时候，军中的骁勇将领差不多被杀干净了。刘基是朱元璋成就大业的重要人物，有不世之功。明朝建立后，刘基接受“兔死狗烹”的教训，远权避谤，经常托病不上朝，但是也没有逃脱死亡的命运。和刘基有过节的胡惟庸前去探望刘基，朱元璋命御医跟随胡惟庸前往，刘基吃了御医的药后，顿感不适，他向朱元璋禀报此事，说可能是胡惟庸下了毒药，朱元璋不加理会，还命他回家养病。结果，回家后因慢性中毒而死。

在武将中，这样的例子更是比比皆是。徐达，功勋卓著，声名显赫，并且从小和朱元璋一起长大，一起放牛。朱元璋先是以顶撞马皇后为由杀了徐达的妻子张氏。后来徐达后背上长了一个背痈，这个病忌食蒸鹅，朱元璋偏偏要御赐蒸鹅给他吃，不久，徐达伤口发炎，病重身亡。大将军傅友德，战功累累，是第一代封功晋爵之人。傅友德有两个儿子，个个英武精明，朱元璋在一次宴会上，说傅友德的儿子傅让傲慢无礼，竟然令傅友德带两个儿子的首级来见圣上，傅友德无奈，亲手杀了自己两个儿子，并在朱元璋面前拔剑自刎而死。朱元璋的外甥李文忠，曾经被朱元璋收为义子，他足智多谋，英勇善战，为朱元璋立下了赫赫战功。李文忠生性耿直，敢于直言，对朱元璋的滥杀功臣他痛心不已，于是，他向朱元璋冒死进谏。朱元璋怀恨在心，找个理由把他的幕僚和家丁全部杀了（一说包括他的家人），李文忠为此深深自责，痛苦之下，一病不起，46岁便英年早逝。

最后，朱元璋小时候一起放牛的伙伴周德兴也被赐死，功臣冯胜、廖永忠、朱亮祖先后被害。一时间,上上下下人人自危。文武大臣上朝之前，先与妻儿诀别，交待后事，晚上如果能够安全归来，便是合家庆幸，庆幸自己又多活了一天。

在自己的儿子中，朱

元璋深爱太子朱标，朱标死后，他不立其他的儿子做太子，却要立皇长孙朱允炆为太子。朱标的母亲、朱允炆的祖母李淑妃曾经是朱元璋最宠爱的人之一，更何况朱允炆要接他的班做皇帝，但是，仅仅因为李淑妃太过精明，朱元璋却要她自尽。洪武三十一年（1398 年），朱元璋下令，凡是自己的嫔妃一律要为自己殉葬。

就这样，朱元璋把文臣武将、自己的爱妃、嫔妃大都一一清除了。明史专家们都认为，朱元璋这是在为朱允炆的江山永固而采取的措施，如果真是如此，历史偏偏和他开了一个大玩笑。朱元璋死后只有四年，朱允炆的政权就被他的四叔朱棣推翻。

客观地说，朱元璋的一生是卓有建树的，他在遗诏里说："朕膺天命三十一年，忧危积心，日勤不怠，务有益于民。奈起自寒微，无古人之博知，好善恶恶，不及远矣。"这几句话道出了他的苦心，也道出了他在统治阶级内部激烈斗争中的心境。千秋功罪，留待后人评说。富有传奇色彩的一代开国大帝朱元璋的功过将是永远研讨不了的话题。

明朝开国之初的股肱之臣

李文忠（1339—1384 年），字思本，乳名保儿，是元代盱眙县太平乡（今属安徽省明光市）人，是明太祖朱元璋的外甥、养子，也是名将、谋臣，洪武二年（公元 1369 年）2 月，朱元璋钦定功臣位次，建立功臣庙，李文忠在数十位武将中被排在仅次于徐达、常遇春的第三位。当年 7 月，常遇春英年早逝，诏令年仅 30 岁的李文忠率领他的部众，远征河南、河北、陕西、山西、甘肃、内蒙，屡立战功，被朱元璋授予开国辅运推诚宣力武臣，特进荣禄大夫、右柱国、大都督，封曹国公。洪武十七年 3 月病逝，年仅 46 岁。死后被封为岐阳王，谥武靖。

李府街（李文忠的府邸遗址）位于南京市中山门附近、南京博物院正对面，街道全长 827 米，南北走向，南接后标营路，北连中山东路。

南京市有很多明朝开国将领的府邸遗址，如位于城南瞻园附近中山王徐达的府邸、位于中华门附近信国公汤和的府邸、位于太平南路东侧的开平王常遇春的府邸常府街、位于新街口左相府营一带的黔宁王沐英的府邸、位于太平东路东侧的凉国公蓝玉的府邸、位于长江路附近的宁河王邓愈的邓府巷。唯李文忠的府邸位置最为突出，它东距中山门 200 多米，西面紧靠明皇宫（现为明故宫遗址，因当年孙中山先生的灵柩要通过这里去中山陵而分为南北两块，路北现为明故宫遗址公园，路南为午朝门公园）。我们从李府街的位置也可以看出李文忠当年在明朝洪武年间的重要性。朱元璋把李文忠的家赐在这里，是颇具匠心的。距离中山门近，作为武将的李文忠可以随时登城御敌；距离皇宫近，可以对想对朱元璋有不轨之心的人形成威慑，如遇特殊情况，李文忠可以迅速地进宫护驾。而其他武将的府邸都距离皇宫相对较远。这些威震四方、叱咤风云的将军们对朱元璋的忠心是无可置疑的，我们也不应该以住处的远近来判定朱元璋的亲疏，但是，作为朱元璋的外甥和义子，李文忠在他的心目中的分量是可想而之的。

岐阳王陵（李文忠的墓园）位于钟山之阴、南京市玄武门区太平门外蒋王庙街 6 号，总体呈长方形，面积 13000 平方米。2003 年，同明孝陵一起被列为世界文化遗产，2006 年被列为国家级重点文物保护单位。

该王陵分前、中、后三个部分，前部为神道，神道碑立于右侧。中轴线上，首先是高 3.6 米的两个华表，接着是一个石马和控马官立于神道左侧，控马官着文官打扮，据旁边的说明牌上说明，控马官一般为武官，此处是文官，是因李文忠好学问、喜交儒士之故。再往后分别有石羊、石虎、文臣武将各二。走过神道，越过 46 级台阶（象征李文忠享年 46 岁），就到了享殿遗址，享殿原阔五间，现仅存 18 个石柱础。与众不同的是，享殿的基础石是由砌城墙的城砖垒砌而成，部分砖石还烧有制造者的姓名、地址、日期等字样。再往上，就是李文忠的墓冢，墓冢高 2 米、墓基周长 47 米，两侧被高大的广玉兰围拢，亭亭如华盖。墓冢的右后侧还建了一座名为“岐亭”的亭子，不知是当年的建筑还是现代的建筑。

岐阳王陵的规制与西边不远处的中山王徐达的陵墓相同，但比中山王陵保存完好。神道右侧有一尊尚未雕琢成功的石马坯，证明朱元璋对建造岐阳王陵的重视。说明牌上介绍说：专家经测量发现，此坯比成品石马尺寸略小，应为残次品。出现这样的残次品是朱元璋不能接受的，因而故意将此坯留在原处不再另行重雕，以此作为修建陵寝各级官员及工匠的警告。还有，从古至今，都有“南尊北卑、东首西次”之说，徐达位于功臣第一，其贡献和功劳正如朱元璋所说：像日月一样光明。岐阳王陵为什么在东，而中山王陵为什么在西？也许按风水说，应该是西为尊，东为次，也许是李文忠去世在先，徐达在后，但无论怎么说，我认为，在朱元璋的心里，李文忠是他的嫡系，是他可以信任、可以依赖的爱将。公元 1351 年，李文忠 12 岁，母亲去世，其父李贞携李文忠四处流离，两年后，在滁州找到朱元璋，朱元璋悲喜交集，后来他在《皇陵碑》中写道：“思亲询旧终日慨慷，知仲姊已逝，独存驸马与甥双，驸马引儿来我栖，外甥见舅如见娘。”后亲赐李文忠姓朱，收为养子。自此，李文忠追随朱元璋南征北战，立下了累累战功。特别是常遇春去世以后，李文忠独当一面，显示了他过人的、有勇有谋的指挥才能，洪武三年，元顺帝在应昌驾崩，儿子爱酋识理达腊继位，他率军兼程奔往应昌。元嗣君北逃，他俘获其嫡长子买的立八剌及后妃、宫女、诸王、将相官属数百人，缴获宋、元玉玺，等等。并派出精锐骑兵穷追至北庆州而返。经过兴州时，擒获国公江文清等，降服三万七千人。到达红罗山时，又降服杨思祖的部众一万六千余人。“献捷京师，帝御奉天门受朝贺。大封功臣，文忠功最，授开国辅运推诚宣力武臣，特进荣禄大夫、右柱国、大都督府左都督，封曹国公，同知军国事。”（见《明史》）

朱元璋对李文忠的信任还表现在洪武十年（1377 年）对李文忠的任用上。从秦朝以来，每个朝代都设有丞相一职，他“一人之下，万人之上”，具有独特的职能和无限的权利，这是朱元璋不能容忍的。想废除，但又不能急于求成。为了削弱丞相的权利，那一年，他命李文忠与李善长一起“总中书省，大都督府，御史台，议军国重事。”也就是说，朱元璋要和李善长和李文忠一起共议军国政事，而把中书省和丞相撇在一边。朱元璋在临死前还立了一道遗嘱，以后再也不许设立丞相，自此，秦汉以来沿行 1600 多年的丞相制度、隋唐以来沿袭 700 多年的三省制度被废除。

李文忠不同于徐达和汤和的是，他性格刚烈，为人正直，敢于冒死直谏，在朱元璋剪除异己、屠戮功臣的过程中，他多次上书苦谏，劝朱元璋少杀人、减宦官等，对此，朱元璋心里很不舒服，但是，他对李文忠的爱大于对他的恨，最终，他还是没有对李文忠下手。然而，李文忠晚年郁郁寡欢，并且因朱元璋诛杀其身边的部下和门客而不能保住他们而深深自责，积愤成疾，终于英年早逝。

近几年，全国各地的李文忠后裔每年都在岐阳王陵举行盛大的祭奠活动。2014 年 5 月 25 日，在李氏宗亲的积极推动下，陇西王李贞、岐阳王李文忠后裔寻根祭祖暨明光市明文化研讨座谈会在明光市召开，全国“两王”后裔的代表数十人齐聚明光，寻根问祖，祭奠先祖。在此之后，在南京成立了岐阳李氏文化促进总会，据报道，南京市已经拨出专款修复岐阳王陵，目前，已通过国家文物局的审批。我市恢复和扩建曹国公墓的规划也提上了市政府的议事日程。这对于明文化的研究和探讨，对于以明文化为中心的旅游开发，对于推动地方经济的发展无疑都是一件意义非凡的事情。我们期待着他们的付诸实施！

少年“学霸” 为官重教

吴棠(1813—1876年)，字仲宣，号棣华。安徽省明光市三界镇老三界人。清道光二十九年(1849年)，以举人大挑一等授淮安府桃源县(今江苏泗阳县)令。咸丰四年(1854年)，太常寺少卿王茂荫上疏推荐吴棠，南河道总督杨以增考察，遂以同知直隶州即补。咸丰十一年(1861年)，升任江宁布政使，兼署漕运总督。同治五年(1866年)八月，调补闽浙总督。后调任四川总督兼署成都将军。光绪二年(1876年)初病逝，谥号勤惠。

吴棠少年时就聪慧好学，因家贫，无力就读，和哥哥吴检一起由父亲吴洹自教。兄弟俩在家境困难的情况下仍然坚持苦读书的细节，其后人曾著书记载，并且成为其后人学习的榜样。因家境拮据，晚上照明时间短，吴棠经常借雪光和月光苦读；夏日的乡村经常用水紧张，兄弟俩到井边取水，吴棠仍挟卷借灯笼的光亮诵读，不负片刻光阴；后吴检弃学经商，置一盘马磨磨面粉，用一马灯照明，吴检磨面，吴棠则在一旁借马灯的灯光读书，寒暑易节，从不间断。吴检曾撰文说：“漏下三更弟犹读。”

吴棠把登科及第视为自己走入仕途的人生目标，后连续五年参加会试，虽然名落孙山，但是他仍不气馁，仍然像过去一样坚持读书写作，后来终于以举人大挑一等得中。

担任知县以后，吴棠深知读书人的不易和艰难，所以他对教育事业格外重视。在担任桃源县知县期间，县内有一淮滨书院，吴棠在百忙中经常抽出时间前往检查，督促训导，并亲自为书院筹集经费。他还自荐为书院操持具体事务，亲自为书院选择主讲人，为书院订立课程，并每月一次坚持亲自为学生讲课。有时晚上闲暇，吴棠带一书僮前往书院，为学生剖析经义。在他的重教重学的风气影响下，桃源县文风振起，士民也受到教化和影响，为政两年，县内大治。

担任四川总督兼署成都将军后，他对学风甚笃的成都的教育更加重视。清同治十三年(1874年)，蜀人薛焕，联络官绅15人上书四川总督吴棠和四川学政张之洞，请求办一所专门研究经史的书院，吴棠接到上书后，当即予以批准，薛焕等人积极努力，筹资金，选校址，建校舍，遂于光绪元年(1875年)春建成书院，取名为尊经书院，意为“通经学古课 ”。锦江书院是中国书院史上的一所重要书院，创建于清康熙四十三年(1704年)，是清代最早兴建的6所省级书院之一。在吴棠的倡导下，地方士绅筹资白银3.4万两，修缮扩建锦江书院和华阳书院。少城书院是一所专为驻防成都的八旗子弟而设的一所书院，吴棠自己带头捐白银800两，并倡议各司、道、府、州、县的官员捐银5200两，存入成都商号，用其利息资助少城书院办学。

在吴棠和张之洞的重视下，清代四川书院达到顶峰，仅成都市就办了21所书院，书院数量居于全国第二位。一时间，成都文风昌盛，市民无不交口称赞。

李泽同与实验小学

李泽同(1857—1918年),字浦青,明光市明光镇人。明朝陇西王李贞19世孙。他幼年天资聪慧,少年博览群书,16岁入邑庠,以优异成绩入选京师国子监。授贡生。

提到实验小学,明光人人皆知,上至九旬老人,下至几岁孩童,很多人都是毕业于实验小学。但是很少有人知道,实验小学是李泽同创办的。

清光绪三十二年(1906年),李泽同在维新思想的影响下,积极主张改革教育,并身体力行,在资金缺乏、校舍无着、没有教师的情况下,创办了缉熙两等学堂,即今实验小学的前身。创办之初,困难重重。首先要解决的是校舍问题,李泽同出面借用东岳庙的正殿和耳房作为教室。当时的东岳庙虽然香火不是很盛,但是依然经常有香客前往敬香。听说是李泽同为了办学在那里借做校舍,香客们都很赞同,主动到南大寺旁的福慧寺去敬香。东岳庙的正殿里因为有菩萨影响学生上课,李泽同带领几个老师在菩萨面前拜了几拜,然后把菩萨请出大殿。在当时的风气下,李泽同能够冲破传统旧习,敢于这样做,其办学的决心之大,由此可见一斑。

与此同时,他以家产岁收之半,捐献土地5亩,扩建了砖瓦结构的教室4座,并在周围砌起围墙。同年秋,迁入了新建学校,师生和家长们无不欢欣鼓舞,纷纷夸赞李泽同的捐资义举。

为了解决教师问题,李泽同不惜花重金聘请名师授业,并自己亲自兼做教师。他的远房表弟汪雨相入南京两江师范学校,毕业后两度参加学部复试,因资金不足,意欲放弃,李泽同从缉熙学校的长远考虑,慷慨解囊相助。后来,李泽同聘汪为缉熙学堂堂长。汪雨相为了感谢李的慷慨相助,倾毕生所学,辛勤操作,把缉熙学堂办得红红火火。本镇和盱眙、凤阳等地的殷实人家纷纷把子女送来缉熙学堂读书。

李泽同在缉熙学堂首创男女合班之风,一时被盱眙乡里传为佳话。当时的私立学堂都是男女分开教学,甚至有的学堂只收男的不收女的。李泽同受新思潮的影响,打破不合时宜的封建思想,在缉熙学堂实行男女兼收、同校同班、男女合班,并在学校大力宣传男女平等的思想。这一做法在盱眙全县(当时明光属盱眙县管辖)尚属首创。

风雨沧桑,转眼就是百年,一百年来,实验小学校址几迁,校名几易。如今的实验小学,已经发展到占地7000多平方米、31个班级、教职员工108人、学生2500多人的规模,先生若地下有知,当含笑九泉了。

汪雨相与朱元璋出生地

汪雨相，名树德，1879 年（光绪五年）生于安徽明光。1899 年中秀才，1905 年考入日本东京明治大学经纬学堂安徽师范班。同年加入了同盟会，成为同盟会的第一批会员。

1906 年，汪雨相在日本学习一年回国。1907 年，汪雨相考取了南京两江优级师范学堂数理化分类科。1910 年汪雨相返回明光，任缉熙学堂堂长一职。1911 年 10 月 10 日，汪雨相投笔从戎，走入军营。1912 年 6 月，汪雨相重返教育部门，先后任安徽旅宁教育会评议长、省立第九师范校长（现安徽省滁州中学）、安徽省教育厅督学、盱眙县教育局长等职务。

1937 年 10 月，汪雨相在长子汪道涵的影响下，抛家弃产，率全家及亲友 28 人投奔中国革命圣地——延安。1941 年至 1948 年，汪雨相先后几次写申请，要求加入中国共产党，最后，在周恩来的关心下，经中组部副部长安子文介绍加入了中国共产党。1963 年 2 月 10 日，汪雨相逝世，享年 85 岁。

1932 年嘉山县成立以后，汪雨相就开始自费修志，他查阅了大量馆藏的和在当地搜集到的历史文献资料，阅览了有关地方志书。跑遍了嘉山县境内的山山水水，搜集了嘉山县境内山川河流、名胜古迹、风物民情、经济文化等大量资料。尤其对朱元璋出生地的考证，全文不到两百字，旁征博引，逻辑严密，为研究明史及明太祖朱元璋提供了可贵的资料。其《嘉山县志》手稿记载："窃考冈上有碑，刻'跃龙冈'三字，为明代万历年间立，非异代，应不敢附会取咎，一也；太祖之外祖扬王墓在津里山，长姊嫁津里汪清，次姊嫁明光李贞，其亲戚均在明光附近，二也；《凤志·烈女传》云：太祖从父自明光集徙居其里，三也；盱眙县在明朝亦为汤沐邑，四也；冈旁附近为赵母后裔，犹享受勋祖之利益。五也。由此逐证太祖降生在此冈上，可无疑矣。"

手稿的五点论证以强有力的证据，证明了朱元璋出生地就在明光，凡是听到我们介绍这个手稿的外地朋友，都认为出生地之实无可置疑。延伸的解释手稿的内容可以用六句话来概括。即山有其形，地有其名，史有所载，诗有所吟，坊有所传，歌有所咏。山有其形，抹山就在朱元璋出生地的旁边，其名字的由来无论是"抹山"或者"摸山"都与朱元璋的出生有着直接的关系。地有其名，跃龙冈、赵府、红庙、尿布滩、香花涧等等，都是在历史上就有其名。史有所载，包括《凤志·烈女传》在内，明清以来，曾经有《盱眙县志》《泗州备遗》《帝里盱眙县志·圣迹志》《泗州志》《帝乡纪略》《七修内稿》《龙兴慈记》《琅琊漫抄》《盱眙县志稿》《盱眙县志略》《明孝陵志》《凤阳县志》等 12 部书、30 多处都记载了朱元璋出生在明光。诗有所吟，明清以来，有很多诗人都写下了与"朱元璋出生在明光"有关的诗篇。如李泽同的《明光十六景诗》：“云山露沐晓苍苍，灵迹犹传帝子乡。三十六宫春去后，樵夫指点跃龙岗。”坊有所传，坊间的传说、故事更是浩如烟海，《嘉山文史》《中国民间故事安徽滁州明光卷》《明光传奇》《明光民间故事》等书籍，大部分内容都是有关朱元璋的传说。明光人，几乎每个人都能够说上一段朱元璋的故事、传说。歌有所咏，无论是文化部门收集的明光民歌还是各种刊物上所登载的歌词，关于朱元璋的内容俯拾皆是。

感谢汪雨相老先生，他在民国时期就对朱元璋出生地之争有了一个实事求是的论证。这是他对明光的一大贡献。当然，他毅然决然地追随革命，在关键时刻选择了共产党，把 28 人带上了革命之路，其胆识、其大义、其正气、其壮举更是我们学习的榜样。

跃龙岗

出生于明光本土的抗日英雄

吴继光（1897—1937 年，一说出生于 1903 年），字铁夫，原名吴绍麟，出生于明光市三界镇老三界一书香门第。父亲吴克恒，系前清秀才，和晚清封疆大吏、四川总督吴棠是同宗。

吴继光，他是淞沪会战中壮烈殉国的 14 位将军中的其中一员，他是抗战期间中国国民党牺牲的 200 多位将军中的其中一员，他是中国人民抗日战争胜利 70 周年、国家民政部首次公布的 300 位抗日英雄中的其中一员。他是安徽的骄傲（300 人中，安徽省仅 2 人），更是滁州、明光人永远的骄傲！正如一位老乡所说："他们没有董存瑞、刘胡兰等众所周知的英雄人物那样出名，但他们同样为中华民族的解放和复兴贡献了自己的一切，谱写了一曲曲悲壮的乐章。共和国不会忘记，滁州人民更不会把他们忘记！"

吴继光将军戎马一生，战功卓著，少年时有感于抗倭名将戚继光的英雄事迹，改名立志，匡世报国。黄埔军校初建，他就只身奔赴广州，以他的过人才智，留校工作。吴将军严于律己，不久又考取黄埔第二期学员。毕业后参加北伐，他治军严格、带兵有素、以身作则，与士兵同甘共苦，一路斩关夺隘，逐步从排长擢升为连长、营长，历任 98 师 294 旅旅长、292 旅旅长，58 师 174 旅旅长。

1937 年 8 月 13 日，日军入侵上海。吴继光随第 58 师奔赴上海抗战，并亲率 174 旅向窜至八字桥之敌发动攻击。日军在飞机、军舰和大炮的支援下疯狂反扑。经反复争夺，吴继光率部终于攻克八字桥并突入日租界，大扬中国军队威风。继而，第 174 旅奉命增援吴淞，吴继光指挥部队于当夜夺取罗店，缴获 400 多件战利品，这一胜利捷报顷刻间传遍上海，极大地鼓舞了抗战士气。日军不甘心失败，疯狂反扑，几十架飞机轮番轰炸，陆上和兵舰上的大炮向中国军队阵地交叉轰击，掩护步兵的进攻。吴继光临危不惧、从容指挥，在敌人轰炸时迅速将部队撤离阵地隐蔽起来，而在敌人停止轰炸的瞬间指挥部队跃上阵地袭击已经临近的敌兵。因此，虽然罗店已成一片焦土，但第 174 旅阵地岿然不动，坚持五六天之久没让日军前进一步。

1937 年 11 月 5 日，日军从杭州金山卫登陆后占松江、青浦，迫使上海守军仓促撤退。第 174 旅奉命掩护，吴继光率部浴血抗击达三昼夜，胜利完成掩护任务。17 日，当他率部向白鹤巷转移时，激战中一颗炮弹在身边爆炸，当即壮烈牺牲，年仅 40 岁。1985 年 4 月 27 日，民政部为吴继光颁布了革命烈士证明书。

他是大地的一片绿叶

吴绍骙（1905—1998 年），明光市三界镇老三界人，和吴棠和吴继光都是同乡、同宗。吴绍骙是中国玉米育种奠基人，历任河南农学院院长，中国农学会、中国作物学会、中国遗传学会理事；中国农业科学院学术委员会委员；农牧渔业部科学技术委员会委员；第三至第六届全国人大代表；河南农业大学名誉校长、一级教授；河南省人大常委会副主任。长期从事玉米良种研究，对中国玉米生产的发展做出了卓越贡献。

2014 年夏天，我在河南郑州出差。一次朋友聚会上，一位河南省农业大学的朋友当知道我是安徽明光人的时候，马上和我兴致勃勃地谈起了我的老乡—吴绍骙。她说，李长春（曾任中央政治局常委、全国政协主席、河南省省委书记）曾经说过："河南人从逃荒要饭到吃上大米白面，河南农大功不可没；中国玉米丰收，吴绍骙功不可没。"

我告诉她，我为我是吴绍骙的老乡而感到自豪。忠厚传家远，诗书继世长。吴绍骙是晚清的封疆大臣吴棠的同宗后人，和抗日英雄吴继光将军是近门的弟兄，他的父亲叫吴克仁，吴继光原名叫吴绍麟，父亲叫吴克恒。从吴棠的祖上起，吴家的辈分谱为"金、水、木、火、土"为偏旁的字。后吴棠又拟 16 字续之，即"克、绍、至、德、继、祖、杨、芳、诗、书、世、守、福、寿、延、长。"。

她告诉我：吴绍骙是河南农业大学排在首位的教授、科学家，在河南省、全国甚至世界都享有盛名。她说，河南农业大学的科研项目做得最好的就是玉米遗传育种。吴绍骙早年在河南农业大学任教期间就积极从事杂交玉米的研究，后来当了副院长、副校长、名誉校长，他的主要精力还是研究玉米育种，我们河南是农业大省，玉米的种植面积很大，在河南研究玉米育种对全国很有指导意义。

我把我了解到的关于吴绍骙的情况都和她进行了交流 吴绍骙出身于书香门第，自幼受到良好的家庭教育。4 岁时父亲即教他识字，6 岁入私塾，11 岁入三界镇芝生小学堂学习。后随父亲到安徽省城安庆市第一模范小学就读，毕业后进入安徽省立第一中学学习。1922 年以后，吴绍骙人生面临重大转折，父母相继去世，使他受到重大打击。家人劝他留在家乡继承家业，料理田产兼教村塾。但他不愿靠祖业为生，决意自食其力，勤勉自励，走科学报国之路。1924 年考入金陵大学预科，一年后初习该校文学院政治系，后转入农学院农艺系，师从著名小麦育种专家沈宗瀚博士主攻植物遗传育种学，立志为改变我国作物育种技术落后状况、提高粮食产量、解决国人温饱问题做出自己的贡献。这一人生抉择标志着他的思想走向成熟，也是他漫长科学生涯的起点。

她参加了河南省农业大学的百年校庆，校庆的情况她记忆犹新：在河南农业大学百年校庆的时候，该校校友、北京奥瑞金种业有限公司董事长韩庚辰资助1000万元与农大合建吴绍骙玉米研究院。她高兴地说，吴老在我们学校威望很高，他平易近人，待人以诚，从来不把自己当作名人，和老师、学生都谈得来。得知这一消息，学校老师、学生都欢欣鼓舞，大家认为，以吴老的名字命名玉米研究院正是对他最好的纪念。建设吴绍骙玉米研究院是大家的心愿，有了这个平台，我们一定会继承吴老严谨的科学态度，更好地开展成果转化的深层次研究，主动融入中原经济区建设，为探索农业发展方式转变，为中国农业大发展继续做贡献。

因为有了共同的话题，我们谈了很久，我说，我是吴老的老乡，你是吴老的校友，我们都要向吴老学习，“宁尽瘁于案首，毋垂殁于牖下”（吴绍骙的座右铭），共同为我们的事业而积极努力。乘着酒兴，她哼起了毛阿敏的歌：“你不要问我到哪里去，我的路上充满回忆。我是你的一片绿叶，我的根在你的土地。这是绿叶对根的情意。”听着，听着，我忽有所悟，吴老、她、我、更多愿意为祖国奉献的人，我们不都是大地的一片绿叶吗？

汪道涵先生的故乡情

汪道涵，1915 年出生于安徽省嘉山县（今明光市）明光镇。1932 年，18 岁的汪道涵从南京中学（今宁海中学）考入国立交通大学机械系，次年 3 月加入中国共产党，1937 年春，复考入光华大学（今华东师范大学）理学院数理系。抗日战争时期和解放战争期间先后在新四军四支队、嘉山县、淮南行署、华中军区、山东军区、安徽省、浙江省等地担任领导。1952 年后，先后在第一机械工业部、对外经济联络委员会、国家进出口、外国投资管理委员任领导职务。1980 年后，任上海市委书记、副市长、代市长、市长。1991 年 12 月 16 日，海峡两岸关系协会在北京成立，年高德劭的汪公被推举为会长。1993 年 4 月 27 至 29 日，与台湾海峡交流基金会董事长辜振甫在新加坡举行汪辜会谈，为两岸关系的发展做出了贡献。2005 年 12 月 24 日 7 时 12 分，汪道涵同志因病在上海逝世，享年 90 岁。

汪道涵同志是从江淮大地走出来的伟大的共产主义战士，杰出的无产阶级革命家，他是明光人民的骄傲和荣耀。他情系家乡，关心和支持明光的建设与发展，家乡人民永远铭记他。

20 世纪 50 年代，汪老在家乡的经济建设方面就给予了很大帮助。1958 年，安徽省立项准备在嘉山建一座战备发电厂，经汪老协调，一机部决定从山西省太原调两套中型发电机组给嘉山县（这个项目后因种种原因下马了，电厂未办成）。他在访问苏联期间，友人赠送他一部 35 毫米电影放映机，他转赠给家乡，这部放映机在当时的东方红电影院发挥了很大作用。

1982 年冬，滁县地区组团访问上海市。时任上海市委书记、市长的汪道涵同志，委托市委副书记陈锦华同志接待代表团。代表团参观了金山石化和正在兴建的宝钢，又参观访问一些工矿企业。汪老在百忙之中接见代表团，并亲自指定青浦县与嘉山县结对协作。之后，嘉山县和上海青浦县成功签订经济合作协议，先后为嘉山服装厂的出口创汇、为印刷厂设备的更新换代、为腐乳厂改变配方、赢得市场做出了很大贡献。青浦县还向嘉山县水泥厂提供 50 万元无息贷款，让水泥厂以生产的产品供应青浦抵还贷款。汪老在多次接见家乡干部中，积极鼓励支持家乡开发利用好矿产资源。在汪老的启迪下，我县充分利用凹凸棒粘土、铸石（玄武岩）、石英等矿产资源，相继建立了相关的工厂。凹凸棒粘土更是走出国门，进入国际大市场。至九十年代，我县工业异军突起，一度在滁州地区排名第一。1994 年。汪老亲自接见了县委、县政府的主要负责同志，欣然为《明光画册》题字，激励我们“建设明光，造福人民”。

汪老对家乡的教育事业更有一份特殊情感。他为母校嘉山中学题写校名，自己出钱捐助 5000 元购书卡。他和他的三弟汪琪（原上海市科学技术学会秘书长）为嘉山中学提供10万元奖学基金，为留守儿童提供10万元帮扶基金。在他的引荐下，美国济丰有限公司捐资20万元人民币，在他担任嘉山县抗日民主政府县长时的驻地——自来桥与地方政府合建一所济丰希望小学。汪老亲自为学校题写校名。济丰公司还支持嘉山县菜篮子工程，捐资300万给嘉山县明光镇发展养殖业。

汪道涵父子为家乡修志所做的事一直被传为佳话。1959年嘉山县委修志，致函汪老及其父亲汪雨相老先生给予帮助。汪老就抽出时间，协助因年迈不能动笔的父亲对早年编纂的《嘉山县志》手稿，进行了全面细致的整理，他们用了两年的时间，将整理修定的极其珍贵的18卷约40万字的《嘉山县志》赠送给了家乡。汪老还亲自为《嘉山烽火》《嘉山文史》题写书名，撰写了《关于嘉山县抗日民主政府建立始末》《忆1940—1942年嘉山县政府几项主要工作》《路东政权工作琐记》等回忆文章，为家乡修志提供了大量翔实的历史资料。汪氏父子对家乡历史文化建设的独特贡献，家乡人民将永远难忘。

汪老逝世以后，他的子女们还在继续为家乡的经济发展、社会建设做贡献。2007年，汪老的次子汪致重先生被明光市人民政府聘为顾问，之后，他经常带人来明光考察，为明光的招商引资做了很多工作。2013年，市政府在自来桥建设了“汪道涵纪念馆”，汪老的子女们先后到纪念馆参观，对自来桥的经济发展提出了很多建设性意见。2015年，在纪念抗日战争胜利七十周年之际，汪老的长女、北京罗麦公司董事长汪静女士为家乡的抗战老兵捐款30万元，同时，与园区企业——恋尚你公司合作，为他们的产品扩展市场做出了积极努力。

悠悠家乡情，拳拳报国心。汪老不忘家乡，家乡人民也永远忘不了汪老。他是家乡人民心中永远的丰碑，他将激励我们为建设美好新明光而不懈努力。

胡坦与老师汤策安先生的师生情谊

胡坦（1917—2000年），生于江苏省盱眙县，成长于安徽省嘉山县（今明光市）。1939年11月加入中国共产党。1940年3月，嘉山县抗日人民政府成立以后，先后担任旧县、鲁山、涧溪等乡乡长，不久调县政府工作。1942年10月，任嘉山县县长兼县总队队长。1943年至1948年，历任盱嘉、盱、来、嘉办事处诸多重要职务。1948年4月，盱嘉县委成立，任县委书记兼盱嘉支队政委。下半年，任江淮地委委员、专署副专员兼盱、嘉、来、六（合）县委书记，盱、嘉、来、六支队政委。新中国成立初期，胡坦连任巢湖、芜湖行署专员。1952年调到省里工作，历任省财政厅副厅长兼税务局长、粮食厅厅长、省委财贸部长、省财办主任等职。1963年至1977年，任池州、六安地委书记，1978年任安徽省革委会副主任兼财办主任，1980年任副省长兼财办主任，1983年任省政府顾问，省食品协会主席。2000年12月29日，胡坦在合肥逝世，享年84岁。

胡坦和他的老师汤策安先生的师生情谊在明光一直被传为佳话。汤策安先生一生从事教育和中医学事业，是中医副高级医师、县中医学会理事、滁县地区中医学会理事，在中医学方面有一定造诣。曾当选为嘉山县四至七届人大代表。新中国成立前是旧县（现为女山湖镇）国民小学教员。胡坦于1929年随父母从盱眙迁居旧县镇，就读于旧县小学，在此期间，汤策安老先生曾经当过他的老师。胡坦青年时代，汤先生积极支持他和何于庆（曾任过罗炳辉司令员的秘书，1946年5月牺牲）、周健（曾任安徽省建委城建处副处长）、吴克汝（曾任安徽省财经小组组长）等一批进步青年组织学生自治会、青年读书会，订阅进步书刊、宣传抗日救国思想。后来，汤先生因培养进步学生、支持进步学生的抗日行动，引起了日伪的注意，被列为杀害对象。那一年，胡坦任白沙王乡乡长兼民兵大队长，得知消息非常着急，恰好他们民兵大队接到上级命令，要打击旧县日伪势力，于是，他立刻率领民兵在新四军十团一连的配合下，乘黑夜袭击了旧县日伪政权，打击了敌人的嚣张气焰，打乱了敌人的剿共部署。后来，为了安全起见，他又安排人将汤先生接到了比较安全的苏巷镇下洼村居住。

胡坦十分尊敬汤先生。1940年5月4日，时任嘉山县县长的汪道涵到旧县召开“五四”运动纪念大会，时任旧县镇长的胡坦让汤先生主持会议。汤老对此记忆很深，后来在《嘉山文史》的一篇文章中还专门提及此事。汤先生对胡坦也是关爱有加。1943年春，时任盱嘉办事处副主任的胡坦，有一次路过旧县时被伪军发现，汤先生得知后，立刻安排几个老乡掩护胡坦，让他甩掉了尾巴，并把胡坦送到了新四军十一团驻地，使他脱离了危险。

汤先生后来因为酷爱中医，把自己的全部精力都用于学习中医上，没有继续从事革命工作。但是他和胡坦的革命情谊却十分深厚，这与胡坦身居高位，仍然没有忘掉自己的老师有一定的关系。

胡坦自 1948 年下半年调离嘉山，无论是在六安、池州地区工作，还是在省里工作，他都经常带信、写信问候汤老先生，关心汤老的身体和生活。汤先生在《嘉山文史》第四辑曾经写过一篇回忆文章，文章中还提到胡坦解放初期来看望他的情景。1984 年，汤老 80 寿辰，他从合肥赶来拜望老师，撰写了《竹枝词四首》——记汤策安老师：

东风送暖八十翁，四十三年喜相逢。
烽火翰墨传敌讯，一片丹心照天中。
芝兰代代亲翰墨，桃李成千出砚田。
诗笔纵横老愈建，春秋八十苦辛年。
松因傲雪松常翠，石不生苔石自坚。
天若有情天亦老，人能无愧便是仙。
高龄八十更无求，十亿神州不变修。
喜看风华春正茂，前人热血不空流。

我在女山湖镇担任党委书记期间，曾经有幸两次和胡老谋面。第一次是 1996 年春天，他回家乡女山湖；第二次是 1997 年秋天，我去合肥他家里登门拜访。他到女山湖那天，陪同他去的时任市老干部局局长夏东华告诉我，胡老每一次到明光来，几乎都要询问汤老先生的身体状况，有时候还要登门看望。这一次到明光，他说一定要到女山湖看看。在镇政府会议室，我向他回报了女山湖的经济发展情况之后，我问他："要不要到湖面上去看看？"他说："不去了，到你们小学看看。"我不知道他的心思，于是，就带他到新建的学校看了看，然后，他又提出要到小学的旧址去，在小学旧址——过去的城隍庙里，他感慨万千，对我们说："这里给我留下了太多的记忆！"回合肥不久，他就写下了《忆江南·故乡行》："读书房，负笈最难忘，孺子重返受益堂，到此书声犹在耳，桃李满庭芳。"看到他的诗，我才搞明白，胡老去看小学的目的，仍然是在怀念当年的火热生活，怀念让他终身受益的汤老师对他的教诲。

吴文和吴赋奖学金

吴文（1919—2013 年），安徽省明光市张八岭镇人，中共党员。他 7 岁读私塾，1932 年考入滁县第八中学，三年后考入江苏省扬州中学，1937 年考入中央大学航空工程系。曾任中国科学院广东研究院院长、广东省科学院院长、广东省科协副主席、第六届全国人大代表、第七届全国政协委员。1996 年离休，2003 年病逝。

吴文的父亲吴立生是张八岭有名的中医，他为人忠厚仁慈，在灾年，就在家里支起大锅，烧些饭菜供逃荒者食用。做医生的他恪守“悬壶济世，扶贫济弱”的原则，给穷人看病常常收很少的钱或不收钱。吴文少年时受父亲的影响，胸怀救国救民的大志，奋发读书，在兄妹七人中是佼佼者。他在中央大学毕业后先后在中美联合飞机制造厂、桂林第四飞机厂、成都第八飞机修理厂、国民党航空委员会教育处技术科等处工作，为抗日战争做出了很大贡献。1946 年，作为国民党的航空技术骨干赴美国在华盛顿圣安东尼空军基地、伊利诺伊州空军基地等处工作。1955 年获得布鲁克林理工学院博士学位。同年 9 月，借道欧洲历时 3 个月回到祖国。1956 年，先后在中国科学院动力研究室、动力所、工程物流所、能源研究所等处工作。曾经和钱学森同在一个研究室工作过，为我国动力研究、能源研究做出过重大贡献。

吴文的弟弟吴赋是改革开放后第一批从香港到大陆投资的商人。回到大陆后，他们两人回到家乡张八岭探亲。两人来到母校—张八岭小学，回忆孩提时难忘的岁月，如在眼前。两人商量要为家乡的母校做点事情，在吴文的提议下，决定投入 15000 元（后追加到 10 万元），存入银行，用银行利息发放奖学金。吴文坚持要两人共同捐款，吴赋说：“你国家公务员能有几个钱，还是我来出资吧。”就这样，“吴赋奖学金”诞生了。吴赋奖学金从 1989 年开始发放，至今已连续发放 27 年，每年奖励张八岭的品学兼优 5 名学生，其中小学五、六年级各 1 名，初中每年级各 1 名。到目前为止已奖励 135 名学生。由于奖励的都是优秀学生，这些学生初中毕业后，都能就读明光一中或滁州一中。不少受奖励的学生后来考入名校学习。如刘明国，周继超考入北大，后来到美国深造；杨友龙考入上海交大，现在在上海某高校任教；张弛考入哈工大，现在在读博，其他如苏玉考入中科大，王伟强考入中国邮电大学，王小波考入中国人民大学，等等。

吴文虽然身居高职，但为人谦虚，平易近人，工作中十分敬业，生活中特别节俭。据他的侄女和侄女婿回忆，吴文家庭条件很好，但是从来不铺张浪费，不让家人随便多花一分钱。在家里养成了随手关灯的习惯，别人不关灯，他就自己走过去把灯关上。他侄女说：“有一次我们一起用餐，招待我们的茅台酒倒满了溢到桌上，他伸头用舌头去舔，掉落在桌上的饭粒他捡起来就放进嘴里。”

作为一个爱国者，他义无反顾地从美国返回祖国，为祖国的发展做出了很大贡献；作为一个物理学家，他和他所领导下的科研团队在许多领域取得了重大成果；作为一个普通人，他为他的后人和我们留下了可贵的精神财富。他是明光和张八岭的骄傲，是我们学习的楷模！

课间

击落美军“首席王牌飞行员”的蒋道平

蒋道平（1930—2010年），明光市古沛镇人，1946年6月参加解放军，1947年10月加入中国共产党。历任战士、班长、排长、参谋、飞行员、中队长、大队长、团长、师长、副军长等职，并担任过中国政府援助越南政府空军飞行组副组长。在解放战争中，曾参加过多个战役；抗美援朝战争中，击落F-86敌机5架、击伤2架，荣膺特等功，被授予“二级战斗英雄”称号，朝鲜政府授予一级国旗勋章；朝鲜战争结束回国后，担负国土防空任务；1983年因病离职休养。蒋道平曾8次受到毛泽东、周恩来等党和国家领导人的接见，2007年建军80周年之际，又作为全军英模代表相聚北京，并受到胡锦涛总书记等中央领导接见。他1991年开始学习书法，十年磨一剑，其作品曾多次参展并获奖，出版了4本个人书法集，还多次举办个人书法展。生前是中国书画家协会会员、中国老年书法研究会会员及创作研究员、上海书法家协会老年会员、驻沪部队书法社社员。

2001年10月29日，中国人民解放军空军司令部致函空军第四军原副军长蒋道平同志，函称：“……经空军党委常委研究，同意确认您在抗美援朝战争期间，曾于1953年4月12日，在北朝鲜龟城附近空战中，击落了美国空军第51联队16中队王牌飞行员约瑟夫•麦克康奈尔的飞机。”（这是蒋道平在抗美援朝战场上击落、击伤的第6架被美国誉为“佩刀”喷气式战斗机。）“借此机会，对您在抗美援朝战争和空军建设中创立的功勋和做出的贡献，表示崇高的敬意。”这个确认，离事发已过去48年又6个月17天。

1953年4月12日，这一天刚过7时，美国侵朝空军出动100余架飞机骚扰清川以北的熙川、龟城地区。中国人民志愿军空军第15师45团12架战机奉命在团长的带领下，于7时35分升空迎击敌机，不多时，二中队僚机蒋道平在龟城附近发现敌机。偏离了长机的蒋道平，他一面寻找长机，一面警惕地注视敌机。当发现前面4架敌机双机编队，有两架向海湾飞去，他乘敌不备靠近那两架敌机，一阵炮击，一架受惊向海上逃窜，另一架被蒋道平炮弹击中，拖着烟飞临黄海上空跳伞，这一时刻被定格在7时55分11秒。

这样的战斗英雄，在我省不多见，在全国也是仅有几人。明光为有这样的英雄人物而感到骄傲和自豪！

慎贵平／文

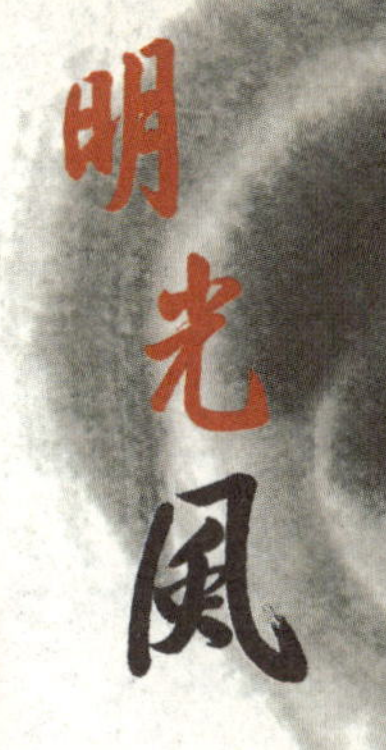

第五届中国农民歌会明光分会场

农民歌舞表演

土特产
风味独到

风味独到土特产

明光市地处江淮腹地，四季分明，气候温和，雨量充沛，物阜年丰，境内资源丰富，阡陌流金。150万年之前的多次火山喷发，淮河、池河等众多河流的行洪、漫灌，丘陵山区肥沃的水土流失给这片土地提供了丰富的营养。她所蕴育的土特产，风味独到，广受市场欢迎。

明光绿豆

明光绿豆，简称“明绿”。明绿历史悠久，据说早在明朝就是贡品，一直延续至今，现在每年我市都要精选数十吨明绿，用于特供北京。由于质量上乘，对外出口已有近百年的历史，产品远销海内外。现已注册为证明商标（即原产地保护）。我市当家品种为明绿一号，主要产地集中在涧溪、石坝镇一带，经农业部门鉴定，这一带的土壤结构非常适合绿豆的生长。

明光绿豆具有色泽碧绿、粒大皮薄、汤清易烂、清香爽口、营养丰富等特点。经农业部谷物品质监督检验测试中心检验，明光绿豆含粗蛋白质 25.26%、粗淀粉 54.24%；含有利于人体健康的磷，每公斤 4176 毫克；铁，每公斤 43.62 毫克；同时含有大量 B 族维生素和人体必需的氨基酸，超过国家规定的出口标准，质量为全国之冠，被称为“绿色明珠”。用明绿加工的“绿豆粥”，是来明光做客的客人早餐桌上永远难忘的美味佳肴；明绿酿制的“明绿液”酒被誉为“酒中奇葩”；用明绿和其他豆类混合制作的“降糖豆浆”，是国家认定的专利产品，销路很广，在食品界享有盛名。明绿的产量比较低，而且成熟期和收获期对天气要求比较严，所以更显其珍贵。

明光绿豆 1981 年获安徽省颁发的科技成果四等奖，1983 年由安徽省品种审定委员会正式命名为“明绿一号”。在泰国曼谷“1993 年中国优质农产品及科技成果设备展览会”上被评为金奖；1997 年被认定为第三届中国农业博览会名牌产品；2001 年被中国国际农业博览会认定为名牌产品。

明龙绿液酒

明光市明龙酒业生产的“明龙绿液”酒，产于生态环境良好的安徽省古镇明光，受到消费者的一致好评。明光古称“灵迹”，明朝开国皇帝明太祖朱元璋就降生于此，登基后改灵迹为明光，常以家乡美酒宴请宾客。

“明龙绿液”酒采用独有的明光酒酿造工艺和全手工酿造技术，具有绵甜净爽、清澈透明、芳香浓郁、酒体丰满、入口醇和、回味悠长的特点。明龙绿液，窖香天成，地下陈藏；明龙绿液，中国白酒最具差异化的超高端白酒开山品牌。

明绿液

1978 年，明光酒厂开始试制高档 53 度“明绿液”酒。此酒是以驰名中外的明光绿豆为原料，特别块曲为糖化发酵剂，采用独特的生产工艺精心酿造而成的优质蒸馏酒。酒液呈淡绿色、酒体丰满、入口芳香浓郁；具有甘美醇厚、澄碧清列、回味悠长的风格。《北京晚报》《经济参考》及《人民日报》等报刊将之誉为“酒中奇葩”；1988 年荣获首届中国食品博览会金奖；1992 年 6 月获香港国际博览会金奖；1996 年经中国绿色食品发展中心评定授予“明绿液”酒绿色食品标志；2003 年被国家知识产权局批准为国家发明专利。“明绿”商标为“安徽省著名商标”。

涧溪绿豆节开幕式

女山湖大闸蟹

女山湖大闸蟹在养殖过程中，选择长江水系优质蟹苗进行湖泊生态养殖。在发挥自然资源的基础上，为保证蟹种投放后有充足的天然饵料，每年向湖面投放活螺蚬 1000 吨，投放草籽 1 万多斤，加以保护培植资源，既保证了河蟹生长有充足的底栖饵料资源，又为河蟹及其鱼类生产提供了一个良好的水质环境，使女山湖大闸蟹具有“壳青、脐白、金爪、黄毛”的形态特征和“脂肥膏满、润甜清香”的内在品质。女山湖螃蟹含有氨基酸、脂肪、高蛋白质、维生素 A、维生素 B2、维生素 E、钾、钠、钙、镁、铁、铜、锌等营养成分。

“女山湖”牌大闸蟹获得“中国名牌农产品”“安徽省名牌产品”“安徽省著名商标”等荣誉称号。

淮王鱼

淮王鱼属国家二级保护动物，俗称肥王鱼，又称回黄鱼，有水中活化石之称，因淮南王刘安而得名，是仅产于淮河中下游明光浮山峡的一种名贵鱼种。

淮王鱼长相怪异，背部青灰，肚皮黄白，光滑无鳞，嘴在颔下，随着季节和水温变化，其体色呈现淡灰、青白、粉红三色交替变幻的生存色调。用很多渔民通俗的说法就是这种鱼长着鲇鱼的身子，鲨鱼的脑袋。更为奇特的是，这种以“王”命名的鱼，性格极其刚烈，在普通状态下，他的通体大多呈现青灰色，但是在缺氧的状态下，他会全身充血，缺氧程度越高，充血范围就越大，甚至鲜血还会从鱼鳍处流出来。

淮南王刘安惩治恶霸，体恤民众，爱吃八公山豆腐，民众为表示对淮南王刘安的感激之情，将“肉质尤如豆腐般细腻，汁水如鸡汤般鲜美”的这一鱼种称为淮王鱼。

明光梅鱼

明光梅鱼，也称“翘嘴鲌”“梅白鱼”，梅雨季节是食用梅鱼的最佳时期。梅雨季节，梅雨绵绵、久不见阳光，或者大雨如注，流经明光市的池河至女山湖湖口一带的池河河道内，梅鱼便从池河下游逆流而上，到上游排卵交配。此时河水激流翻滚，梅鱼求偶情动劲满，处于兴奋状态，成群浮游水面。所捕获的梅鱼小者数寸，大者盈尺，眼珠晶亮，头小身扁，色白肉嫩。只有此时的梅鱼鱼尾才有乳汁一样的分泌物溢出，这是梅鱼区别于同类鲌鱼或其他地方鲌鱼的主要特征，也是明光

女山湖大闸蟹

梅鱼肉质鲜嫩、营养丰富、口味独特的主要标志。

有诗赞曰："梅雨佳节，是你出嫁的日子；细雨绵绵，大雨如注，你身披银纱，来到马岗闸；河水暴涨，你更乘风破浪；水流翻滚，你更激情高涨。浆汁如奶，香气扑鼻；二百里加急赶不上……"

为保护这一特有地方品种，我市在池河入湖口河段建有池河翘嘴鲌水产种质资源保护区1个，2012年被农业部批准为国家级水产种质资源保护区，其中核心区面积为30公顷。

泊岗银杏

银杏又称白果，是我国特有的珍贵树种。银杏的果仁、果壳、树叶、树皮均有很高的药用价值。《本草纲目》认为白果（银杏）具有“熟食温肺益气、益脾气、定喘咳、缩小便”的功能。以银杏树叶为原料生产的银杏黄酮是一种高级滋补品，具有抗衰老和防癌作用，又可以防治高血压、高血脂及冠心病。明光市泊岗乡地处淮河之滨，地理气候条件适合银杏树种植，有“安徽银杏第一乡”美称。现有银杏种植面积 1.1 万亩，2170 万株，年产鲜叶 3000 吨，全市银杏鲜叶产量每年可达 7000 吨。

三界花生

花生滋养补益，有助于延年益寿，民间称之为“长生果”，被誉为“植物肉”“素中之荤”。三界镇是全国著名的花生生产、加工、运销的集散地，种植面积 12 万亩以上，加工后的花生仁主要销往山东、浙江、江苏、上海、福建等地，并通过山东省出口日本和韩国。

古代曾将三界花生作为贡品上贡朝廷，因此三界花生又被称为“贡果”。1958 年，三界镇把花生等多个品种送到北京参加展览，周总理亲笔签发了“农业社会主义建设先进单位——安徽省嘉山县红旗人民公社”奖状。

据测定，三界花生仁内脂肪含量为 44%~45%，蛋白质含量为 24%~36%，含糖量为 20% 左右。并含有硫胺素、核黄素、烟酸等多种维生素，矿物质含量也很丰富，具有促进人体的生长发育、提高智力、抗老化、防早衰、润肺止咳、促进人体造血功能、防止冠心病和动脉硬化、降低胆固醇、延缓人体衰老、促进儿童骨骼发育、养血通乳、预防肿瘤等作用。

花生除供食用外，还用于印染、造纸工业。

凹凸棒粘土

凹凸棒粘土是稀有的非金属矿产资源，具有良好的吸附、脱色、热稳定、抗盐、造浆及作为添加剂等功能，广泛应用于石油、化工、建材、农业、造纸、医药等十几个行业百余种产品，已探明储量2200多万吨，居全国之冠；远景储量1亿多吨，单体储量世界第一。

泊岗银杏林

涧溪油桃

涧溪镇地处安徽省明光市东部，由于该镇的土质土壤适合桃子的生长，故逐渐形成以祝岗、河西、鲁南、周港为中心的水蜜桃、油桃生产基地。涧溪镇的油桃果子大，果核小，果面光滑，果色鲜艳，果肉脆甜，黄肉，外表美观、诱人，口感甜脆爽口，营养丰富，有止咳化痰、补气健肾、降血压之功能。少儿食用能促进发育，提高智力。

女山水蜜桃

女山水蜜桃是引进著名桃乡江苏无锡阳山水蜜桃的优质品种精心栽植培育而成。它独享女山的得天独厚的自然气候和火山地质条件，以其果形大、色泽美、香气浓郁、汁多味甜、皮韧易剥、入口即化等特点而驰名。该品种曾荣获“中国驰名商标”“中国名牌农产品”“中国十大名桃”等称号。

桃，是福寿吉祥的象征，是仙家的果实，吃桃可以健康长寿，故桃又有仙桃、寿果的美誉。桃子的营养成分也是可圈可点。每 100 克桃子的可食部分中，能量为 117.27 千焦，约含蛋白质 0.8 克、脂肪 0.1 克、各种糖类 10.7 克、钙 8 毫克、磷 20 毫克、钾 166 毫克、钠 1.8 毫克、锌 0.13 毫克、硒 0.1 毫克、铁 10 毫克，胡萝卜素 10 微克、维生素 A2 微克、维生素 B1 30 微克、维生素 B2 20 微克、维生素 C10 毫克、烟酸 0.7 毫克，另含多种维生素、苹果酸和柠檬酸等。其含钾量最高，钾是人体不可缺少的微量元素；其含铁量居水果之冠，是苹果和梨的 4 到 6 倍，是缺铁性贫血病人的理想辅助食物。中医认为，桃子性热甘酸，有补益、补心、生津、解渴、消积、润肠、解劳等功效。

明南坝西草莓

明南街道地处安徽省明光市西南部大横山脚下，池河、南沙河流经此处，这里四季雨水充足，土壤中富含各种矿物质，土质肥沃疏松。在这里种植的草莓，营养非常丰富，现已形成著名的明南品牌。

明南草莓种植基地主要在坝西村，他们从 2009 年开始种植，现已形成规模。明南草莓所施肥料都是花生、芝麻渣饼等农家肥，采用滴灌技术，蜜蜂传粉，不施化肥，不喷激素，引进的草莓品种优质，果实色泽鲜艳、营养丰富、柔嫩多汁、鲜甜可口。

呼园萝卜

“明光一大怪，萝卜当成水果卖”，说的就是明光街道呼园村的萝卜。呼园地处池河滩地，土壤疏松、肥沃，含水量大，非常适合萝卜的生长，呼园萝卜色泽碧绿，皮薄、汁多、甘甜、微辣，入口清脆、清凉、清爽。每年入冬开始，呼园萝卜作为明光主要水果上市，深受消费者欢迎。

呼园萝卜既可生食，也可凉拌、红烧、做汤，其营养丰富，有帮助肠胃消化、减肥等医疗价值。

明光市潘村、柳巷、泊岗一带，环境、气候、土壤和呼园十分相近，他们大面积种植的萝卜也是明光的一大特产。

沙澧特晚秋黄梨

沙澧特晚秋黄梨的果实表现出个大、色鲜、皮薄、肉白、核小无渣、一梨多味的奇特品质。它富含多种人体必需的微量元素和维生素。它具有消食健胃、清热解毒、润肺止咳、生津解酒的作用，经常食用，可起到抗氧化、抗辐射、补充皮肤水分，使肌肤嫩白、抗衰老的功效。

沙澧特晚秋黄梨还有耐存放、不易腐烂的特点，常温下可存放 6~8 个月，能抗零下 5℃左右的低温。抗氧化能力强，在运输中出现扎伤、碰伤而不易腐烂。

169 辣木素食代餐

明光市园区企业——安徽恋尚你食品有限公司研发生产的169辣木素食代餐，以其排毒、减肥、健康的功效受到市场的欢迎。

169素食最初的想法来自于“五谷养生，食不厌杂”的理念。早在两千年前的《黄帝内经》一书中，黄帝及其臣子们就提出了“五谷为养，五果为助，五畜为益，五菜为充”的饮食搭配方法。此方法博大精深，意义非凡，它涵盖了饮食文化、杂食文化、养生文化和中药文化，是中华民族的健康瑰宝。“食不厌杂”，也就是说人的食物要多样化，通过食物多样化的途径，实现营养全面性、均衡性的目标。169素食代餐，由多种纯天然的谷物、坚果、花粉、种子、菌类、果蔬、新资源食品组成（主要原料来自于明光境内），为了增强169的营养价值，素食代餐中特别添加了辣木和大麦若叶两种新资源原料，使产品更具活力，对健康更加有利。

2014年，习近平总书记访问古巴时，把辣木籽作为国礼赠送给古巴原总统 菲德尔•卡斯特罗和现任国务委员会主席劳尔•卡斯特罗。辣木叶片、果荚富含多种矿物质、维生素、20种氨基酸、46种抗氧素、36种自然防炎体和矿物质。每100克的辣木中含有的维生素C是柑橘的7倍，含铁是菠菜的3倍，维生素A含量是胡萝卜的4倍，钙质是牛奶的4倍，钾是香蕉的3倍，蛋白质是酸奶的2倍。大麦若叶的营养成分含有多种天然维生素及矿物质，含有被称为“绿色血液”的叶绿素，含有SOD活性酶等多种抗氧化成分，还含有30%左右的优质植物蛋白质。

代餐的概念就是就是用169种天然食材替换平时的饮食，对人体进行一次全面的自我净化，排除体内毒素和废物，激活自身修复功能，提高机体免疫力，达到清理肠胃、排除毒素、降脂减肥、塑身养颜、延年益寿的目的。

保健降糖豆浆

西汉淮南王刘安好道，为求长生不老之药，招方士数千人，有名者为苏非等八人，号称“八公”。他们常聚在楚山即今八公山谈仙论道，著书炼丹。在炼丹中以黄豆浆培育丹苗，也常以喝豆浆解渴，发现味道鲜美、浓郁芳香，刘安食用后，更感觉气力大增，精神振作，遂经常以食用豆浆而养生。

元朝末年，朝廷腐败，连年大旱，朱元璋的母亲没有饭吃，贫病交迫，朱元璋在田野里捡回来豆粒做成豆浆，其母亲喝过后病情好转。从此，朱元璋经常去捡豆子磨豆浆给母亲食用。公元 1368 年，朱元璋平定天下后，发现家乡（今安徽省凤阳、明光一带）因古火山（女山）喷发、矿物质含量高之故，黄豆色泽饱满，粒大皮薄，营养成分丰富，地方百姓以此豆做成的豆浆作为待上客之食。他令御厨用这些豆子做成豆浆，并赐与御医品尝，御医赞该方“长肌肤，益颜色，填骨髓，加气力，补虚能”。朱元璋大喜，当即下令，豆浆可为御膳供之。据故宫博物院保存的明洪武年间的御膳菜单，豆浆是朱元璋御膳食谱中的一道主食。明万历六年（公元 1578 年），李时珍在《本草纲目》中记载：“豆浆利水下气，制诸风热，解诸毒。”

园区企业安徽恋尚你食品有限公司生产的的豆浆主要原料包括麦芽糊精、奶粉、冻干黄豆粉、冻干绿豆粉、冻干黑豆粉、冻干红豆粉、冻干豇豆粉、冻干南瓜、冻干红茶粉、冻干苦瓜粉、冻干茯苓粉、麦冬等，具有全面调节内分泌系统，调节血压、降血脂，减轻心血管负担，增加心脏活力，优化血液循环，保护心血管，控制血糖、降血糖，提神消疲、生津清热、强壮骨骼、抗氧化、延缓衰老、养胃护胃、抗癌等功效。

该产品保质期长，携带方面，即冲即饮，卫生，健康，便捷，是亚健康人群和糖尿病人最佳的饮品，长期食用，起到未病先疗的作用。

明光菜
风靡江淮

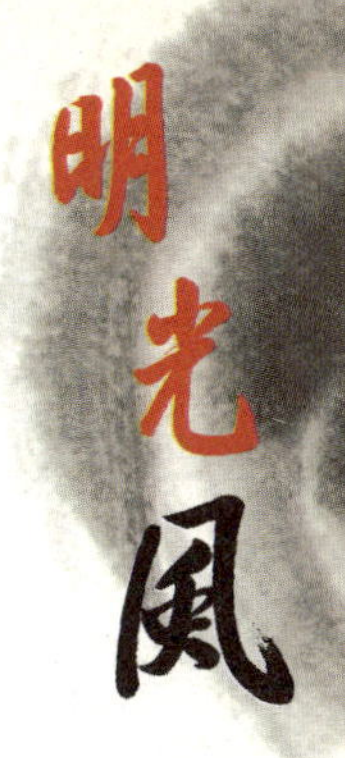

风靡江淮明光菜

巍巍老嘉山，汤汤淮河水；绵绵丘陵地，浩浩女山湖。明光地处中国南北分界线上，襟江带淮，多样的地貌，加上适宜的气候、丰富的物产，为明光独特的美食提供了充足的原料。

明光市的南部，以老嘉山为代表的岗丘连绵起伏，植被茂密，蔚然深秀，山珍野味众多，肥壮的牛羊缀满山坡，悠然嚼食丰茂的牧草。自来桥镇的驴肉、驴板肠，明南办事处的清真牛、羊肉，闻名遐迩，大口朵颐，佐以绵柔爽净的“老明光”酒或明龙绿液，外地客商定会“醉里不知身是客，误把他乡作故乡”！穿城而过的池河则为餐桌提供了一种“色白如银，浆汁似奶，肉嫩味鲜，绝无仅有”的珍稀鱼类——梅鱼，无论清蒸，还是红烧，都是鲜美无比的上品佳肴。明光市的北部，湖泊星罗棋布，河汊纵横贯连，女山湖出产的大闸蟹、银鱼驰名中外，女山湖全鱼宴，更是以其独特的烹饪工艺、清鲜诱人的滋味，引发食客们舌尖上的狂欢！

对于素食主义者或偏爱素食者来说，明光的美食同样不会让您失望。潘村镇的豆制品、自来桥镇的山芋宴、生态宝岛泊岗乡的凉拌萝卜丝、涧溪镇的椒盐绿豆饼、七里湖的糖醋莲藕、女山湖的清炒菱角秆，制作出来，都是品质优良、营养丰富、口感极佳的素食美味。

明光市民的主食以米饭为主，面食、杂粮为辅。一些特色小吃，如麻糊汤、糍粑、麻团、油炸臭豆腐等，都为明光的美食增添了缤纷的色彩。

明光的美食，如同这一方水土养育的人们的性格，具有很强的包容性。就口味而言，既有重用葱蒜鲁菜的清香、鲜嫩，又有善用椒类川菜的厚味、香辣，既有取材广泛淮扬菜的清鲜、平和，又有用料新异粤菜的清淡、嫩滑。色泽浓淡咸宜。

明光的美食正在向选料精良、刀工精巧、火候独到、技法特异、情调优雅方向发展，践行绿色、营养、健康的饮食理念，致力于色、香、味、形、器等方面达成和谐完美。

豆制品类

太极南瓜绿豆糊

主料：绿豆、南瓜

辅料：水

调料：绿豆、冰糖

特点：本品太极图造形。食之滑润香甜、清淡可口。南瓜味甘、性温，入脾、胃经，具有补中益气、消炎止痛、解毒杀虫、降糖止渴的功效；绿豆具有清热解暑，止渴利尿、消肿止痒、收敛生肌的作用。

制作单位：明光街道

风味豆饼

主料：明光涧溪豆饼 500 克

辅料：肥牛圈、香辣酥

调料：椒盐、咖喱粉、色拉油等

特点：色泽金黄、焦香、脆嫩可口，涧溪豆饼的主要原料是绿豆。绿豆中含有的蛋白质是小麦面粉的 2.3 倍；含人体所必需的 8 种氨基酸是禾谷类的 2 至 5 倍。还含有丰富的 B 族维生素、矿物质等营养成分，其中维生素 B1 是鸡肉的 17.5 倍；维生素 B2 是禾谷类的 2 至 4 倍，且高于猪肉、牛奶、鸡肉、鱼；钙是禾谷类的 4 倍，鸡肉的 7 倍；铁是鸡肉的 4 倍；磷是禾谷类及猪肉、鸡肉、鱼、鸡蛋的 2 倍。

制作单位：涧溪镇

口袋豆腐

主料：豆腐

辅料：笋尖、香菜、火腿、虾仁

调料：盐、味精、贡酒等

特点：色泽金黄、焦香，脆嫩可口。豆腐的原料是黄豆，大豆异黄酮是一种结构与雌激素相似、具有雌激素活性的植物性雌激素，因此它能够延迟女性细胞衰老，使皮肤保持弹性，养颜护肤，防止血管硬化，减少骨丢失，促进骨生成、降糖、降脂、预防癌症等功效。

制作单位：柳巷镇

油炸金钱豆饼

主料：豆饼

辅料：红辣、

调料：盐、葱、食用油

特点：口感香、脆、酥、外观金黄，含有高钙高蛋白，营养丰富。

制作单位：潘村镇

清炒玉条

主料：豆腐干、青椒

辅料：盐、葱

调料：食用油

特点：选用上佳潘村豆腐干与新鲜青椒速炒即可，含有大豆蛋白、异黄酮、卵磷脂等物质，食用可降低高胆固醇的危害。

制作单位：潘村镇

一生平安

主料：豆腐、青菜

辅料：葱

调料：盐、食用油

特点：潘村豆腐闻名安徽，配以鲜嫩青菜，色香味俱全。“一生平安”取“清清白白，一生平安”之意。

制作单位：潘村镇

裹衣绿豆酥

主料：明光绿豆

辅料：香酥锅巴、糯米汁

调料：绵白糖、蛋黄、黄油

特点：绿豆一直是夏季食疗佳品，尤以明绿享誉中外，此菜以当地特有原材料结合创新理念制作而成。特点是外酥里嫩、入口香糯、清火败毒，回味香甜。

制作单位：涧溪镇

老弟兄四

“老弟兄四”，是明光人对柳巷一带的豆腐、豆饼、干子、千张四种豆制食品的称谓。柳巷一带的土壤肥沃，土质松软，气候温和，阳光充沛，非常适宜黄豆、绿豆等豆类的生长。有了优质的原料，加之传统的制作工艺和烹调技术，“老弟兄四”逐渐声名鹊起，到柳巷做客，“老弟兄四”是必备佳肴，客人食后赞不绝口。

凉菜类

凉拌萝卜丝

主料：呼园萝卜

辅料：香菜、蒜瓣

调料：白醋、盐、糖

特点：萝卜丝脆、甜、爽口、开胃。萝卜含有大量纤维素、多种维生素及微量元素和双链核糖核酸。纤维素可促进胃肠蠕动，防治便秘。

制作单位：明光街道呼园

凉拌白藕

主料：藕

辅料：盐、味精

调料：白醋、糖

特点：口感脆、甜、嫩，清爽可口。莲藕分白花藕和红花藕，白花藕脆嫩汁多，适合凉拌或清炒；红花藕适合做汤。白藕含有丰富的碳水化合物，一定量的蛋白质、丰富的维生素 C 和维生素 B1 以及钙、铁等无机盐，还含有多酚类物质，具有抗氧化的作用，具有去瘀化痰、滋阴润燥的功能。

制作单位：苏巷镇

禽　类

荷花芙蓉鸡

主料：土鸡胸脯肉、白菜、菠菜

辅料：鸡蛋、淀粉

调料：精盐

特点：色彩鲜艳，新鲜可口，营养丰富，老少皆宜。采用四色山芋蒸煮而成，摆入盘中成花瓣状，中央辅以红色西红柿花蕊，恰似五彩缤纷的花朵。

制作单位：管店镇新春园酒店

香脆鸡肉饼

主料：鸡胸肉、面粉

辅料：葱

调料：精盐、味精、蒜蓉

特点：外酥内嫩，味道鲜美，深得游客喜爱。

制作单位：管店镇新春园酒店

金汤老母鸡

主料：散养土母鸡一只

辅料：枸杞 党参

调料： 精盐、味精

特点：营养丰富，新鲜可口，滋补药膳，深得游客喜爱。喝鸡汤进补历来是中国人的传统。它可以有效地抑制人体的炎症和粘液的过量产生，因此，它可以缓解感冒症状。老母鸡汤尤佳。

制作单位：管店镇新春园酒店

畜产品类

手抓羊排

主料：精选两年左右优质本地山羊肋骨

制作过程：腌制 8 小时，经过炭火烤熟

特点：外酥里嫩，色泽金黄，香酥可口。食之可补精血，益虚劳，温中健脾，补肾壮阳。

制作单位：三界镇老三界通往三界外景区路口龙婷阁酒店

制作人：张子龙、张子虎

韭香牛柳

主料：牛肉

辅料：韭菜、鸡蛋

调料：盐、味精、牛肉粉、山芋粉、生抽、醋

特点：鲜、香、微辣。牛肉含有丰富的蛋白质、氨基酸，可以补脾胃、益气血、强筋骨。中气不足、气血两亏者食之更佳。

制作单位：明南街道

撒尿牛肉丸

主料：精牛肉、肥膘

辅料：香菇、高汤

调料：香油、盐、味精、糖、淀粉、胡椒粉、老酒、葱、蒜、专用香粉等

特点：传说，清朝顺治年间，江南的古镇松江，由王氏家族经过特殊工艺和配方精心研制而成，后由其家丁后人辗转传至明光，流传至今。撒尿牛肉丸虽然名字不雅，但因其口感爽脆、弹性十足，而深受人们喜爱。因牛肉丸里面的馅料是冰冻过的，在牛丸煮好之后将会呈现汤状，食之就会喷出汤汁，形象比喻成撒尿。

制作单位：明南街道

滋补牛鞭

主料：牛鞭

辅料：姜、葱、西兰花

调料：花生油、盐、味精、胡椒粉少许、老抽王、麻油、湿生粉适量、清汤、料酒

特点：牛鞭又叫牛冲，是雄牛的外生殖器。牛鞭富含雄激素、蛋白质、脂肪，可补肾扶阳，主治肾虚阳萎、遗精、腰膝酸软等症，此外，牛鞭的胶原蛋白含量高达98%，也是女性美容助颜首选之佳品。作为一种珍贵进补之食，牛鞭在全世界广泛受到欢迎，在各餐饮场所，也是炙手可热的一道美食。中国最早的牛鞭品牌“极乐牛鞭”，始创于清朝雍正年间，至今已近300年历史。

制作单位：明南街道

烤羊腿

主料：羊腿

辅料：芹菜，番茄酱，番茄，精盐，花椒水

调料：姜、蒜、葱、料酒、食用油、食盐、胡椒粉

特点：肉质酥烂，味道香醇，色美肉嫩，浓香四溢，佐酒下饭，老少皆宜。此菜以羊腿为主料，加调料微火烘烤而成。

制作单位：明南街道

富得流油

主料：带皮五花肉

辅料：纯正白糖

调料：精盐、色拉油、生抽、酱油、葱、姜

特点：色泽鲜亮，晶莹剔透，肥瘦相间，香甜松软，入口即化。含有丰富的优质蛋白质和人体必需的脂肪酸，含有机铁和促进铁吸收的半胱氨酸，能改善缺铁性贫血，具有补肾养血、滋阴润燥的功效；但由于猪肉中胆固醇含量偏高，故糖尿病、肥胖人群及血脂较高者不宜多食。红烧肉的历史由来已久，从北宋时苏东坡制作出红烧肉、以“东坡肉”为美称享誉民间，到毛主席对红烧肉的喜爱而使红烧肉家喻户晓，红烧肉的美味延续至今，自来桥镇弘扬中华传统美食文化，将红烧肉这一经典美味继续传承，打造地方特色餐饮文化——自来桥红烧肉。

制作单位：自来桥镇

猪血烧肉

主料：猪血、猪肉、白菜

辅料：大蒜

调料：盐、姜、料酒

特点：猪血性平、味咸，是最理想的补血佳品。除此之外，猪血还能较好地清除人体内的粉尘和有害金属微粒对人体的损害。现代医学研究发现，猪血中的蛋白质经胃酸分解后，可产生一种消毒和润肠的物质，这种物质能与进入人体内的粉尘和有害金属微粒起生化反应，然后通过排泄将这些有害物带出体外，堪称人体的“清道夫”。

制作单位：明光街道

炒驴肉

主料：驴腱肉

辅料：蒜苗

调料：盐、姜、蒜、八角、生抽、干红辣椒、醋、糖

特点：“天上龙肉，地上驴肉”，是人们对驴肉的最高褒扬。驴肉是一种高蛋白、低脂肪、低胆固醇肉类，特别适合体质虚弱的人食用。自来桥镇一带因养驴的农户较多，也一直保留吃驴肉的饮食习惯，炒驴肉这道菜在当地已经成为一道特色菜。

制作单位：自来桥镇

金羊送乳

主料：连骨羊头半只

辅料：盐 10 克、料酒 3 调羹、胡椒粉 5 克、青蒜 3 棵、大葱 2 段、姜片 5 片、花椒 3 克、香叶 1 片、白萝卜 50 克 、红枣 3 个、桂皮 3 克、八角 1 克

调料：料酒 3 调羹、 胡椒粉 5 克

特点：本汤羊头、羊脑营养丰富，含蛋白质、脂肪、钙、铁、磷及多种维生素，能补虚养肝、散寒补血。羊脑味甘、性温，善治头痛，并有调经之功效。

制作单位：明南街道

驴板肠炒尖椒

主料：驴板肠、尖椒、朝天椒、干辣椒

辅料：植物油

调料：盐、酱油、花椒面、葱、姜、蒜、料酒、味精

特点：驴板肠含丰富的蛋白质、脂肪、碳水化合物、维生素、矿物质和人体必需的 8 种氨基酸，具有益气和中、生津润燥、清热解毒的功效。尖椒炒驴板肠，融入了尖椒的香辣味，香味四溢，食之令人难以忘怀。

制作单位：自来桥镇

山芋菜品

凝脂如玉

主料：山芋粉、胡萝卜、白萝卜

辅料：红辣椒、葱

调料：盐、姜、食用油

特点：山芋，又称红薯，它富含钾、β-胡萝卜素、叶酸、维生素C和维生素B6，这5种成分均有助于预防心血管疾病，维持正常血压和心脏功能；同时还有抗脂质氧化、预防动脉粥样硬化的作用。它的热量只有同等重量大米所产生热量的三分之一，而且几乎不含脂肪和胆固醇。常吃红薯有益于人体健康，并有一定的减肥功效。此菜品劲柔爽口，外脆内嫩，味道鲜美，深受人们喜爱，因由凝脂如玉的山芋纷制作，加之山芋的特殊功效（“玉”是“芋”的谐音），所以称凝脂如玉。

制作单位：自来桥镇

五彩缤纷

主料：紫薯、红心山芋、白心山芋、蔬菜山芋

辅料：西红柿、香菜

特点：此菜采用四色山芋蒸煮而成，各色山芋摆盘，辅以红色花蕊，恰似“五彩缤纷”的花朵。主料以当地山芋为主，加上蒸煮火候适当，口感香甜、软糯，深得游客喜爱。造型成花瓣状，中央辅以红色西红柿花蕊，恰似五彩缤纷的花朵，故取名“五彩缤纷”。

制作单位：自来桥镇

水产品类

铁板烧汁白米虾

主料：女山湖白米虾

辅料：青红椒粒、洋葱粒

调料：烧汁、蜂蜜、生抽

特点：色泽酱红、入口软滑嫩，具有防治动脉硬化和冠心病的功能。此品获2010年滁州“太守宴”和地方特色餐饮美食发掘创新活动制作大赛三等奖。

制作单位：女山湖镇

梅鱼狮子头

主料：选用明光市梅雨季节上市的梅鱼

辅料：咸鸭蛋黄

调料：盐、味精、胡椒粉

特点：梅雨季节，梅雨绵绵，梅鱼便从池河下游逆流而上来到上游排卵交配，排卵期的梅鱼鱼尾有乳汁一样的分泌物溢出，这就是明光梅鱼肉质鲜嫩、营养丰富、口味独特的主要标志。此品色泽雪白、汤汁鲜美、入口滑嫩、润肺养心、健脾益胃。

制作单位：明西街道

脆皮银鱼

主料：女山湖9~10月产的银鱼

辅料：菜松

调料：脆皮糊

特点：银鱼味甘、性平，归脾、胃经；有润肺止咳、补脾胃、宜肺、利水的功效；可治脾胃虚弱、肺虚咳嗽、虚劳诸疾。尤其适合体质虚弱，营养不足，消化不良者宜食。另外，银鱼属一种高蛋白低脂肪食品，对高脂血症患者食之亦宜。银鱼中蛋白质含量为72.1%，氨基酸含量也相当丰富，营养价值极高，具有补肾增阳、祛虚活血、益脾润肺等功效，是上等滋养补品。本品色泽雪白、入味脆嫩、是女山湖一带的传统菜肴。

制作单位：女山湖镇

金汤鳜鱼

主料：鳜鱼

辅料：金针菇、葱、姜

调料：黄剁椒、盐、鸡精、味精、料酒、生粉

特点：汤浓色金黄、味鲜造型佳。鳜鱼肉质细嫩，刺少而肉多，其肉呈瓣状，味道鲜美，实为鱼中之佳品。唐朝诗人张志和在其《渔歌子》写下的著名诗句“西塞山前白鹭飞，桃花流水鳜鱼肥”，赞美的就是这种鱼。此品获2010年滁州“太

守宴”和地方特色餐饮美食发掘创新活动制作大赛三等奖。

制作单位：女山湖镇

太守灌汤蟹球

主料：虾仁、蟹黄、蟹肉

辅料：豆腐 、鱼茸、肉馅、香菇、山药

调料：盐、料酒、鸡精、味精、葱姜

特点：色泽鲜艳，蟹味浓，造型美观。此品获 2010 年滁州“太守宴”和地方特色餐饮美食发掘创新活动制作大赛二等奖。

制作单位：女山湖镇

菱角秆炝虾米

主料：菱角秆、虾米

辅料：青椒丝、蒜泥

调料：盐、鸡精、味精、醋、葱、油

特点：菱角秆具有降糖、降压等要药用价值。此品获 2010 年滁州“太守宴”和地方特色餐饮美食发掘创新活动制作大赛二等奖。

制作单位：女山湖镇

临溪鱼头

主料：女山湖活鱼头 1 个（2 公斤）

辅料：鲜鱼肚 20 个

调料：盐、料酒、味精、淀粉、酱油、豆瓣酱、香菜、糖、色拉油

特点：色泽鲜艳、香味浓郁、原汁原味、滑嫩可口。《醉翁亭记》云：“临溪而渔，溪深而鱼肥”，故称之为“临溪鱼头”此品获 2010 年滁州“太守宴”和地方特色餐饮美食发掘创新活动制作大赛一等奖。

制作单位：女山湖镇

出水芙蓉

主料：鸡头梗（芡实的茎）

辅料：女山湖干虾米、胡萝卜

调料：盐、葱、姜、味精、淀粉、色拉油等

特点：色泽鲜艳，如出水芙蓉，鲜嫩可口、汤汁鲜美。

制作单位：女山湖镇

黄金鱼卷

主料：黑鱼

辅料：农家草鸡蛋

调料：盐、味精、鸡精、色拉油等

特点：黑鱼肉中含蛋白质、脂肪、18 种氨基酸等，还含有人体必需的钙、磷、铁及多种维生素；尤其适用于身体虚弱、低蛋白血症、脾胃气虚、营养不良、贫血之人食用。本品制作精良，菜品色黄味香、营养丰富。

制作单位：女山湖镇

居士酸汤鱼

主料：女山湖花鲢

辅料：自制泡菜、番茄

调料：盐、米醋、鸡清

特点：鱼肉滑嫩、酸辣爽口、生津开胃。此品获 2010 年滁州“太守宴”和地方特色餐饮美食发掘创新活动制作大赛三等奖。

制作单位：女山湖镇

女山秀色

主料：女山湖白米虾、芦笋

辅料：鸡蛋、生粉

调料：精盐、色拉油

特点：芦笋具有营养保健作用，对心血管病有功效，含丰富叶酸，夏季还有清凉降火的作用。黄色虾糊形似女山，绿色芦笋似女山糊碧绿湖水。此品获 2010 年滁州“太守宴”和地方特色餐饮美食发掘创新活动制作大赛一等奖。

制作单位：女山湖镇

功夫鱼片

主料：黑鱼

辅料：萝卜、莴笋、青椒、红椒

调料：野山椒、盐、味精、醋

特点：嫩、滑、酸、辣，营养丰富，具有黑鱼的保健功能。此品获2010年滁州“太守宴”和地方特色餐饮美食发掘创新活动制作大赛二等奖。

制作单位：女山湖镇

芙蓉花开

主料：女山湖野生鳊鱼

辅料：盐 麻油 葱

调料：姜料酒 蒸鱼豉油

特点：女山湖依山傍水，水质清新无污染，所产鱼类肉质鲜美，营养丰富，清蒸最大限度的保留了鳊鱼的营养，是女山湖全鱼宴中不可或缺的一道美食。本品造型美观，色泽鲜艳，如芙蓉花开。

制作单位：女山湖镇水上大酒店

横行天下

主料：女山湖大闸蟹

辅料：醋

调料：盐葱 姜料酒

特点：女山湖大闸蟹壳青脐白，金毛黄爪，肉质鲜美，营养丰富。含脂肪、无机盐、糖类、维生素等多种人体必需的营养成份。“不到庐山辜负目，不食螃蟹辜负腹”。金秋季节，菊黄蟹肥，女山湖宾客云集，人满为患，到女山湖吃螃蟹，已经成为“吃货族”的首选。

制作单位：女山湖镇

明光梅白鱼

主料：池河梅白鱼

辅料：青辣椒、红辣椒

调料：盐 姜 料酒

特点：梅白鱼，学名“鲌鱼”，又名“贡鱼”“梅鲌鱼”，俗称“梅白鱼”“翘嘴白”，主要产自明光市池河，尤以黄梅季节捕捞出水的梅鱼，会从鳞下流出滴滴乳汁般的液体，色白如银、浆汁如奶，鲜美无比，堪称鱼类上品。据传，明朝时，此鱼只供皇帝膳用，所以称“贡鱼”。

制作单位：明西街道

春色满园

主料：面粉，水

辅料：西红柿 青菜 鸡蛋 葱姜 虾仁

调料：盐 麻油

特点：操作简单，营养丰富，口感爽滑，既可当作主食亦可做餐前开胃羹。因各种辅料在羹汤里有红有绿，有青有黄，五颜六色，如同春色满园而得名。

制作单位：女山湖镇水上大酒店

其 他

金榜题名

主料：知了龟

辅料：葱段、姜片

调料：精盐、色拉油、孜然粉、辣椒粉

特点：外脆里嫩，味道鲜美。金蝉，又名知了猴、知了龟，金蝉的营养价值高，富含蛋白质，还含有人体必需的钙、磷、铁和多种维生素及微量元素，对人体有多种滋补药效功能。民间有传，吃金蝉子等于吃让人长生不老的唐僧肉（《西游记》中去西天取经的唐僧，原是释迦牟尼如来佛的二徒弟“金蝉子”转世）。古人认为金蝉远离地面，独孤而清傲，不食人间烟火，只饮露水，为高洁的象征，所以，有得中高第的说法。此道菜还有一个菜名叫“刘海戏金蝉”。此品获 2016 安徽省滁州市“琅琊古道酒”杯厨艺大赛金奖。

制作单位：柳巷镇

风味小吃

麻 团

麻团，明光市地方特色小吃油炸面食的一种。麻团用糯米粉加白糖、猪油和水揉制成形，再经入锅油炸而成。因其呈圆形，表面又沾裹有芝麻，故名。麻团外焦内绵，味美香甜。趁热吃味道尤佳。因为难以消化，不可吃得太多。

油酥烧饼

油酥烧饼，明光小吃的一种。主要原料为面粉、鸭油、芝麻、葱花、盐、酱油。以发酵面团揉入作料擀制成饼后撒上芝麻，成形后放入烤炉烤制而成。特点是香脆可口，外焦内酥，油而不腻；甜者香甜可口，咸者满口留香。烧饼的主要营养成分是碳水化合物、蛋白质、脂肪等，由于烧饼在制作过程中会加入大量的植物油或动物油，一次食用不宜过多。

糍 粑

糍粑，明光市地方小吃之一，用糯米蒸熟捣烂后所制成的一种食品。明光的糍粑是以糯米为主料，经浸泡后放置蒸笼里蒸熟，再迅速放在石臼里舂至绵软柔韧，趁热将饭泥制作成可大可小的团块状，然后入油锅煎炸至金黄色出锅。配料是芝麻炒香磨成粉拌白砂糖、或者是黄豆炒香磨成粉拌白砂糖入盘，把出锅的糍粑放在盘里滚动，即可取食。口感香甜、绵软，有韧性，食之回味悠长，令人难忘。

大饼

明光大饼，一种经发酵而制成的面食。从晋代开始，人们才掌握了发酵技术。据说一个偶然的机会，酒坊的老板看到酒糟变质膨起胀大，还略带一种酸味。他就抓了一把搅进面里，不料蒸出来却是热腾腾的馒头，从此，人们逐渐掌握了发酵技术。明光大饼是用发酵的发面在平锅里炕出来的一种圆型的发面饼，然后切成块食用。此饼外面微黄，里面又暄又泡，略有韧劲。食之甜绵可口，唇齿留香。有好荤者，把卤好的猪头肉夹在大饼里食之，更是香味四溢，油而不腻，令人馋涎欲滴。外地客人来明光吃上大饼，个个赞不绝口，聚餐时是一定要吃的主食，离开时还要带上几斤给亲友们品尝。

油炸臭豆腐

油炸臭豆腐，明光市特色风味小吃之一。豆腐营养丰富，含有铁、钙、磷、镁等人体必需的多种微量元素，还含有糖类、植物油和丰富的优质蛋白，素有“植物肉”之美称。豆腐的消化吸收率达 95% 以上。两小块豆腐，即可满足一个人一天钙的需要量。油炸臭豆腐基本上不破坏豆腐的营养。把臭豆腐坯放在油锅中经油炸，整体发泡，中间空心，质地焦香酥脆，加上新鲜的辣椒酱作调料，吃起来香辣味美，别有一番风味。油炸臭豆腐具有“闻着臭，吃着香”和“远臭近香”的特点。菜场上、小巷里，无论是风度翩翩的帅小伙，还是衣着光鲜的美女、少妇，一个个都是“油炸臭豆腐”的食客，成为明光街头巷尾的一道风景线。

麻糊汤（油茶）

麻糊汤，也称油茶，明光市地方小吃之一，主要配料是：面粉、豆腐皮、海带丝、花生仁、面筋、胡椒粉等。面粉富含蛋白质、碳水化合物、维生素和钙、铁、磷、钾、镁等矿物质；花生含有丰富的蛋白质、不饱和脂肪酸、维生素 E、烟酸、维生素 K、钙、镁、锌、硒等营养元素，有增强记忆力、抗老化、止血、预防心脑血管疾病、减少肠癌发生的作用；海带的营养价值更高，富含蛋白质、膳食纤维、钙、磷、铁、胡萝卜素、维生素 B1、B2、烟酸以及碘等多种微量元素，每 100 克海带中就含有 30~70 克的碘，碘是人体中所必需的一种微量元素令人胃口大开；另外还有豆腐皮，海带与豆腐同食在日本被认为是长生不老的妙药。这几种原料配在一起做的汤可谓是天然绝配。其营养价值不可小觑。

此汤的味道也很独特，既有花生的香味，又有胡椒粉的微辣；既有豆腐皮的润滑，又有海带丝和面筋的韧劲。明光人对麻糊汤情有独钟，包子店、油条锅、烧饼店、炒饭房，处处都有麻湖汤相伴。一碗下肚，神清气爽，胃口大开，回味隽永。

不能不吃的大餐

——到明光，请您品尝餐饮美食大赛获奖作品

滁州“太守宴”和地方特色餐饮美食发掘创新活动制作大赛

时间：2010年10月12日至14日

地点：滁州市国际大酒店

明光获奖作品

一等奖

女山湖渔家宴　作者：明光市饭店协会

临溪鱼头　作者：季猛 明光市明都大酒店

女山秀色　作者：姜学洋 明光市华亚大酒店

二等奖

功夫鱼片　韭香牛肉　作者：王玉杰 明光市嘉山宾馆

太守灌汤虾球　菱角秆炝虾米　作者：池国栋 明光市翠林山庄

三等奖

金汤桂鱼　作者：池国栋 明光市翠林山庄

春竹玉米　作者：胡浩 明光市勤丰园酒店

居士酸鱼汤　作者：李天舒 明光市兴华中西餐厅

铁板烧汁白米虾　作者：黎先文 明光市嘉年华大酒店

“天下厨房”美食大赛

时间：2014年1月18日至19日

地点：滁州市会峰园“天下厨房”美食街

获奖作品：冠军女山湖风情　作者：明光市饭店协会

安徽省滁州市“琅琊古道酒”杯厨艺大赛

时间：2016 年 4 月 22 日至 23 日
地点：滁州市学苑宾馆

获奖作品
团体二等奖
生态女山湖水中珍品宴 作者：明光市饭店协会
金奖
金榜题名 作者：季猛 明光市鼎福园酒店
银奖
五桂拜寿 作者：马常龙 明光市花园大酒店
过桥鳜鱼 作者：陈夕河 明光市天怡大酒店
印象女山湖 作者：嵇友刚 明光市华亚大酒店
湖光山色 作者：张恒卫 明光市世纪缘大酒店
俞勇卤菜 作者：俞勇 明光市俞勇卤菜店
特色奖
清波口袋豆腐 作者：明光市文祥大酒店

连云港 2016“上海广场”杯烹饪大赛

时间：2016 年 4 月 24 日至 25 日
地点：江苏省连云港市

获奖作品
最佳创意奖
龙舟白鱼二吃 作者：姜学洋 明光市喜庆楼大酒店
最佳味道奖
女山湖风情 作者：陈夕河 明光市天怡大酒店

安徽省滁州市“琅琊古道酒”杯厨艺大赛参赛作品背景说明

团体赛参赛作品

（冷菜类）

葱烤小龙鱼

俗话说，有水就有鱼。拥有50万亩水面的明光并不缺少鱼，但是这种小龙鱼却是稀有珍品。它天性喜爱清新洁净的水质，喜爱在流动的活水中生长；它天生丽质，小巧玲珑，永远也长不大；它肉质细腻，味道鲜美，可烤，可煮，可蒸，是女山湖渔宴上的上等佳品。

满园春色美

春风又绿江淮岸，满园春色格外美。本品以绿色的黄瓜为主料，辅以其他时令瓜果、蔬菜，努力打造色彩缤纷、春色满园的效果。

琉璃三色虾

女山湖以其优质的生态环境和茂盛的水草资源盛产青虾，青虾营养价值极佳，富含磷、铁、钙等多种微量元素，尤以含钙高而受到消费者欢迎。《本草纲目》记曰：“虾味甘性温。作羹，治鳖瘕；片制，壮阳道；煮汁，吐风痰……”民间更有“威风凛凛虾将军”之称，以赞其“壮阳、滋阴”之功效。

豆制禅庵塔

明光大横山有元代的佛塔，称法华禅庵塔，豆制品也是佛家做菜的主要原料。

（热菜类）

湖水煮长鱼

女山湖渔民煮鱼历来都是用湖水煮湖鲜，做出来的湖鲜味道鲜美无比，别有风味，本品取洁净无污染的女山湖湖水加工而成，保持了渔民湖水煮湖鲜的风味。

龙舟梅鱼

北宋嘉祐年间，宋仁宗赵祯乘龙舟从淮河到招信城（女山湖的前身），龙舟停靠在洪山头，当地渔民得知后，争相挑选女山湖中最大的梅鱼敬献给仁宗皇帝，仁宗食后大加赞赏。

醉卧天鹅荡

女山湖旧十景“天鹅荡群鹄”中的天鹅荡芦苇丛生，数十种鸟类在这里栖息，荡中遍地是散落的鸟蛋。包括鳜鱼在内的各种鱼类也在天鹅荡的湿地里生长。

女山湖大闸蟹

螃蟹，味道鲜美，营养丰富，含钙、磷、钾、钠、镁、铁、锌、硒、铜、锰等近20种对人的身体有利的微量元素。明末清初，文学家、戏剧家李渔称赞螃蟹说：“已造色、香、味三者之极，更无一物可以上之。”因此，素有“螃蟹上席百味淡”

的美称。女山湖大闸蟹因水质清新、无污染，水草丰富，同时生长在火山附近，故素以壳青、脐白、金毛、黄爪、对人体有利的微量元素高于阳澄湖大闸蟹而享誉海内外。

水田飞白鹭

取自唐朝诗人王维的著名诗句："莫莫水田飞白鹭，阴阴夏木啭黄鹂。"

马琅菜煎包（马兰头）

在春意盎然的季节里，女山湖两岸的湖边、圩堤、坡岸、滩地到处长满了各色各样的野菜，马琅头是其中优质的野菜之一，它膳食纤维丰富、含有人体所必需的蛋白质、脂肪、糖类、维生素、无机盐等营养成分。本品采女山湖滩地的新鲜马琅头做馅，用优质面粉包成包子，然后用微火煎成金黄色即可食用。

制作：鼎福缘大酒店 厨师 季猛

刘海戏金蝉（蟾）

主料：柳巷金蝉

辅料：核桃仁、腰果等

背景说明：取自传统的民间故事。南诏国国师刘海为了治疗母亲的眼疾，闯萝蔓女国寻找聚魂宝珠，途中设计戏弄阻止他寻宝的金蝉。

制作：嘉乐年华大酒店 厨师 刘文胜

香花涧胖鱼头

主料：东风湖生态鱼头

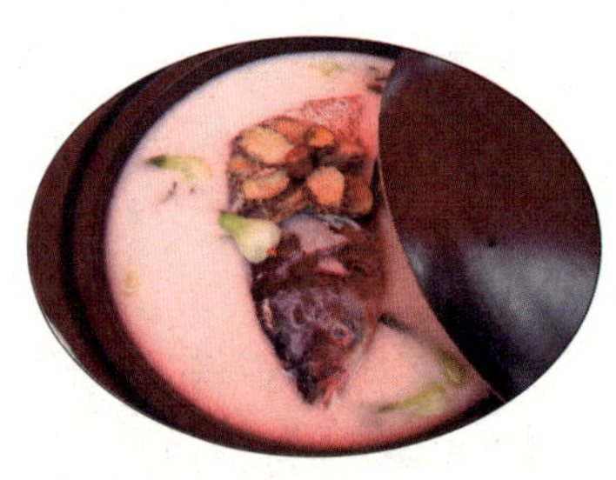

辅料：鲍鱼籽、党参、时蔬等

背景说明：本品的主料选自东风湖生态鱼头，东风湖，即香花涧所在地。朱元璋母亲当年在二郎庙生下朱元璋。有一天，她抱着朱元璋到河里洗澡，河里的水全部变成了香水，芳香四溢，后人称朱元璋洗澡的地方为香花涧。

制作：华亚大酒店 厨师 嵇友刚

印象女山湖

主料：螃蟹

辅料：田螺、草虾、黄瓜头（一种小鱼）、毛刀鱼等

背景说明：本品的主料和辅料都是女山湖的水中珍品，并且味道鲜美，营养丰富，特别是女山湖的田螺，它含有丰富的钙质，同等量的田螺含钙量是牛奶的13倍。另外，田螺还含有多种人体不可缺乏的氨基酸、维生素等营养成分，因此民间有着"早春螺抵只鹅"的说法。中医认为，田螺味甘、寒，有清热利尿功效，常用于治疗便秘、小便不通、黄疸、水肿、消渴、脚气、痔疮、便血、目赤肿痛、疔疮毒肿

等疾病。此外，田螺还有镇静作用，有利于调节精神紧张。本品的盘中造型精致、灵动，像一副水中珍品水墨画，故称为印象女山湖。

霸王惜玉

主料：野生甲鱼

辅料：虾仁、鱼丸、鲜银鱼等

背景说明：楚霸王一生阅美女无数，但他独爱虞姬一人，并且感情深厚，体现了霸王的怜香惜玉。本品主料是甲鱼，辅料晶莹剔透，凝脂如玉，故称为霸王惜玉。

制作：花园大酒店　厨师　马长龙

重八牧牛

主料：横山牛排

辅料：牛鞭、牛球、牛尾、牛杂等

背景说明：明太祖朱元璋，小名重八。当年重八带领小伙伴为地主家放牛，偷偷宰杀了一头牛烤熟了饱餐一顿，东家问罪，重八把牛尾巴插进山缝里说老牛钻进山里，骗过了东家。本品表现的就是这一主题。

五桂拜寿

主料：女山湖鳜鱼

辅料：时蔬

本品的创意来自于民间传说五女拜寿。鳜鱼，和红鱼一样，民间视为吉祥的水鲜。盘中五条游动的鳜鱼，昂首向上，摇头摆尾，一起向中间的老寿星拜寿，栩栩如生、生动活泼。在进入老年社会的今天，老寿星是老年人向往的目标，是后辈人的福分，本品的寓意吉祥而有意义。

制作：文祥大酒店 厨师 耿德利

清波口袋豆腐

主料：玉脂豆腐

辅料：鹅掌等

背景说明：创意来自于唐朝诗人骆宾王七岁时写的一首诗："鹅，鹅，鹅，曲项向天歌。白毛浮绿水，红掌拨清波。"

制作：世纪缘大酒店 厨师 张恒卫

女山群英会

主料：女山湖龙虾

辅料：时蔬等

背景说明：女山湖边的女山在明朝时是仙风道骨的蝴蝶谷医仙胡青牛居住的地方，因其风景秀丽，仙气氤氲，各地英雄好汉经常到这里聚会。东海龙王手下的虾将军听说后，也带领众兄弟前来品美酒、尝鲜桃、大聚会，争相攀爬高峰。

春色女山湖的一场盛宴
——明光市饭店协会“老明光”代表队参加滁州市首届厨艺大赛侧记

春天的4月暖意浓浓，春天的4月喜事连连。4月23日，由明光市饭店协会组团的“老明光”代表队参加了滁州市首届厨艺大赛，被命名为“春色女山湖”的一桌大餐和18道单品菜在滁州市首届厨艺大赛中获得圆满成功。“生态女山湖水产珍品宴”获团体二等奖；鼎福缘酒店季猛厨师的“金榜题名”获得金奖；世纪缘大酒店张恒卫厨师的“湖光山色”、华亚大酒店嵇友刚厨师的“印象女山湖”、花园大酒店马常龙厨师的“五桂拜寿”、天怡大酒店陈夕河厨师的“过桥鳜鱼”、俞勇卤菜店的“俞勇卤菜”等5人获得银奖；文祥酒店耿德利厨师的“清波口袋豆腐”获得特色奖。从这次大赛中选出的优秀厨师，由安徽省餐饮行业协会组团参加连云港2016“上海广场”杯烹饪大赛，我市喜庆楼酒店姜学洋厨师的“龙舟白鱼二吃”获得“最佳创意奖”；天怡酒店陈夕河厨师的“女山湖风情”获得“最佳味道奖”。在颁奖仪式上，他们挂奖牌、领奖杯，一个个露出了胜利的笑容，其实，他们知道，参加这次大赛筹备工作的所有工作人员都知道，鲜花和光环的背后，他们为之付出了很多的代价和汗水。

早在今年年初，饭店协会就接到滁州市餐饮协会的通知，要求他们组织会员中的所有厨师，精心设计，潜心研究、本着绿色、营养、健康的美味理念，力求色、香、味、形、器的和谐完美，准备参加4~5月份的滁州市首届厨艺大赛。参加这次大赛的有8个县、市、区和滁州市各大酒店共100多家单位和个人，高手云集，各显其能，要想取得好成绩确实很难。饭店协会当即召开会议，认真总结过去参赛的经验和教训，制定方案，要求每人都要准备一到两道精品菜参加初选。吸取过去的教训，他们意识到，色、香、味、形、器固然重要，但是，餐饮的文化和底蕴更是不容忽视。于是，他们邀请了市作家协会的同志参与了大赛的筹备工作，请他们为参赛的宣传工作出思路、写文章，为每道大菜取名字、找背景、写说明。在筹备会议上，大家认为，明光的厨艺要想获奖还是离不开我们的特色——女山湖水产品，而女山湖的水产品已经打造多年，要想再上一层楼，必须要打造它的文化和底蕴。在取得共识的基础上，宣传展板上有了这样一段文字：“中华美食源远流长，明光美食流光溢彩。‘春色女山湖——生态女山湖水产珍品宴’是这个春天我们明光市饭店协会奉献给所有评委和观众们的一道风景。女山湖，这个听其名字就让人神往的地方，她是火山喷发、凤凰涅槃留下的一方沃土，她是70万亩森林保护的一方净水，小乌龙在这里流连忘返，七仙女在这里浣发洗浴，吴刚在这里醉卧，嫦娥在这里濯月。26 万亩水质清新、水草丰富的水面占据了明光水面的半壁江山，水产品产量是明光水产品产量的 80%。明光市享有全国水产百强市的称号，女山湖镇享有水上明珠的美誉，女山湖大闸蟹曾经获得全国农业博览会金奖。在得天独厚的条件下产出的水产品早已蜚声海内外。它曾经飞越万里，飞到了美国国民的餐桌；它曾经漂洋过海，成了香港、台湾市民的美味佳肴；它曾经走进人民大会堂，国宴的菜单上有过它的芳名；它曾经得到过党和国家领导人的称赞，在我国水产精品上有了一席之地。”

4 月 15 日晚上 9 时，世纪缘酒店华丽的 501 厅灯光璀璨，经过反复筛选的 24 道大菜摆上了餐桌。市饭店协会名誉会长、市人大常委会原副主任王邦怀、市商务局、市工商联、市旅游局、市作家协会的负责人、市饭店协会领导班子成员齐聚一堂，对参赛作品进行最后一次把关。大家对作品的色、香、味、器提出很多意见的同时，再一次对作品的文化底蕴问题提出了诸多建议。4 月 23 日早晨 6 点，当精选的一桌盛宴和 18 道单品菜在滁州市学苑宾馆前院布展的时候，明光作品的背景说明全部都上了一个档次。如，获奖作品“龙舟白鱼二吃”的背景是：北宋嘉祐年间，宋仁宗赵祯乘龙舟从淮河到招信城（女山湖的前身），龙舟停靠在洪山头，当地渔民得知后，争相挑选女山湖中最大的白鱼敬献给仁宗皇帝，仁宗食后大加赞赏。获特色奖的“清波口袋豆腐”的主料是豆腐，辅料是鹅掌，其背景说明是：创意来自于唐朝诗人骆宾王七岁时写的一首诗：“鹅，鹅，鹅，曲项向天歌。白毛浮绿水，红掌拨清波。”获得银奖的“五桂拜寿”的背景说明是：本品的创意来自于民间传说五女拜寿。鳜鱼，和红鱼一样，民间视其为吉祥的水鲜。盘中五条游动的鳜鱼，昂首向上，摇头摆尾，一起向老寿星拜寿，其造型栩栩如生、生动活泼。在进入老年社会的今天，老寿星是老年人向往的目标，是后辈人的福分，本品的寓意吉祥而有意义。无疑，这些来自于民间的美丽传说和唐诗宋词中的名句被稼接到美食上来，为参赛作品锦上添花，为参赛团队增色添彩，为厨艺得奖创造了条件。正如评委们所公认的全椒县之所以能够获得团体一等奖，其原因是，他们的所有作品都来自于吴敬梓的《儒林外史》，甚至背景说明都注上了来自于哪一章哪一回。

明光的厨艺和作品在大赛中取得好成绩的经验告诉我们：文化是一个民族赖以生存的精神家园。餐饮文化也是大文化的一部分，这一部分文化同时也要融入地方文化中去，任何一个脱离实际、脱离“地气”的文化都是没有生命力的文化。

参赛和获奖只是形式，不是目的。从舌尖上的美食入手，从味蕾惬意的享受入手，让八方宾客记得住明光，让四海游子记得住乡愁，这才是我们的目的所在。

明光凤

后　记

俗话说：“知人难，知己尤难。”但是我对我自己骨子里的另一面还是深知的。那就是：崇尚自然，热爱生活，钟情文学，向往自由，迷恋美丽的自然风光、多元的文化景致、浓郁的乡土风情。几十年来，在繁忙的工作之余，我利用一切可以利用的时间和机遇，去了很多地方，领略了风情各异的山山水水，风土人情。每到一地，我都贪婪地吮吸着那里的雨露、空气、“骨髓”“精血”，于是，总是收获满满，比如，照片、随笔、图书、游记……

家乡的山山水水、风土人情更是让我格外迷恋、格外陶醉，无数次的感受、体会，无数次的感动、震撼，无数次的欲罢不能，终于，就有了这本并不成熟的文集。说实话，家乡的文章并不好写。首先，挚爱这方热土的人太多，留下文字的更是比比皆是；其次，除了传说和故事，每一处纪实，每一个数字必须与史实和事实相符，不能随手拈来，信笔涂鸦。一篇《明光老街》，我采访了数十人、参阅了几个家谱、多次的走家串户、多次的穿街走巷……即便如此，依然是挂一漏万。于是，我许诺胡李汪秦的后人，如果有可能，每家我都要写一篇大文章，甚至出一本书。

说说要感谢的人，好像是说不完，除了在书中已经署名的以外，还有很多人要感谢，恕我不能一一列举，在此表示真诚的谢意。特别要感谢的是，“龙之旅”全国旅游协作网会长、龙旅在线国际旅行社股份有限公司总裁黄河先生为我牵线，清末代皇帝溥仪的侄儿、当代中国著名书画大师爱新觉罗·溥佐之子、北京恭王府顾问、中国书画社会员、天津致公党书画院副院长、津沽书画会副秘书长爱新觉罗·毓峋先生为我题写书名，为这本书增添了更浓的书香气。此外，还要感谢合肥工业大学出版社的朱移山副社长、郭娟娟女士，他们为这本书的出版做出了辛勤的努力。

两年的努力虽然告一段落，但是“才下眉头却上心头”，心里老是忐忑不安，毕竟不是娴熟老道的手笔，毕竟不是科班出身的作家，唯恐自己的才疏学浅，不能把明光天生丽质、千娇百媚的美丽景色表现出来。但是，努力过，就不会后悔，尽力了，就不会遗憾。带着这样的心态，于是，我终于有了些许解脱……

傅守乾

2016 年 9 月 25 日